Karen Young

Le poison du soupçon

Traduit de l'américain
par Annie Hamel

J'AI LU

Titre original :

SOMEONE KNOWS
Zebra Books are published by
Kensington Publishing Corp., New York

1

Valérie Olivier-Long accepta le verre de vin qu'on lui tendait. Elle évita le regard d'un directeur artistique à l'affût d'un emploi, puis entreprit de traverser la salle de bal de l'hôtel Four Seasons. À son approche, des flashs crépitèrent, des célébrités posèrent, minaudèrent. *Vanity Fair* avait obtenu le prix du meilleur magazine de l'année, et l'on fêtait l'événement. Mais Valérie espérait encore, et contre toute attente, que *Panache,* le mensuel pour lequel elle travaillait, serait plébiscité in extremis.

La jeune femme songea, superstitieuse, qu'elle avait eu tort d'épingler sa broche préférée sur son sein droit. Le bijou figurait un chat noir, qui tranchait sur la soie rouge de sa robe de soirée. Ces félins sont censés attirer la malchance…

Elle aperçut Roxanne, un mannequin vedette devenu photographe.

— Tu t'amuses bien ?

— Follement, oui, ironisa Roxanne, qui haussa ses jolis sourcils, puis fit le point sur Valérie.

Le flash l'éblouit.

— Ne gâche pas ta pellicule pour moi, Rox. Tu n'as que l'embarras du choix, entre les célébrités et les requins de la pub. Je viens de croiser Gwyneth Paltrow et Nic Cage.

— Ensemble ?

— Mais non, enfin ! Quoique cela ferait un bon papier… Photographie-les, de même que toutes ces têtes connues. On fera un reportage sur cette remise de prix dans le prochain numéro. Cela prouvera que nous sommes beaux joueurs.

Roxanne, qui braquait son appareil sur Valérie, ricana.

— Il t'arrive de ne pas travailler ?

— Et toi ?

Trois ans plus tôt, alors qu'elle exerçait le métier de mannequin et que le succès commençait à la bouder, Roxanne avait décidé de devenir photographe. Elle avait bien choisi sa voie : ses clichés forçaient l'admiration. Cette remise de prix n'allait sans doute pas lui offrir d'exercer son talent, mais le public aimait avoir un aperçu des coulisses de la gloire et du pouvoir. Et puis, ces photos-là faisaient vendre.

— J'ai usé douze pellicules, mais j'ai de bonnes choses, assura Roxanne. Je vais les vendre à *Talk,* si Liz ne me paie pas plus décemment !

— Tu n'oserais pas.

Roxanne baissa son Nikon, puis s'employa à en extraire un rouleau de pellicule.

— Et toi, Val, tu n'oseras jamais passer à l'acte avec Wayne Coulter.

Valérie eut un petit rire, se moquant d'elle-même. Ces derniers mois, elle avait dîné maintes fois avec Wayne Coulter, un célèbre chirurgien. Elle répugnait toutefois à donner un autre ton à la relation, malgré l'insistance du médecin. Elle se demandait d'ailleurs pourquoi. Coulter était séduisant, distingué, et ne semblait pas avoir de défauts rédhibitoires.

— Il m'a invitée à une soirée dans sa maison des Hamptons, mais je ne pense pas que j'irai, avoua-t-elle. Je n'ai pas envie d'avoir un amant, en ce moment.

— Tu n'en as pas eu envie une seule fois depuis que tu as divorcé, me semble-t-il.

Valérie la toisa d'un air ironique.

— Parce que toi, tu as un fiancé, peut-être ?

La photographe s'avérait encore moins disposée que son amie à s'engager.

— J'en ai un, oui.

Après avoir placé une pellicule vierge dans son appareil, Roxanne fourra le rouleau à développer dans le sac qu'elle portait en bandoulière.

— Je suis avec un ami d'Éric, si tu veux savoir.

— Oh ? Un garçon intéressant ?

— Oui. Très intéressant.

La photographe parcourut l'assemblée des yeux, cherchant l'homme qui l'accompagnait.

— Je te le présenterais volontiers, mais je ne sais pas où il est dans cette foule.

Étant donné que Roxanne changeait de partenaire presque quotidiennement, il demeurait difficile de connaître l'identité de son dernier amant en date. Si d'aventure la jeune femme s'attachait à un homme, Valérie en serait informée par Éric Johns, son assistant.

— Tu pourrais peut-être nous retrouver plus tard. Nous avons l'intention de...

— Valériiie !

Un petit bout de femme fondit sur Valérie, effleura ses joues du bout des lèvres, affichant une expression désolée.

— C'est toi qui aurais dû remporter la palme. L'année prochaine, chérie...

Là-dessus, la femme s'éloigna vers le bar, tout en la saluant d'un geste de la main.

— Dis-moi, as-tu vu Liz, par hasard ? demanda Roxanne tandis qu'un photographe de *Talk*, un magazine rival, prenait un cliché de Valérie.

— Non. Et toi ?

— Je n'ai pas l'impression qu'elle soit là.

— Je me demande pourquoi elle ne se montre pas.

Liz Chopin était la rédactrice en chef de *Panache*. Aussi paraissait-il curieux qu'elle n'assistât pas à cette soirée de première importance.

— Elle a dû avoir un empêchement.

Roxanne prit une photo de Tina Brown, qui s'entretenait avec un cadre de chez Miramax.

— L'absence de Liz est un événement en soi, Val. Je pensais que tu aurais des informations à ce sujet.

— Je ne suis au courant de rien.

Ce qui était vrai. Liz et Valérie avaient des relations cordiales. Cette dernière, qui occupait le poste de rédactrice en chef adjointe, désapprouvait toutefois la politique éditoriale du journal. Elle se gardait d'émettre des objections, quoiqu'elle notât, depuis peu, des signes alarmants : on différait la plupart des décisions, on refusait des sujets d'articles prometteurs. Liz évitait de publier des reportages insolents. En conséquence, *Panache* perdait de son prestige. Ce qui était d'autant plus frustrant que Valérie avait des idées d'articles sensationnelles – qui ne se concrétisaient jamais. Jusqu'à présent, Hal Kurtz, le président-directeur général de l'empire médiatique Kurtz-Whitman, ne semblait pas se préoccuper de la frilosité de Liz.

— Mon petit doigt me dit que notre rédactrice en chef et amie est sur un siège éjectable, poursuivit Roxanne, tout en faisant le point sur Christopher Hitchins et Dominick Dunne qui discutaient près d'un palmier en pot. Je sais que tu l'aimes bien, Val, reprit-elle après avoir immortalisé les deux hommes sur la pellicule, mais les ventes baissent par sa faute. J'espère que Hal Kurtz trouvera le courage de la virer avant que *Panache* ne devienne totalement irrécupérable. Ce serait l'occasion d'engager quelqu'un – toi, par exemple – qui saurait donner une autre identité au magazine.

— Merci, Rox, mais je ne pense pas que ce soit pour demain, remarqua Valérie assez sèchement.

Elle aurait certes aimé diriger le magazine, mais ne souhaitait pas la mise à mort de Liz.

— Détrompe-toi !

— Moi aussi j'ai rendez-vous, tout à l'heure, déclara Valérie, qui souhaitait parler d'autre chose.

— Le fait d'assister à la remise de ce prix avec le patron n'est pas un rendez-vous.

Roxanne jeta un coup d'œil à Hal Kurtz, qui bavardait avec deux magnats de la pub, un peu plus loin.

— Mais cela doit expliquer le fait qu'il n'a pas cessé de regarder dans ta direction, ajouta-t-elle.

Valérie donna son verre à un serveur qui passait près d'elle.

— Hal doit être prêt à partir. Il a parlé de dîner au Cirque.

— Sans Liz ?

— Elle nous retrouvera peut-être là-bas.

Valérie embrassa Roxanne sur la joue.

— À lundi.

Elle se fraya un passage dans la foule de célébrités, marchant vers Hal, qui capta son regard et lui fit savoir, d'un hochement de tête, qu'il entendait quitter les lieux sur-le-champ. Valérie s'aperçut alors qu'elle avait faim. Elle n'avait mangé qu'un yaourt et une pomme de toute la journée. Elle se plaisait à l'idée de dîner au Cirque.

— Sortons d'ici, dit Hal comme elle arrivait à sa hauteur.

Après quoi il se tourna vers son interlocuteur, un homme de grande taille et large d'épaules, qui avait des yeux gris et froids, et qui semblait taillé pour porter un smoking.

— Tu connais Jordan Case, n'est-ce pas ?

Jordan Case ! Valérie se sentit aussitôt mal à l'aise, et perdit tout appétit. Elle aurait aimé pouvoir disparaître dans un trou de souris.

Hal n'attendit pas sa réponse. Il la prit par le coude et l'entraîna vers la sortie.

— Ma limousine attend à l'entrée. J'ai prié Jordan de se joindre à nous.

Valérie en eut le souffle coupé. Cependant, elle sourit à leur invité, par politesse. Son sourire s'avéra crispé, celui de Jordan des plus neutre.

— Jordan a adoré l'article sur les internautes, dans le dernier numéro de *Panache*, déclara Hal. Je lui ai dit que c'était toi qui en avais eu l'idée, Valérie. Voilà Franklin, ajouta-t-il en repérant son chauffeur.

Hal Kurtz, qui tenait toujours la journaliste par le coude, l'escorta jusqu'à sa voiture. Ils prirent place tous les trois à l'intérieur.

— Comment ça va, Valérie? s'enquit Jordan avec courtoisie.

— Très bien, merci...

Beaucoup mieux que lors de leur dernière entrevue, songea-t-elle.

— Et toi?

— Ça va, merci.

Hal, qui se trouvait assis face à eux, les observait avec intérêt. Sans doute se souvenait-il de l'incident survenu six mois plus tôt. Jordan, alors rédacteur en chef d'*Access*, un mensuel branché du groupe Kurtz-Whitman, avait débauché Jacquelyn Rosier, une journaliste de *Panache*. Valérie en avait conçu une vive rancœur: Cela dit, Jacquelyn n'avait pas honoré ses engagements vis-à-vis d'*Access*, ce qui avait en partie compensé sa défection.

— J'espère que vous avez enterré la hache de guerre, déclara Hal. Ce serait préférable, vu ce qui vous attend, précisa-t-il, énigmatique.

Lorsqu'ils eurent pris place à une table du Cirque, Valérie, perplexe, vit son patron commander du champagne.

— Liz a donné sa démission, annonça-t-il. Elle a d'autres projets.

La jeune femme n'en crut pas un mot. Liz n'avait pu partir de son plein gré. Elle n'avait nullement conscience de mener *Panache* à la faillite.

— Vous paraissez surprise, remarqua Kurtz.

— Oui, admit-elle. J'espère que ses «projets» vont aboutir...

Hal leva sa coupe de champagne.

— Accepteriez-vous, Valérie, de la remplacer et de devenir rédactrice en chef de *Panache*?

Elle en resta bouche bée. Elle était stupéfaite. Flattée. Enthousiasmée à cette idée. Une heure plus tôt, elle avait mentalement critiqué la politique éditoriale de Liz, et voilà qu'on lui offrait sa place... Son rêve se réalisait.

— C'est chose faite, si vous acceptez, dit Hal.

Valérie jeta un coup d'œil à Jordan, se demandant pourquoi il était là. Elle le considéra avec une attention renouvelée. Il ne s'étonnait pas de l'offre de Hal. Mais qu'avait-il à faire de l'avenir de *Panache* ?

— Je crois que Hal attend une réponse, déclara Jordan, sur ce ton confidentiel qui le caractérisait.

Elle se tourna vers son patron.

— Je suis sidérée, Hal ! J'ignorais que Liz nous quittait. Mais je serai très honorée de prendre le relais.

— Dans ce cas, trinquons ! lança Kurtz, tout sourires, en faisant tinter son verre contre celui de sa collaboratrice.

— J'imagine que tu aimerais changer le visage de *Panache*, remarqua Jordan. Et que tu as déjà quelques idées en tête...

— Qu'y a-t-il d'étonnant à cela ? rétorqua Valérie, sur la défensive.

Elle s'interrogea une fois de plus sur la raison de sa présence à cette table.

— Cela n'a rien d'étonnant, admit-il. Mais peut-être voudrais-tu nous exposer certains de tes projets...

— Je devrais sans doute préciser pourquoi Jordan s'intéresse à la chose, intervint Hal Kurtz. J'ai décidé d'opérer des changements drastiques au sein de mon groupe de presse. Et pas seulement à *Panache*. Des idées neuves, des approches nouvelles ne peuvent qu'être favorables à la santé de nos publications. J'ai nommé Jordan vice-président du groupe Kurtz-Whitman. Je souhaite que votre collaboration porte ses fruits, Valérie.

— Nous travaillerons main dans la main, Hal, promit Jordan, sans regarder Valérie.

— Eh bien... fit Hal, qui se pencha légèrement sur la gauche alors qu'un serveur déposait une salade devant lui. Ce n'est pas l'impression que j'ai eue dans la voiture, mais je vous laisse le bénéfice du doute. Nous verrons bien comment la situation évoluera.

— Quel sera exactement le rôle de Jordan à *Panache* ? s'enquit Valérie. Interférera-t-il dans mes décisions ?

La journaliste prit soin d'éviter le regard de Case, qui s'amusait probablement de sa déception.

— Je ne pense pas qu'il vous bridera, Valérie, répondit Hal en beurrant la moitié d'un petit pain. Mais rien ne sera publié chez Kurtz-Whitman sans son accord. Notamment dans *Panache*. Son droit de regard s'étendra au contenu des magazines, aux photos. Il aura son mot à dire sur les mouvements du personnel. Même sur le choix des sujets.

La jeune femme masqua son désarroi. Les pouvoirs de Jordan Case allaient au-delà de ce qu'elle avait imaginé.

— Comprenez-vous ce que cela implique, Hal ? Ce sera lui le rédacteur en chef, pas moi !

— Il interviendra seulement s'il désapprouve l'orientation que vous donnerez à *Panache*.

Kurtz mâcha son pain placidement. Valérie fulminait.

— Les conditions de notre accord vous paraissent-elles acceptables ? demanda-t-il.

— Je les trouve surprenantes, répliqua la journaliste avec diplomatie.

Une réaction hostile à l'égard de Jordan Case risquerait de compromettre son bel avenir.

— J'avoue que je ne m'attendais pas à cela, continua-t-elle. Mais nous sommes des professionnels l'un et l'autre, et comme le dit Jordan, nous travaillerons main dans la main.

— Tant mieux, tant mieux ! s'exclama Kurtz, qui fit signe au serveur de leur resservir du champagne.

Un silence s'installa, tandis que ce dernier s'employait à remplir leurs coupes.

— Buvons au succès de *Panache*, proposa Hal, et à une collaboration amicale entre vous deux !

Valérie se sentait euphorique, en entrant dans son appartement. Elle eut envie de téléphoner à Sara. Mais il était plus de minuit, et personne n'aime recevoir d'appel téléphonique à une heure aussi tardive. Elle dut réprimer ce désir de parler à sa fille. La nouvelle était tellement extraordinaire. On la nommait à la tête de *Panache* !

La réussite avait cependant un prix. Valérie avait travaillé dur, depuis dix ans, négligeant son mari et sa fille. Celui-ci avait fini par demander le divorce. Après la rupture, elle avait redoublé d'ambition, visant les plus hautes sphères du monde de la presse.

Et voilà qu'elle devenait rédactrice en chef !

Janine Livaudais, son amie la plus chère, était la seule personne au monde qui aurait pu comprendre ce que cette promotion représentait pour elle. Cependant, Janine souffrait de la maladie d'Alzheimer. Elle ne reconnaissait plus Valérie, ni Sara, alors qu'elle leur avait consacré vingt ans de sa vie. Elle avait rempli un rôle à la fois de mère, de secrétaire, d'intendante et de nounou, s'étant révélée capable de tout faire – aussi bien la cuisine que les comptes. Jusqu'au jour où son cerveau avait cessé de fonctionner normalement. Valérie avait de la peine à admettre que son amie ait pu subir une telle injustice du sort. Janine avait laissé un vide dans son existence et celle de sa fille, que rien ne pourrait combler. Or son absence s'avérait d'autant plus cruelle, ce soir.

La jeune femme se déshabilla, puis alla chercher sa nuisette, qu'elle accrochait chaque matin à une patère, dans la salle de bains. Elle allait devoir attendre le lendemain pour annoncer la nouvelle à sa fille. Elle espérait que Sara serait libre pour déjeuner. Comme sa nuisette n'était pas à sa place habituelle, elle regagna sa chambre, perplexe, se demandant si elle ne perdait pas la tête. Puis elle aperçut le vêtement sur le dossier du fauteuil, près de son lit.

Elle s'en saisit, et vit que le haut en dentelle était déchiré. Comment une telle chose avait-elle pu se produire ? Avait-elle déchiré la nuisette dans son sommeil ? Dans ce cas, pourquoi n'avait-elle rien remarqué au matin ? Maria, la femme de ménage, aurait-elle abîmé le vêtement ? Cela paraissait peu probable : elle laissait un mot chaque fois qu'elle cassait ou détériorait quelque chose.

Étrange, songea-t-elle.

Valérie prit une chemise de nuit dans son armoire, l'esprit bouillonnant d'idées. Elle était décidée à faire de *Panache* le magazine féminin le plus coté du moment. Restait à savoir si Jordan Case allait – ou non – le lui permettre.

Elle se coucha, s'endormit aussitôt, et rêva, non pas de *Panache*... mais de Jordan Case.

2

Dès son réveil, Janine sentit que des heures difficiles s'annonçaient. Ses pensées allaient se diluer dans un brouillard insondable. Encore une fois, elle ne se souviendrait de rien. Pas même du prénom d'un être cher. Sa maladie engourdissait peu à peu son cerveau. À une époque, elle avait pourtant été capable de réciter des passages entiers de la Bible ; sa mémoire prodigieuse avait fasciné ses étudiants et ses collègues, du temps où elle était professeur. Janine ne parvenait plus à déchiffrer une seule ligne imprimée, alors qu'elle avait toujours adoré lire. Elle réussissait toutefois à se souvenir de son nom.

— Sœur Janine Livaudais, murmura-t-elle.

Elle s'appelait sœur Janine Livaudais. Oui. Oh, mais attendez… Elle se toucha le front d'un doigt que l'âge et la maladie faisaient trembler. Elle avait rompu ses vœux ! Elle n'était plus religieuse, n'est-ce pas ? Valérie le lui rappelait, chaque fois qu'elle lui rendait visite.

Valérie ! Un prénom. Voyez, elle était encore capable de se rappeler les choses et les gens importants… De temps à autre.

Janine fit pivoter son fauteuil roulant afin de contempler les photos sur une table. Ces clichés fouettaient sa mémoire défaillante… Valérie, oui. Mais qui était l'adolescente à sa droite ? Janine était censée le savoir. Elle se creusa les méninges, en vain. Et puis, n'y avait-il pas un bébé ? Ô mon Dieu. La vieille dame ferma les yeux, s'efforça de se rappeler l'enfant, mais c'était peine perdue : son cerveau ne répondait plus.

Elle ressentit une peur diffuse, sentiment qui lui était tristement familier. Âgée, handicapée, inutile, elle devenait une gêne, un poids pour ses proches. Elle se demandait pourquoi ils prenaient encore la peine de venir la voir. Valérie travaillait beaucoup. Sara aussi. Oh, un autre prénom ! Sa précieuse Sara. Mais d'ici peu, elles risquaient de se lasser. De l'abandonner.

— Sœur Janine ?

La vieille dame se retourna. Une visite ! Connaissait-elle cette personne ? Elle réussit à sourire, s'efforça de masquer sa confusion.

— Je vous ai apporté quelque chose.

La personne mit une boîte de chocolats dans ses mains, et prit place sur le petit sofa.

— Vous vous plaisez ici, à Rose Haven ?

— Oui, beaucoup, merci.

Janine l'observa avec attention, priant de toutes ses forces pour que son cerveau se remît à fonctionner. Des yeux bleus. Un joli sourire. Des vêtements qui paraissaient onéreux. Les chocolats étaient manifestement de qualité. Mais qui était-ce ? Janine voulut se donner le temps de réfléchir. Elle désigna la table de chevet d'un geste.

— J'ai du café dans cette...

Ô Seigneur, comment s'appelait donc cette chose ?

— La thermos ?

La personne se leva, se saisit de la bouteille, puis versa du café dans deux tasses. Elle posa celle de Janine à portée de main, non loin du fauteuil roulant, puis se rassit, toujours souriante.

— Ah ! Vous, les gens de La Nouvelle-Orléans, vous savez faire le café ! Comment avez-vous réussi à obtenir des infirmières qu'elles le préparent comme vous l'aimez ?

Janine fronça les sourcils.

— Je crois que Valérie...

— Valérie.

Le sourire de la personne se fit plus froid.

— Elle doit avoir des contacts à La Nouvelle-Orléans, j'imagine ?

Janine tourna les yeux vers la fenêtre ; on apercevait les branches nues d'un orme, qui se découpaient sur un ciel gris et morne.

— Nous ne sommes pas à La Nouvelle-Orléans, n'est-ce pas ?

— Vous êtes à New York, maintenant, ma sœur.

— Oui, oui. À New York.

— À propos de Valérie…

La personne sortit une grande enveloppe d'une serviette.

— C'est pour elle. Je vais vous confier ce pli. Vous le lui donnerez lors de sa prochaine visite.

De nouveau ce sourire glacial.

— Parce qu'elle vient régulièrement, n'est-ce pas ?

— Elle est très gentille avec moi.

— Eh bien, c'est la moindre des choses. Après tout ce que vous avez fait pour elle. Et pour Sara !

— Oui, pour Sara aussi…

— Elle vous le rend bien ?

— Pardon ?

Un rire bref.

— Saluez-les de ma part, voulez-vous ?

La personne se dirigea vers la porte. Elle se retourna avant de sortir :

— Passez une bonne journée, ma sœur !

Janine resta assise dans son fauteuil, déstabilisée. D'ordinaire, les visites lui remontaient le moral, mais cette fois-ci… Elle prit un stylo et un petit bloc sur la table. Le stylo en main, elle regarda fixement le papier, oubliant ce qu'elle avait eu l'intention d'écrire. Les choses lui échappaient si vite…

La porte s'ouvrit et une infirmière entra, qui poussait un chariot de médicaments.

— Comment va la sœur, ce matin ?

Elle attrapa une pilule posée sur un plateau, remplit un verre d'eau au robinet, puis attendit que Janine prît son cachet.

— Qu'est-ce que c'est que ça ? s'exclama l'infirmière, qui venait de voir la boîte de chez Godiva.

Elle claqua la langue, désapprobatrice.

— Je ne sais pas comment ces chocolats sont arrivés ici, ma sœur, mais vous connaissez le règlement. Pas de sucreries avant les repas !

— Pardonnez-moi, souffla Janine comme l'infirmière déposait la boîte de chocolats tout en bas du chariot.

Ah, le règlement... La vieille femme ne réussissait pas à se souvenir de tous ces interdits. Pas de sucreries avant les repas. Elle se promit de le noter. Mais elle avait tant de mal à écrire, à présent. Ses doigts parvenaient à peine à former les lettres, même quand elle se rappelait ce qu'elle voulait coucher sur le papier.

— Et d'où vient ce paquet ?

L'infirmière, qui s'était saisie de l'enveloppe, toisa Janine d'un air sévère.

— Il est adressé à Valérie, ajouta-t-elle. Est-elle venue ce matin ? A-t-elle oublié cela ?

La jeune femme parcourut la pièce des yeux, remarqua les tasses vides. Elle alla les placer dans l'évier, puis les rinça, tout en manifestant son mécontentement. Après quoi, elle les posa sur un papier absorbant.

— Vos amis pourraient faire preuve d'un minimum de considération, Janine. Je m'étonne de leur désinvolture. Vous êtes une ancienne religieuse, tout de même ! Est-ce si difficile de rincer une tasse ? Il ne suffit donc pas que nous mettions une thermos de café à disposition des visiteurs ?

L'infirmière glissa la grosse enveloppe sur son chariot, à côté des chocolats.

— Je garde ce pli pour Mme Olivier-Long, jusqu'à sa prochaine visite. Et je ne manquerai pas de lui rappeler qu'il faut respecter le règlement. Les visiteurs doivent signer le registre en arrivant et en repartant. Quels qu'ils soient.

Janine n'eut pas vraiment conscience du fait que l'infirmière sortait. Elle s'évada dans un rêve éveillé, moment privilégié que lui octroyait parfois son intellect déficient. En ces rares instants, son corps la trahissait moins, elle avait l'esprit clair, sa vie prenait un sens. Dans cet état de grâce, Valérie lui apparaissait. Et Sara. Des souvenirs heureux.

Repousse les images sombres...

Elle se reput de ces tableaux heureux, jusqu'à ce que la maladie s'insinue à nouveau entre elle et sa conscience, avide, sans pitié, telle l'infirmière confisquant les chocolats, et lui vole même ses plus beaux souvenirs.

3

Le lendemain, Valérie et Sara se retrouvèrent au restaurant Sassafras pour déjeuner. Valérie avait proposé à sa fille de passer la prendre chez elle, mais Sara avait préféré qu'elles se donnent rendez-vous à l'extérieur.

— Ma colocataire fait la grasse matinée le samedi, expliqua-t-elle à sa mère en arrivant, tout essoufflée.

La jeune fille se laissa tomber sur un siège. Elle avait un quart d'heure de retard.

— Tu sais comment c'est! conclut-elle.

La rédactrice en chef de *Panache* commanda deux coupes de champagne.

— J'espère que ta colocataire ne garde pas ses amants la nuit.

— Nous fêtons quelque chose? s'enquit Sara, comme le serveur apportait leurs consommations.

Valérie leva sa coupe, sourit.

— Un grand événement, oui.

Elle avait éveillé la curiosité de sa fille, qui lui lança un regard interrogateur.

— Que se passe-t-il? Raconte-moi! Ce n'est pas souvent que je te vois boire de l'alcool!

— Tu parles à la nouvelle rédactrice en chef de *Panache*, chérie.

— Tu plaisantes!? s'exclama Sara en écarquillant les yeux. Ce n'est pas possible! Qu'est-il arrivé à Liz?

— On peut trinquer à ma nomination, avant de parler de Liz?

— Oh, désolée.

Sara fit tinter sa coupe de champagne contre celle de sa mère.

— Félicitations, maman. Tu vas faire merveille. Ils vont en rester sans voix !

La jeune fille but une petite gorgée du breuvage pétillant.

— Et *Panache* va remporter le prix du meilleur magazine dès l'année prochaine. Tu vas voir !

— Il me faudra un peu plus de temps que ça ! protesta Valérie, qui sourit néanmoins.

— OK. Je te donne deux ans. Après quoi, ce prix trônera dans ton bureau, tu peux me croire.

— Merci, chérie.

Le sourire de Sara lui faisait chaud au cœur. Trois ans plus tôt, sa fille avait sombré dans la dépression, suite à une fausse couche et à une rupture. Elle avait cependant fini par retrouver son enthousiasme. Et sa joie n'était pas feinte. Peut-être avait-elle enfin surmonté les épreuves qui avaient failli l'anéantir.

Sara se pencha vers elle.

— Alors, dis-moi. Qu'est-il arrivé à Liz ?

— Je ne sais pas exactement. Hal prétend qu'elle a donné sa démission. Cela daterait d'hier. C'est vraiment soudain, car on discutait encore la veille d'un papier pour le numéro de mai. J'ai été étonnée de ne pas la voir à la cérémonie de remise du prix, mais carrément sidérée d'apprendre qu'elle nous quittait !

Sara secoua la tête, médusée.

— Cela va être dur de survivre dans cet univers de requins. Tu es sûre d'avoir les nerfs assez solides, maman ?

Valérie eut un petit rire.

— Non ! Mais il ne m'est pas venu à l'esprit de refuser.

Sara leva de nouveau son verre.

— Dans ce cas, bingo !

Le serveur apporta deux salades au poulet. Valérie se saisit de sa fourchette, changea d'avis, la reposa sur la nappe. Sara la considérait d'un air scrutateur.

— En réalité, cette proposition en or cache un inconvénient majeur.

— Comment cela ? On ne va pas t'augmenter décemment ?

— Oh si, j'aurai un bon salaire, mais je ne jouirai pas des pleins pouvoirs. *Panache* dépend du groupe Kurtz-Whitman. Or Hal Kurtz ne me croit pas capable d'opérer des changements seule, visiblement. Il me colle un espion sur le dos, qui pourra contester mes choix quand bon lui semblera.

— Non ! Je n'y crois pas !

— C'est la triste vérité. Et tu ne devineras jamais de qui il s'agit.

— Je t'écoute.

— Jordan Case.

Le visage de Sara se figea, elle baissa les yeux sur son assiette. Elle tendit la main vers sa coupe de champagne mais, nerveuse, la renversa. Le liquide se répandit sur la table. Elle poussa un petit cri horrifié, recula sa chaise avec brusquerie.

— Merde ! Regarde ce que j'ai fait !

Elle épongea le plus gros du liquide avec sa serviette, avant qu'il ne coule sur ses genoux.

— Je suis aussi maladroite qu'une petite fille, remarqua-t-elle en souriant.

— Je savais que cela te contrarierait, murmura Valérie.

Elle se tut tandis que le serveur débarrassait l'assiette et le verre de Sara, imperturbable.

— Moi aussi, j'ai été contrariée, reprit-elle ensuite. Hal l'a vu, mais il est clair que je vais devoir m'accommoder de Jordan.

— M. Case est plutôt sympa, maman. C'est Charlie que tu détestes.

— Donc, selon toi, je devrais apprécier de l'avoir pour chef ?

— Je ne voudrais pas que tu te sentes mal à l'aise en présence de M. Case, simplement parce qu'il est le père de Charlie.

— Je ne déteste pas Charlie.

Sara observa sa mère en silence. Valérie but une gorgée de champagne et ajouta :

— Mais il t'a fait souffrir, et j'ai du mal à lui pardonner. J'ai toujours pensé que cette histoire aurait pris un tour différent, si Jordan ne s'en était pas mêlé. Tu te rappelles ce qu'il a dit ? Que vous ne vous marieriez pas tant qu'il serait vivant !

— Il a dit cela, maman, mais il ne le pensait pas.

Valérie reposa sa coupe d'un geste brusque.

— Tu étais enceinte, Sara. Je sais que vous n'étiez pas mariés, mais il faut être deux pour faire un bébé, et je trouve inadmissible que Jordan se soit montré aussi intransigeant. Cette situation requérait un minimum de tolérance. On avait le sentiment que son précieux rejeton était la victime d'une petite garce. Comment peux-tu affirmer qu'il ne pensait pas ce qu'il disait ?

— Un mariage dans ces conditions finit souvent par un divorce, maman. Jordan Case en avait conscience. Il songeait à l'avenir de Charlie. Nous étions tous les deux très jeunes. Charlie avait vingt et un an, et moi dix-huit. Il lui restait une année d'université à faire ; je venais tout juste de commencer mes études supérieures. La réaction de M. Case était compréhensible. Mais je crois qu'il aurait fini par se faire une raison.

— C'est pure spéculation, Sara.

L'indulgence que montrait sa fille envers Jordan médusait Valérie. Ce dernier s'était mis en colère en apprenant qu'elle était enceinte. Sara en avait été bouleversée ; ce choc émotionnel avait provoqué chez elle un avortement spontané. C'était du moins ce que pensait Valérie, bien que le médecin n'eût pas souscrit à cette théorie.

Le serveur revint avec une coupe de champagne et une salade pour Sara.

— Voilà, mademoiselle.

— Merci.

La jeune fille se saisit de sa fourchette.

— Je suis désolée, maman. J'ai seulement été surprise d'apprendre que M. Case reparaissait dans ta vie. Mais ne t'en fais pas : vous êtes des professionnels l'un et l'autre.

— Sans doute... Mais il n'en est pas moins autoritaire et buté. Nous ne verrons jamais les choses de la même façon.

— Ne dis pas : « Fontaine, je ne boirai pas de ton eau. » Vous pourriez vous apercevoir que vous avez plein de choses en commun...

Vers le milieu de la semaine, Valérie vit ses craintes se dissiper, car Jordan Case n'avait pas encore paru au journal. La rédactrice en chef de *Panache* songea qu'il allait peut-être la laisser en paix.

Elle prit connaissance des messages qu'Éric Johns, son assistant, notait sur de petits feuillets roses. Il était son assistant depuis deux ans, et il n'y avait aucune raison que cela changeât. Valérie appréciait son efficacité comme sa discrétion.

Éric se tenait devant le bureau de la jeune femme, s'apprêtant à lui faire part du programme de la journée.

— Je t'écoute, Éric.

Il consulta un bloc de papier jaune.

— Tu as rendez-vous à dix heures avec Suzy Klein, de la maquette, et à onze heures avec Peter Farrell, de la rubrique artistique. Il y avait un déjeuner prévu à midi trente avec Raymond Keller, ce journaliste que tu aimes bien, et qui veut faire un papier sur les yuppies vieillissants.

— Il y avait ? répéta Valérie sans comprendre.

Il mordilla le bout de son stylo, gêné.

— Keller a dit qu'il verrait cela avec Jordan Case.

— Vraiment ?

Ce n'était pas parce que Jordan se faisait rare au journal, qu'il n'intriguait pas dans l'ombre : la preuve ! songea-t-elle avec dépit.

— De toute façon, je n'avais nulle envie de passer deux heures à discuter d'un sujet aussi superficiel, décréta-t-elle.

— Roxanne souhaiterait que tu voies les photos qu'elle a prises du prince William, quand elle était à Londres.

— OK. Appelle-la et dis-lui que je descendrai au labo dès que possible. Tu as vu les photos ?

Éric acquiesça, une main sur le cœur.

— Elles sont tout bonnement renversantes. Le gamin est photogénique. Il doit tenir cela de sa mère.

Valérie décrocha son téléphone.

— Cesse de t'extasier, Éric. Va plutôt faire quelque chose d'utile !

— Bien, madame.

Le jeune homme se saisit d'une pile de lettres qu'elle venait de parapher.

— Oh, une dernière chose ! dit-il.

Elle leva les yeux, le combiné dans la main.

— Quoi ?

— On a vu Denise Grantham dîner avec Hal Kurtz au Guggenheim, dimanche.

— Et tu crois que...

— Elle couche avec lui, déclara Éric, catégorique.

Il haussa deux fins sourcils.

— Garde-toi d'elle, Valérie. Ce n'est pas une amie.

La rédactrice en chef de *Panache* avait bien conscience de cette animosité. Denise avait dix ans de moins qu'elle et la jalousait. Elle était de plus très arriviste. Le lundi précédent, Hal avait réuni le personnel pour l'informer du départ de Liz et de la nomination de Valérie. Tous les employés de *Panache* s'étaient réjouis de ce changement – excepté Denise. Hal Kurtz l'avait fait entrer au journal six mois plus tôt, en tant que reporter. Mais Denise visait un emploi plus prestigieux.

— Qu'est-ce que Hal s'imagine ? marmonna Valérie, en composant le code qui donnait accès à ses messages téléphoniques.

— Cela me paraît clair, remarqua Jordan.

Valérie laissa retomber le combiné du téléphone sur son support, puis se leva.

— Je n'ai pas entendu Éric t'annoncer, Jordan...

— Je lui ai dit que ce n'était pas la peine.

— Tolérerais-tu que ton assistant autorise les visiteurs à pénétrer dans ton bureau sans crier gare ?

— Tout dépendrait de l'identité desdits visiteurs. Hal Kurtz a le privilège de passer me voir sans s'annoncer, et il ne s'en prive pas.

— Ce qui veut dire que tu vas user de ta suprématie à mon endroit ?

Jordan Case ferma la porte.

— Non. Je voulais simplement dire que Hal peut venir me voir à l'improviste, qu'il n'hésite pas à le faire, et que cela ne m'incommode en rien. Mais je constate que tu accordes de l'importance au protocole ; aussi, la prochaine fois, le respecterai-je.

Il s'assit dans un fauteuil.

— Je devrai prendre rendez-vous combien de temps à l'avance ? ironisa-t-il.

Elle se raidit.

— Que veux-tu, Jordan ?

— C'est personnel. Je suis venu te parler de Charlie et de Sara. Cette regrettable histoire a jeté un froid entre nous. Il est temps de régler cela, et de repartir sur de bonnes bases.

— Cela date de trois ans. C'est du passé. Qu'y aurait-il à en dire ?

— C'est du passé, certes, mais tu sembles encore ruminer cet affront. Or je ne voudrais pas que ton hostilité ait un impact négatif sur notre relation.

— Mais nous n'avons pas de relation, Jordan !

— Nous allons travailler ensemble, Valérie. Aussi vaut-il mieux en parler. Tu as mal supporté que j'intervienne dans cette petite aventure qu'ont eue les enfants. Je ne tiens pas à ce qu'une rancœur ancienne influe sur ton jugement, chaque fois que je ferai une suggestion.

— Cette petite aventure ?! répéta Valérie en se sentant rougir. C'est ainsi que tu oses appeler la liaison de Sara et Charlie ? Quand tu en as eu vent, Jordan, ils sortaient ensemble depuis un an ! Or ton fils a attendu que Sara soit enceinte de trois mois pour te la présenter.

Tu as eu recours à l'intimidation. Et deux semaines plus tard, elle faisait une fausse couche !

— Je ne suis pas responsable de la fausse couche de Sara, protesta Jordan, qui se leva et se mit à arpenter la pièce. Et tu le sais très bien ! Le médecin n'a pas trouvé d'explication. On parle d'avortement spontané dans ces cas-là, je crois. Ce sont des choses qui arrivent.

— Et ainsi, tu n'as pas eu à faire pression sur Charlie pour que Sara ait recours à une interruption volontaire de grossesse.

— Tu surestimes mon influence sur Charlie, répliqua-t-il sèchement. Il est aussi têtu que moi, à certains égards. Écoute, Valérie...

Le vice-président du groupe Kurtz-Whitman s'arrêta et regarda son interlocutrice dans les yeux :

— Ils étaient trop jeunes ! Un mariage se serait soldé par un échec. Charlie avait encore une année d'université à faire, et Sara aurait probablement arrêté ses études à la naissance de l'enfant. Réfléchis. Si tu es honnête, tu admettras que j'ai raison. Le fait qu'ils s'en soient remis aussi vite est parlant.

Il se pouvait que Charlie eût fait son deuil de Sara sans difficulté, mais la chose n'était pas réciproque, songea Valérie. Sa fille avait surmonté cette épreuve, qui cependant l'avait changée. Elle se montrait moins spontanée que par le passé. Elle avait perdu son innocence.

Non pas que Valérie tînt à l'avouer à Jordan Case, homme dominateur et sans cœur. Sara pouvait fort bien se passer de la compassion de ce monsieur.

— Comment va-t-elle, au fait ? demanda-t-il calmement, posté devant la fenêtre.

— Très bien. Elle a terminé ses études au printemps dernier. Elle travaille dans une maison de couture sur la Huitième Avenue. Elle est styliste.

— Elle vit avec toi ?

— Non. Elle partage un appartement avec une amie.

— Elle doit te manquer.

— Oui.

— Charlie s'en sort bien, lui aussi. Il travaille pour une firme de haute technologie. Il fait des choses très pointues, que j'aurais de la peine à comprendre s'il me les expliquait.

— Le lui as-tu demandé ?

Jordan lui lança un regard en coin.

— De façon détournée.

Elle s'adossa à son bureau.

— Maintenant que nous avons parlé de Sara et de Charlie, tu peux m'avouer la raison de ta présence ici. J'ai un emploi du temps chargé, Jordan. Que veux-tu, au juste ?

— Je te l'ai dit. J'ai commis une erreur en intervenant de façon aussi marquée dans l'histoire d'amour de Sara et de Charlie. Il m'a paru nécessaire que nous en parlions, afin de pouvoir travailler dans de bonnes conditions.

— Il y a deux minutes, tu n'avais pas le sentiment d'avoir fait une erreur, me semble-t-il ! Tu revendiquais chacun de tes actes !

— Et parce que tu me reproches toujours mon attitude passée, tu n'as même pas voulu m'entendre parler de cette histoire. Ce qui prouve que j'ai eu raison d'insister.

Jordan leva la main pour interrompre la jeune femme qui commençait à protester.

— Accorde-moi encore quelques minutes, Valérie. Je tiens à régler le problème une fois pour toutes. Je sais que tu ne m'as pas pardonné de m'être mêlé de…

— La *petite* aventure entre Sara et Charlie ?

— De leur relation. J'ai mal géré la situation. J'ai dit des choses que je regrette. Je suis allé trop loin, je t'ai insultée.

— En suggérant que ma fille devait être une traînée, comme moi, puisque je n'étais pas mariée quand elle est née ?

— Je n'ai jamais traité Sara de traînée ! Ni toi. Cela ne me serait même pas venu à l'idée.

— Oh, arrête, Jordan. Tu t'es dit : « Telle mère, telle fille », mais à part cela tu ne pensais pas à mal, non.

— Oublie tout cela, Valérie!

— Je me souviens que tu as dit des choses terribles. Et peu importe dans quelles circonstances ma fille est née : elle est innocente!

Valérie, la gorge nouée, s'efforça de cacher son émotion. Qui n'était pas sans rappeler celle qu'elle avait éprouvée, le soir où Jordan Case avait sonné à la porte de son appartement et lui avait asséné une tirade humiliante, dans le but de protéger son fils unique. Elle poursuivit :

— Sara était une jeune fille insouciante et rieuse, quand elle a rencontré ton précieux Charlie. Mais lorsqu'il l'a quittée, après sa fausse couche, quelque chose s'est éteint en elle. Alors imagine quel aurait été le résultat si elle avait entendu les insultes que tu as proférées à notre endroit, ce fameux soir!

— Je reconnais que j'ai eu tort, déclara Jordan avec un calme parfait. J'ai dépassé les bornes, et je m'en excuse.

Elle entendit à peine ce que disait Case. Elle s'était redressée, le fusillant du regard.

— Je me félicite que Sara n'ait pas été à la maison, ce soir-là. Quand je pense que Janine... Non, en fait, je ne regrette pas que Janine ait tout entendu, car elle a pu m'aider à relativiser ces horreurs. C'était une chance, d'après elle, qu'un homme comme toi n'appartienne jamais à notre famille, même par alliance. Elle m'a rappelé que toute personne prompte à juger se rend souvent ridicule.

Jordan l'observa en silence quelques instants, puis il se dirigea vers la porte.

— Je vois que tu n'es pas encore capable de me pardonner.

— Je peux te pardonner, mais je ne pourrai pas oublier, Jordan. Je suis désolée si c'est ce que tu espérais. On n'obtient pas toujours ce que l'on veut, en ce bas monde.

Il se retourna, affichant un sourire narquois.

— On cite Mick Jagger, maintenant?

— Non, sœur Janine Livaudais.

Il fronça les sourcils.

— Sœur Janine ? Ta mère est nonne ?

— Janine n'est pas ma mère. Mais elle n'en demeure pas moins ma plus vieille et plus chère amie.

— Charlie parlait d'elle fréquemment. Elle doit avoir plus de quatre-vingts ans. Comment va-t-elle ?

— Elle a la maladie d'Alzheimer. Nous avons dû la placer dans une institution. À Rose Haven.

— Je suis désolé.

Jordan avait ouvert la porte.

— Ainsi, Janine et Sara ont quitté ton foyer, commenta-t-il. Tu dois en souffrir.

— Je n'ai pas le temps de me sentir seule.

Elle décrocha le combiné du téléphone et entreprit d'écouter ses messages – ce qu'elle s'apprêtait à faire avant qu'il ne l'interrompe.

Jordan la dévisagea, puis sortit.

Valérie passa l'heure suivante à rappeler ses correspondants. Elle ne s'était pas attendue à ce que Jordan lui présente des excuses, mais plus elle y songeait, plus elle se persuadait qu'il s'agissait d'une manœuvre de sa part. Elle ne devait pas baisser la garde devant lui. Autrement, il se sentirait libre de s'imposer à son gré, d'interférer dans ses décisions. Or la jeune femme tenait à diriger *Panache* sans chaperon. Elle était décidée à en faire le meilleur magazine du moment – sans l'aide de M. Case.

Éric l'appela par l'interphone.

— Oui ?

— Si tu descends maintenant, tu as à peu près dix minutes pour jeter un coup d'œil sur les photos du prince William. Si tu es d'accord, je préviens Roxanne, qui te retrouvera au labo.

Valérie consulta sa montre. Dix minutes. Après quoi, elle verrait Suzy Klein. Si elle réussissait à abréger l'entretien avec Peter, elle pourrait déjeuner avec Jon Palmer, l'un des reporters du magazine. Il apportait la dernière touche à un reportage explosif sur la mort

– suspecte – de la femme d'une star de la télévision. L'affaire datait de dix ans. À l'époque, on avait conclu à un accident, or Palmer pensait que le mari l'avait tuée. Valérie prendrait un gros risque en insinuant, dans son journal, que l'acteur vedette était un assassin. Toutefois, dans l'hypothèse où les avocats de *Panache* lui donnaient le feu vert, l'histoire promettait d'être un vrai scoop.

— J'y vais, Éric. Appelle Rox, et dis-lui de me réserver quelques minutes. Je descends au labo.

Valérie s'engouffra dans ses toilettes privées – ce qu'elle n'avait pas encore eu l'occasion de faire depuis son arrivée au bureau, à sept heures trente. Comme elle se lavait les mains, elle aperçut son reflet dans la glace. Elle avait les joues en feu, les yeux trop brillants. Par la faute de Jordan Case, enragea-t-elle. Elle le maudit mentalement.

Éric lui tendit une tasse de café comme elle passait devant son bureau. La jeune femme se promit d'en commander cinq kilos à La Nouvelle-Orléans : elle ne consommait que la meilleure qualité.

Le labo photo se trouvait derrière la salle de réunion, à l'étage du service artistique. Valérie faillit tourner les talons lorsqu'elle aperçut Jordan, qui bavardait avec Peter Farrell, mais elle n'en eut pas le temps : Case interrompit sa conversation et la rejoignit. Ensemble, ils pénétrèrent dans le laboratoire faiblement éclairé. Elle s'approcha des clichés encore humides, que Roxanne avait suspendus sur un fil. Il suffisait d'un coup d'œil pour deviner que ces photos étaient fabuleuses. Et que plusieurs d'entre elles pourraient paraître en couverture du magazine.

Elle en détacha une du fil. C'était un portrait du prince William.

— Cela ferait une couverture géniale, remarqua Jordan, qui se rapprocha. Il a un sourire irrésistible, comme sa mère. Tu ne trouves pas ?

— Si. Et il est aussi populaire qu'elle. Avec cette photo-là en couverture, les ventes de *Panache* vont flamber !

— J'avais une idée d'article, annonça-t-il tout à coup.

Il s'adossa au comptoir et ajouta :

— J'ai vu Donald Derrick. Il souhaiterait faire un reportage sur les magistrats qui s'acoquinent avec la pègre.

Valérie remit le portrait du prince William à sa place, puis continua à examiner les clichés de Roxanne.

— C'est un peu sombre pour nos lecteurs, répliqua-t-elle.

— Je croyais que tu voulais donner une nouvelle orientation au journal ?

— Pas si cela implique de perdre le gros de notre lectorat, mon cher.

Elle choisit une deuxième photo, qu'elle arracha du fil avec une certaine agressivité.

— Écoute, Jordan, je ne pense pas que tu aies besoin de mon accord pour publier un papier de Donald Derrick. Cependant, j'ai plusieurs articles en chantier. Ce sont des choix mûrement pesés. Je te prie de me laisser trois mois pour changer l'image de *Panache*. Est-ce trop demander ?

Jordan Case croisa les bras.

— Allons-nous nous disputer chaque fois que je ferai une suggestion ?

— Certainement pas. Ce ne serait pas dans mon intérêt !

Valérie replaça la photo sur le fil, puis étudia les suivantes. Roxanne avait un talent évident. Chaque portrait était émouvant.

Soudain, elle se rembrunit : elle venait d'apercevoir un cliché en noir et blanc, entre deux tirages couleur du jeune prince. La petite photo paraissait ancienne ; elle portait une marque circulaire, comme si l'on avait posé un verre dessus. Quatre adolescentes hirsutes, vêtues de jeans moulants et de tee-shirts étriqués, regardaient l'objectif. Pas une seule ne souriait. À l'arrière-plan, on distinguait une rue étroite. Les maisons possédaient de jolis balcons, pourvus de balustrades en fer forgé, aux motifs élaborés. À l'avant, un panneau indiquait le nom d'une rue.

— Rue Royale, souffla Valérie. Mon Dieu...

Jordan tendit la main vers le cliché alors que la jeune femme allait s'en saisir. Il le plaça sous une lampe et l'examina.

— Je ne pense pas que Roxanne ait eu l'intention d'inclure cette photo dans son travail, remarqua-t-il, tout en s'efforçant de reconnaître les jeunes filles. Ces gamines me paraissent assez affranchies...

D'un geste brusque, Valérie lui prit la photo des mains et la glissa dans la poche de son blazer. Cette image lui avait brûlé les doigts. Comment était-ce possible ? Et qui avait fait cela ?

C'est incroyable, songea-t-elle. Après tant d'années...

— Une mauvaise plaisanterie, j'imagine, dit-elle en espérant que sa voix ne trahissait pas son trouble.

Jordan la considéra avec attention.

Valérie regarda en direction de la porte, nerveuse.

— Mais où est donc Roxanne ? Elle était censée me retrouver ici...

— On dirait que tu viens de voir un fantôme, Valérie. Puis-je aller te chercher un verre d'eau ?

Un fantôme. Elle ferma les yeux.

— Oui, s'il te plaît.

Il se dirigea vers l'évier, pensant trouver un verre et de l'eau. Valérie l'arrêta :

— Il y a un distributeur de boissons, au bout du couloir. Je préférerais du jus d'orange, si cela ne t'ennuie pas.

Jordan sortit.

Elle attendit que les battements de son cœur s'apaisent, puis ouvrit la porte ; elle passa furtivement la tête dans le couloir, pour s'assurer que Jordan n'était nulle part en vue.

Alors elle s'enfuit.

Ce fut Roxanne, et non Valérie, que trouva Jordan lorsqu'il revint, une bouteille de jus d'orange à la main. La photographe décrochait les clichés du prince

William, puis les posait sur un plan incliné, afin de les mettre en valeur.

— Où est-elle passée ? demanda-t-il.

— Qui ça ? répliqua Roxanne, qui se retourna.

— Valérie. Elle était là il y a deux minutes. Nous parlions. Elle a vu une vieille photo et...

Il s'interrompit.

— On a dû l'appeler, j'imagine, ajouta-t-il.

Roxanne considéra le jus d'orange, puis son patron.

— Il se peut que j'aie mal saisi le message d'Éric.

— Je ne pense pas, non, assura Jordan.

Valérie l'avait envoyé chercher du jus d'orange pour se débarrasser de lui, comprit-il. Il aurait dû deviner qu'elle n'allait pas l'attendre, ni lui donner l'opportunité de l'interroger.

— Elle a regardé tes tirages, déclara-t-il. En fait, elle en a repéré un qui pourrait faire la couverture.

— Mince alors ! s'exclama Roxanne. J'aurais voulu voir sa réaction, mais une amie est passée à l'improviste et m'a retardée. Je n'ai pas pu m'échapper. Je parie que c'était cette photo-là !

D'un geste, elle désigna le portrait qu'avait choisi Valérie.

— Effectivement. Nous avons été impressionnés l'un et l'autre par ton travail. Continue comme ça et ta fortune est faite !

— Merci, Jordan. Je m'en rappellerai quand je réclamerai une augmentation.

Le sourire de la jeune femme s'effaça.

— Qu'est-ce que c'est que cette histoire de vieille photo ?

— Nous avons trouvé la photo d'un groupe d'adolescentes au milieu des clichés du prince William. Quand Valérie l'a vue, elle a paru déstabilisée. Qui a pu la mettre ici, à ton avis ?

— Je n'en ai pas la moindre idée. Mais je me demande comment ce truc s'est retrouvé là, au milieu de mes tirages. Je trouverai, compte sur moi !

— Il pourrait s'agir d'une farce.

— Cela ne m'amuse pas, Jordan. Personne n'est censé pénétrer dans le labo... Mais pourquoi la photo de ces gamines a-t-elle mis Valérie dans un tel état ?

Il parut songeur.

— Parce qu'elle était l'une d'entre elles.

4

Valérie se laissa tomber sur la banquette du taxi, le regard fixe, la gorge sèche. Elle donna l'adresse de son domicile au chauffeur.

Elle allait devoir fournir des explications à Éric, qui avait bondi de sa chaise, tel un diable de sa boîte, quand elle était passée en courant devant lui pour aller récupérer son sac à main dans son bureau. Son assistant l'avait suivie, anxieux ; il avait voulu savoir de quoi il retournait. Elle avait simplement dit qu'il lui fallait rentrer chez elle, puis s'était précipitée vers l'ascenseur en abandonnant Éric à son inquiétude.

C'est affreux, songea-t-elle.

Quelqu'un connaissait son secret !

Comment la photo était-elle arrivée là ? Et comment avait-on fait pour mettre la main dessus ? On avait eu l'intention que Valérie la voie et soit horrifiée. Mais dans quel but ? Et qu'en pensait Jordan ? L'avait-il reconnue dans ce groupe de gamines ? Qu'allait-il s'imaginer ?

Elle sortit le cliché de sa poche et l'examina, submergée par un flot de souvenirs. La chose paraissait incroyable. Après tant d'années... Elle avait pourtant cru qu'elle n'aurait plus à souffrir de ces événements traumatisants.

Quelle idiote elle était ! On n'échappe pas à son passé...

Chicago, 1976

Valérie Olivier-Long s'appelait en réalité Caroline Weston. Elle était la fille de Wilson et Hannah Weston. Jusqu'à ce qu'elle atteigne l'âge de neuf ans, et que son père décède subitement d'une crise cardiaque, elle avait vécu heureuse et comblée.

Après la mort de son époux, Hannah supporta mal de devoir restreindre son train de vie. Encore jeune et belle, elle s'employa à trouver un homme qui pût lui offrir l'aisance matérielle. Edward Martindale était un avocat de Chicago ; il avait atteint la célébrité suite à l'acquittement de ses clients dans trois procès retentissants. Il ne possédait pas le raffinement de Wilson Weston, il appartenait à une lignée moins prestigieuse. Cependant, il se révélait plus ambitieux. Il était en passe de devenir un ténor du barreau de Chicago. Il lui manquait une épouse jeune, belle, et de bonne ascendance. Hannah s'avéra parfaite, bien qu'elle eût une fille de neuf ans. Ce dont Edward s'accommoda. Ils se marièrent à peine un an après la disparition de Wilson.

Caroline comprit très vite qu'Edward ne saurait en aucun cas remplacer le père qu'elle avait perdu. L'avocat était aux petits soins pour Hannah, mais il ignorait superbement l'enfant. Caroline eut une adolescence difficile – ce qui, vu le contexte, n'avait rien de surprenant. La jeune fille se montrait irritable, révoltée, d'humeur changeante. Edward, quant à lui, s'avérait impatient, froid, insensible. Hannah se préoccupait exclusivement du bonheur de son mari. En conséquence, elle veillait à éloigner sa fille pour ne pas l'importuner. Quand celle-ci refusait de se rendre à sa volonté, Martindale l'agressait verbalement. Or les confrontations se firent de plus en plus fréquentes, tandis que Caroline avançait en âge. Lorsqu'elle s'opposait à lui de façon particulièrement marquée, et qu'il était encore moins conciliant qu'à l'accoutumée, Edward n'hésitait pas à la gifler. Violemment. La jeune fille suppliait alors sa mère de le quitter. Hannah lui rappelait qu'elles devaient à Edward de vivre dans le luxe :

— Vraiment, ma fille, tu exagères. Arrête de le provoquer !

À quatorze ans, Caroline comprit que la plupart des clients de Martindale étaient des figures éminentes de la pègre du Middle West. Elle tenta d'en aviser Hannah.

— Tu es trop jeune pour saisir ces choses-là, Caroline, rétorqua celle-ci. Et je t'interdis de parler de cela à qui que ce soit ! Edward a une excellente réputation dans son milieu. On parle de lui pour un poste de juge. Ce serait formidable de pouvoir dire à tout le monde que ton beau-père est juge fédéral, non ?

Cette perspective semblait réjouir Hannah. Elle n'était pas disposée à renoncer à son rêve – à aucun prix. De même qu'elle refusait d'admettre que son mari maltraitait sa fille.

Pour Caroline, toutefois, le rêve vira au cauchemar un soir de novembre, peu avant son quinzième anniversaire. Elle avait laissé passer minuit – heure à laquelle elle était censée rentrer –, et elle s'exposait à des reproches cuisants si d'aventure sa mère ou Edward la croisaient.

La jeune fille se glissa donc dans la maison obscure sur la pointe des pieds. Elle s'apprêtait à monter l'escalier dans le noir, quand elle entendit du bruit dans le bureau d'Edward. Elle s'en approcha à pas feutrés. Elle reconnut la voix de son beau-père, qui se disputait avec un visiteur. Par la porte entrebâillée, elle aperçut un homme d'affaires furieux. Il reprochait à Martindale de s'entendre avec son ennemi afin de le spolier de son bien : des terrains de grande valeur. Le complice de l'avocat n'était autre, d'après l'homme d'affaires, qu'un membre de la mafia de Chicago. Si une telle accusation devait s'ébruiter, Edward pouvait dire adieu au poste de juge qu'il briguait.

Caroline avait eu conscience de surprendre une conversation de la plus haute importance.

Pourquoi n'avait-elle pas profité de l'occasion pour filer dans sa chambre ? Pourquoi était-elle restée figée sur place ? Était-elle déjà de nature curieuse, trait de caractère qui allait se développer et l'inciter, par la suite, à devenir journaliste ? Avait-elle eu l'intuition qu'il se préparait quelque chose de grave ?

La querelle se fit plus vive. L'arrogance d'Edward mit son interlocuteur en rage. L'inconnu sortit un revolver. Désespéré, il annonça qu'il n'avait plus rien à perdre. L'avocat éclata de rire. La jeune fille cilla, incrédule, tandis que son beau-père traversait la pièce, se plantait devant le visiteur et disait :

— Alors tirez !

L'homme d'affaires n'était pas un assassin. Caroline vit qu'il hésitait.

Edward bondit, dans l'intention de lui arracher son arme. Une lutte s'engagea entre les deux hommes. Le revolver ne tarda pas à changer de main. L'adolescente songea qu'un drame venait d'être évité. À présent, son beau-père allait appeler la police. Et l'homme allait être arrêté. Ou bien Edward allait le prier de rentrer chez lui et de se calmer.

Martindale n'en fit rien. Alors que son visiteur restait assis sur le sol, la tête baissée, il leva l'arme, visa l'arrière de son crâne, et tira à bout portant.

Caroline se mit à hurler.

Edward se retourna, stupéfait.

— J'ai vu ce que tu as fait ! s'écria-t-elle. Tu l'as tué ! Il ne te menaçait même plus ! Il était assis par terre, et il pleurait ! Tu l'as abattu de sang-froid. Tu es ignoble !

— Et toi, tu es agaçante, Caroline, rétorqua l'avocat d'un ton dégoûté. Disparais pendant que je nettoie tout ça ! Et en montant, dis à ta mère que j'ai besoin d'elle. File !

— Tu vas appeler une ambulance ? Peut-être qu'il vit encore…

— Et peut-être que les poissons ont des ailes, répondit Martindale, sarcastique. Fais ce que je te dis. Va chercher ta mère !

— Que se passe-t-il ? s'écria Hannah qui accourait. Qu'est-ce que c'était que ce bruit ? J'ai cru que...

Elle plaqua une main sur sa bouche.

— Ô mon Dieu !

— Trouve-moi une couverture, lui ordonna Edward, sans tenir compte de son émotion. Il m'en faut une assez grande pour l'envelopper. Il va falloir que je le porte jusque dans la Range Rover.

Tout en parlant, l'homme de loi se saisit d'un plaid sur un fauteuil en cuir, puis il épongea le sang qui maculait le parquet. Après quoi, il mit le plaid en boule et le plaça sous la tête du mort.

— Son sang imprègne le tapis oriental, bon Dieu ! Ce machin m'a coûté plus de cinq mille dollars !

— Il a tiré sur cet homme, maman ! affirma Caroline. Il a visé l'arrière de sa tête, puis il a appuyé sur la gâchette ! Tu comprends, maintenant ? C'est un monstre !

— Fais-la sortir d'ici, Hannah ! gronda Martindale. Et apporte-moi cette fichue couverture ! Je n'ai pas que ça à faire !

— Tu l'as vraiment tué, Edward ? s'enquit cette dernière, pâle comme un linge. Est-ce que Caroline dit vrai ?

— Mais non, bon Dieu ! Ce type était complètement cinglé ! Il m'a accusé d'avoir intrigué pour le spolier de son bien, tu te rends compte ! Là-dessus, il m'a braqué un revolver sous le nez. Un dément, je te dis. J'ai tenté de lui prendre l'arme des mains, et le coup est parti.

Caroline fixait son beau-père, médusée.

— Tu mens !

Elle se tourna vers sa mère :

— Ne le crois pas, maman. La balle a pénétré dans la nuque. Edward lui a tiré dans le dos !

Il poussa un soupir.

— N'écoute pas cette petite, Hannah. Elle essaie de te monter contre moi depuis le début.

Hannah dévisagea tour à tour sa fille et son mari.

— Je… je sais bien que tu ne tuerais pas un homme de sang-froid, Edward. Mais… ne vaudrait-il pas mieux appeler la police ?

Il haussa les sourcils.

— Pour que la presse s'empare de l'affaire ? Si nous alertons la police, je ne deviendrai jamais juge.

Elle se tordit les mains.

— Eh bien, dans ce cas…

Caroline comprit que sa mère allait se plier à la volonté d'Edward, quoi qu'il décide de faire. L'aisance matérielle, la perspective d'avoir un mari juge fédéral avaient davantage d'importance que la vie d'un homme. Et elle se souciait peu de l'opinion que sa fille avait d'elle.

La jeune fille se dirigea vers le téléphone.

— Je vais le dire. Je vais appeler la police et raconter ce que j'ai vu !

Elle tendit la main vers l'appareil.

— Tu pourras mentir, Edward, cela ne changera ri…

Caroline hurla alors que le revers de la main de Martindale s'abattait sur sa joue. Elle vit trente-six chandelles. Il la gifla à nouveau, de toutes ses forces. Elle sentit le goût du sang dans sa bouche. Puis il lui donna un coup de poing, qui acheva presque de l'assommer. Du sang ruissela sur sa joue : son beau-père portait une grosse chevalière en or, qui lui avait entaillé la pommette.

— Tu vas la fermer, maintenant ? beugla-t-il.

Elle sanglotait.

— Maman… j'ai peur !

— Edward, je t'en prie ! plaida Hannah.

L'avocat lança un regard mauvais à sa belle-fille, qui recula d'un pas. Il resserra le nœud de sa cravate.

— Emmène-la, grogna-t-il. Et veille à ce qu'elle ne l'ouvre pas. Sinon…

— D'accord, Edward. Je vais l'emmener dans sa chambre, répondit Hannah, qui entraîna sa fille vers la porte. Et je redescends avec cette couverture.

— Dépêche-toi !

Quelques minutes plus tard, Caroline se contemplait, hébétée, dans la glace de sa chambre. Elle avait de la peine à croire que ce visage déformé, tuméfié, fût le sien. Un filet de sang coulait toujours de sa pommette ouverte. Elle colla un pansement dessus. Sa mère se garderait de la conduire aux urgences ; elle entendait faire de cette horrible histoire une affaire privée.

Veille à ce qu'elle ne l'ouvre pas. Sinon...

Martindale était sérieux : si d'aventure Caroline le dénonçait, il la tuerait. Si elle voulait rester en vie, il lui fallait fuir. Il venait de partir avec la Range Rover, qui emportait le corps de sa victime. C'était le moment ou jamais.

Comme elle rassemblait quelques affaires, l'adolescente songea qu'elle ne reverrait peut-être jamais sa mère. Sa mère qui n'avait pas trouvé le courage de s'opposer à ce démon. Et qui était même allée jusqu'à lui faire la morale, à elle...

— Nous sommes arrivés, madame.

Valérie cilla, s'apercevant que le taxi était garé devant son immeuble. Elle tendit un billet de dix dollars au chauffeur et sortit de la voiture. Elle courut jusqu'à l'entrée, traversa le hall d'un pas nerveux. Le cliquetis de ses talons sur les dalles de marbre lui fit presque peur. Elle s'arrêta devant l'ascenseur, le cœur battant, appuya sur le bouton d'un doigt tremblant.

Comment, mais comment avait-on pu la retrouver ? Personne ne connaissait son secret, hormis Janine. Et même Janine ignorait l'existence des photographies. Et de la boîte.

Une fois chez elle, la jeune femme lâcha son sac à main sur le sol, puis se précipita dans sa chambre. Elle entra dans le dressing renfermant sa garde-robe, ses bagages, ses chaussures. Elle traversa la petite pièce, poussa plusieurs vêtements sur la tringle, qui masquaient une porte étroite menant au grenier. Un cri de soulagement lui échappa : la boîte était là.

Elle s'agenouilla, ôta le couvercle en carton d'un geste brusque, fouilla dans ses reliques avec fébrilité. Elle gardait là un tube de rouge à lèvres, un poudrier, une médaille de saint Christophe, ainsi qu'une rose, conservée dans un sachet en plastique transparent. Elle finit par repérer la liasse de photos, maintenues par un élastique.

Enlevant l'attache, elle éparpilla les clichés sur le sol, telles des cartes à jouer. C'étaient des photos en noir et blanc, qu'elle avait fréquemment manipulées. Elle les parcourut du regard, anxieuse. Chaque fois, le même groupe d'adolescentes. Dans des lieux divers.

Elle les compta, les recompta. Onze. Il en manquait une !

La jeune femme s'assit par terre, les yeux fermés. Quelqu'un était entré dans son appartement en son absence ! Cette personne avait trouvé la boîte, retiré l'un des clichés, puis l'avait accroché dans le labo photo du journal afin que Valérie tombe dessus. Mais comment avait-on pénétré chez elle, puisque la serrure n'avait pas été forcée ?

Et pourquoi ?

5

La Nouvelle-Orléans

Angela Leblanc bondit de sa chaise, ôta sa chaussure, puis s'en servit pour écraser un cafard qui grimpait le long du mur à toute vitesse. Elle ne pouvait exiger du propriétaire qu'il fît désinfecter les lieux, car elle lui devait deux mois de loyer. La jeune femme, qui traversait une mauvaise passe, avait tout intérêt à adopter un profil bas.

Elle se rassit, ouvrit le *Times Picayune*, parcourut les faits divers. Elle était détective privé. Or personne n'avait fait appel à ses services depuis six mois. Et cela, bien qu'elle comptât des amis parmi les policiers de la ville, qui auraient pu l'orienter sur une piste quelconque.

Un titre attira son attention : *Vingt-cinq ans après, la famille Trent espère toujours retrouver Amy, disparue dans sa quinzième année.*

Angela but une gorgée de café, puis lut l'article avec attention. Elle se rappelait l'affaire Trent. Elle venait d'entrer dans la police, à l'époque. Les Trent, qui habitaient le Connecticut, avaient fait rechercher leur fille, et découvert qu'elle se cachait à La Nouvelle-Orléans. L'adolescente se droguait, et se prostituait. M. et Mme Trent avaient toutefois refusé de le croire. Même si plusieurs informateurs avaient assuré à la police qu'Amy travaillait pour un proxénète notoire. Perez... Menez... ? Angela se massa les tempes, s'efforçant de se souvenir du patronyme de ce truand, par ailleurs trafiquant de drogue...

Diaz ! Oscar Diaz. À l'époque, Angela et ses collègues avaient recherché Amy pendant des semaines, mais en vain. Sans doute Diaz avait-il tué l'adolescente, quoique cela ne lui ressemblât pas, une jeune prostituée étant pour lui une source de revenus. Il l'avait probablement rendue dépendante à l'héroïne, puis l'avait obligée à vendre son corps. Peut-être Amy Trent était-elle décédée des suites d'une overdose. Cela dit, la police n'avait jamais retrouvé le cadavre.

Elle posa le journal sur son bureau, songeuse. Oscar Diaz devait avoir jeté le corps dans le bayou.

Peu après la disparition d'Amy Trent, Angela s'était elle-même éloignée du droit chemin, en s'acoquinant avec des policiers corrompus. L'argent avait coulé à flots – durant un temps. Elle avait évité la prison de justesse, mais ses exactions avaient mis un terme à sa carrière.

Elle s'était reconvertie dans le secteur des enquêtes privées. Les affaires intéressantes étaient rares : elle passait la majeure partie de son temps à filer des maris et des épouses infidèles.

Elle relut l'article sur Amy Trent. Son père, un industriel de la côte Est, avait fréquenté les milieux de la finance et de la politique. Il était décédé depuis peu, semblait-il. Angela se rappelait très bien la mère, qui avait tenu à retrouver sa fille à tout prix. Ou à ce que justice fût faite, si par malheur on l'avait tuée. D'après l'auteur de l'article, cette dame espérait toujours que quelqu'un, quelque part, saurait lui révéler quelque chose sur le destin d'Amy.

Angela décida de contacter ses amis policiers. Avec un peu de chance, ils lui livreraient des informations dont le reporter du *Picayune* n'avait pas eu connaissance. Elle pourrait alors se mettre en rapport avec Mme Trent, et la persuader de lui verser une avance.

Cela valait la peine d'essayer.

Il fallait compter quarante-cinq minutes pour aller de chez Valérie à Rose Haven. La rédactrice en chef descendit au sous-sol de son immeuble, où se trouvait le parking. Elle grimpa dans sa voiture et démarra.

Janine était la seule personne au monde qui connût son secret, aussi se devait-elle de l'interroger. Cependant, l'état mental de la vieille dame déclinait de jour en jour : il y avait peu de chances qu'elle pût lui être d'une aide quelconque.

Personne ne pouvait savoir qu'elle rangeait de vieilles photographies dans une boîte en carton, ni qu'elle les cachait dans son grenier auquel on accédait par le dressing. Un invité, qui cherchait les toilettes, aurait-il pénétré dans la petite pièce, ouvert la porte du grenier par curiosité, trouvé la boîte ? Invraisemblable, songea Valérie. Une seule explication logique : un ennemi s'était introduit chez elle en son absence, et avait volé la photo. Mais comment pouvait-il savoir qu'elle dissimulait le cliché en cet endroit, ou même qu'elle possédait ces photos ?

Valérie frissonna d'horreur.

Elle appela Roxanne sur son téléphone portable.

— C'est Valérie. Je suis désolée de te déranger, Rox, mais…

— Où es-tu ? s'enquit Roxanne abruptement.

— Je suis en route pour Rose Haven. Je…

— Rose Haven ? Je croyais que tu y allais seulement le week-end. Janine est malade ?

— Non.

Valérie resta silencieuse quelques instants.

— Je voulais la voir, c'est tout, ajouta-t-elle.

— Oh.

Roxanne se tut, perplexe.

— Éric était dans tous ses états, reprit-elle. Il m'a dit que tu t'étais précipitée dans ton bureau comme si tu avais le diable aux trousses. Puis que tu avais disparu sans explication, alors que tu avais encore trois rendez-vous. Tu es sûre que ça va ?

— Oui, ça va. Écoute, Rox…

— Jordan Case était très inquiet. Il semble que tu aies failli t'évanouir après avoir vu une photo. Que se passe-t-il, Val ?

— Tu sais quelque chose à propos de cette photo, Roxanne ?

— Je ne l'ai même pas vue ! Jordan n'a pas compris pourquoi tu as été perturbée à ce point. Il m'a dit que tu étais sur la photo, mais que rien ne justifiait une telle réaction.

Valérie poussa un soupir. Ainsi, Jordan l'avait reconnue.

— J'ai été désarçonnée, je l'avoue. Mais ne le serais-tu pas si une photo de toi, datant de vingt ou trente ans, apparaissait soudain au milieu d'une série de tirages encore humides ?

— Je serais carrément en état de choc, admit Roxanne. D'ailleurs, je suis furieuse. Le labo photo est mon domaine. Personne n'est censé s'y trouver sans ma permission ! Je peux t'assurer qu'une telle chose ne se reproduira pas. Et j'entends bien découvrir ce qui s'est passé !

Valérie percevait des bruits de conversation et des rires en arrière-plan. Roxanne gloussa. Elle déjeunait manifestement en bonne compagnie.

— Tu vois qui cela pourrait être ? s'enquit Valérie.

— Non, mais je vais trouver, crois-moi. C'est à la fois inadmissible et inquiétant !

— Je suis bien d'accord avec toi, Rox. Merci.

Valérie interrompit la conversation tandis qu'elle s'engageait dans l'allée gravillonnée de Rose Haven. Il était improbable que Janine pût lui être d'un quelconque secours, mais vu la gravité de la situation, elle se devait de la questionner en premier lieu.

Un vent glacial la décoiffa comme elle gravissait les marches de l'entrée. En dépit des efforts du personnel et de la décoration intérieure, elle jugeait cet endroit déprimant. Des odeurs d'urine et d'antiseptique flottaient dans l'air. Il avait été déchirant de placer Janine dans cette institution. Cependant, la vieille dame n'avait pas conscience de se trouver dans un environnement plutôt que dans un autre, pas plus qu'elle ne faisait de différence entre le passé et le présent.

Devant la chambre, Valérie s'arrêta quelques instants dans l'embrasure de la porte. Elle observa son amie, qui regardait par la fenêtre. Le parc était recouvert de neige, mais elle n'aurait su dire ce que Janine pensait de ce spectacle. Elle s'approcha.

— Bonjour, ma chérie ! s'exclama-t-elle, se penchant et l'embrassant sur la joue. C'est Valérie !

La vieille dame tourna la tête, posa sur elle un regard absent.

— Tu es venue chanter avec moi dans le chœur ?

La gorge nouée, Valérie prit sa main frêle entre les siennes.

— Je chante faux, tu le sais bien !

Janine fronça les sourcils.

— Ce garçon est venu.

— Quel garçon ?

— Le garçon avec la...

Janine s'interrompit, cherchant un mot. Son vocabulaire s'appauvrissait de jour en jour. Elle renonça à réfléchir, tourna de nouveau son regard vers le jardin.

Valérie lui tendit la photographie.

— Tu as déjà vu cette photo, Janine ?

La vieille dame prit le cliché, sembla l'étudier avec attention.

— Je crois qu'elle est venue avec un gentil jeune homme.

— Qui ?

Janine tapota la photo d'un doigt tremblant.

— Cette fille. Celle-là, au milieu.

Valérie soupira.

— C'est moi. Et la photo a été prise il y a très longtemps. Avant que nous nous rencontrions, Janine.

— Il avait un chien.

— Quoi ? Qui avait un chien ?

— Il s'appelait Rusty.

Valérie récupéra la photo.

— Rusty était le chien de Sara, Janine, tu te souviens ? On le lui avait offert pour ses quatre ans.

Le retriever était mort cinq ans plus tôt.

— Est-ce qu'il chantait dans le chœur ?

Valérie esquissa une grimace, frustrée.

Quelqu'un frappa à la porte.

— Comment va-t-on aujourd'hui, sœur Janine ? Vous êtes heureuse d'avoir de la visite ?

L'infirmière tendit une grande enveloppe en papier kraft à Valérie.

— Vous avez oublié cela, la dernière fois, madame Olivier-Long.

L'infirmière eut un petit sourire pincé.

— Je ne voudrais pas paraître importune, mais le règlement est le règlement, poursuivit-elle. Vous avez oublié de signer le registre, ce jour-là, or nous tenons absolument à savoir qui pénètre dans l'institution. De plus, il serait préférable de ne pas apporter de sucreries à sœur Janine.

Valérie la regarda, interloquée.

— Je ne suis jamais venue ici sans signer le registre, assura-t-elle. Je n'ai jamais apporté de sucreries à Janine, et je n'ai pas oublié cette enveloppe !

Elle ouvrit le pli, jeta un coup d'œil à son contenu. Il s'agissait d'une coupure de journal.

— Quel jour était-ce ?

— Mardi, répondit l'infirmière. On a déposé cette enveloppe et les chocolats mardi. C'est moi qui les ai trouvés. Si ce n'est pas vous qui les avez apportés, alors qui est-ce ?

Valérie, qui avait sorti la coupure de journal de l'enveloppe, lut : *Vingt-cinq ans après, la famille Trent espère toujours retrouver Amy, disparue dans sa quinzième année.*

La famille Trent. Il s'agissait d'un article sur Amy !

Sentant ses genoux se dérober, elle se laissa tomber sur le lit.

— Où avez-vous eu ce pli ? Qui vous l'a remis ? réussit-elle à articuler.

L'infirmière la considéra d'un air intrigué.

— Comme je vous l'ai dit, on l'a laissé ici, dans la chambre de Janine. De même qu'une boîte de chocolats de chez Godiva. J'ai pensé... Mes collègues et moi avons pensé que vous étiez passée en coup de vent, et que vous aviez oublié de signer le registre.

— Non.

Valérie se tourna vers sa vieille amie :

— Qui est venu te voir, Janine ? Qui a laissé cela ?

Elle s'aperçut qu'elle parlait d'une voix dure. Elle se reprit.

— Qui t'a apporté ces bons chocolats, ma chérie ?

Janine sourit, comme si la lumière se faisait dans son esprit.

— Je me souviens ! C'est le père O'Malley, celui qui dirige le chœur !

Tout d'abord on s'introduisait dans son appartement, on lui volait une photo vieille de vingt-cinq ans. Après quoi on lui remettait, par personne interposée, une coupure de journal évoquant son passé...

Valérie resta assise dans sa voiture à l'arrêt, regardant fixement devant elle. Elle grelottait, bien qu'elle eût poussé le chauffage à fond. Que se passait-il ? Qui tenait absolument à lui rappeler son passé ? Et dans quel but ? Allait-on lui demander de l'argent ? Étaient-ce les prémices d'un chantage ? Dans le cas contraire, qui avait intérêt à dévoiler ces épisodes déshonorants ? Il n'y avait que trois personnes au monde qui savaient ce que Valérie avait fait, vingt ans plus tôt : elle-même, Janine, et Oscar Diaz.

Elle appuya son front contre le volant en bakélite glacé, et ses souvenirs, ses affreux souvenirs, affluèrent.

La Nouvelle-Orléans, 1976

Caroline s'aperçut rapidement qu'une vie de fugueuse n'avait rien d'enviable. C'était une existence dangereuse, solitaire, effrayante. L'adolescente s'était souvent interrogée sur les motifs des enfants des rues ; elle les comprenait mieux, à présent. Ils formaient des bandes pour se rassurer, pour survivre à l'adversité qu'ils n'auraient su affronter seuls.

Ainsi finit-elle par croiser la route d'Oscar Diaz. Elle avait voyagé pendant deux mois avant de débarquer à La Nouvelle-Orléans, dans le quartier du Vieux Carré. Durant ce laps de temps, elle avait pris des risques inouïs. Elle avait effectué une partie du trajet en auto-stop. Il lui était arrivé de mendier pour s'acheter de quoi manger, car elle n'avait pu emporter que trois cents dollars. Elle avait dormi sous des ponts, dans des parcs. Elle avait failli se faire violer par des voyous à Saint Louis, leur avait échappé in extremis, en sautant dans un train en marche. Ce train allait à La Nouvelle-Orléans. Et Caroline était demeurée dans cette ville, dont le climat était clément.

Oscar Diaz, un Latino-Américain particulièrement sexy, l'avait approchée dès le premier jour. C'était un homme mince, moustachu, d'un abord facile. Il proposa à Caroline de l'héberger, et elle se retrouva dans une maison mal tenue, parmi d'autres adolescentes faméliques. Elle ne tarda pas à comprendre que Diaz était proxénète. Les camarades de la jeune fille acceptaient de se prostituer pour lui, en échange d'un lit et de nourriture. Elle se promit de ne pas entrer dans cet engrenage.

Un autre piège la guettait, cependant. Oscar Diaz revendait de la drogue – de la cocaïne, de l'ecstasy, de l'héroïne. Or Caroline prit vite l'habitude de consommer ces produits. Grâce aux stupéfiants, elle oubliait ses angoisses, ses mauvais souvenirs, la lâcheté de sa mère. Même le fait d'être sans logis, sans famille, et terriblement seule devenait supportable sous l'empire de la drogue. Par la suite, elle comprit que Diaz donnait le sentiment à ces fugueuses d'avoir une place quelque part ; il remplissait le vide de leur existence, et à cet égard, Caroline n'était pas mieux lotie que ses camarades d'infortune.

Les amitiés étaient fragiles, dans la rue, et l'instabilité grande. Caroline se prit d'affection pour une fille de seize ans, qui attendait un enfant. Amy était blonde et rêveuse, elle avait la voix douce. Elle vivait sous une fausse identité, comme nombre d'enfants de la rue. Caroline lui accorda spontanément sa confiance. Un soir, elle lui parla d'Edward, et avoua les raisons qui l'avaient poussée à fuir. Amy lui confia alors sa propre histoire.

Elle avait quitté la maison familiale parce que son père abusait d'elle. Elle n'avait pas tardé à tomber entre les griffes d'Oscar Diaz. Le proxénète l'avait obligée à se droguer, jusqu'à ce qu'elle fût dépendante de l'héroïne. Après quoi, il l'avait contrainte à se prostituer. Amy et Caroline subissaient le même sort : elles étaient seules au monde, et prisonnières d'Oscar Diaz.

Caroline se mit à vendre de la drogue pour lui, afin de payer son gîte et sa propre consommation. Elle n'avait pas encore cédé au proxénète, qui avait toujours en tête de faire d'elle une prostituée. Elle haïssait cet homme, le jugeait méprisable. Cependant, elle se considérait tout aussi méprisable d'avoir sombré dans la drogue. Chaque matin, elle se promettait de s'enfuir, de recommencer une nouvelle vie. De cesser de se droguer.

Durant les semaines qui suivirent, elle s'efforça de protéger son amie enceinte, qui était victime de la cruauté de Diaz. Elles se refusaient l'une et l'autre à solliciter l'aide des nonnes du couvent Saint-Francis, qui offraient régulièrement assistance aux fugueuses. Caroline avait été tentée d'aller les voir à plusieurs reprises, mais s'en était finalement abstenue. Car elle aurait été obligée de leur raconter son histoire.

Il se pouvait qu'Oscar fût le père de l'enfant, mais Amy n'en était pas certaine. Le proxénète la considérait comme sa propriété, et enrageait du fait qu'elle refusât d'avorter, comme il l'exigeait. Il lui arrivait de se montrer violent envers la jeune fille, qui mit Caroline au courant.

— Il va faire du mal à mon bébé ! sanglota-t-elle. Il essaie de provoquer une fausse couche.

— Ne t'inquiète pas. Je trouverai une solution, promit Caroline.

Effectivement, elle avait déjà repéré un entrepôt abandonné dans lequel elles pourraient se cacher, en attendant la naissance du bébé. Elle ne savait toutefois comment se procurer l'argent nécessaire à leur subsistance, vu qu'Oscar Diaz les nourrissait. Elle se promit de trouver un travail d'une façon ou d'une autre. Et d'arrêter de se droguer.

Les choses se passèrent tout différemment. Un soir, Amy eut ses premières contractions. Caroline, abrutie et anesthésiée par les effets de l'héroïne, eut vaguement conscience du fait que Diaz hurlait après sa camarade. Durant les heures qui suivirent, elle l'entendit geindre de douleur – et Oscar la maudire. Amy finit par hurler, comme les contractions se faisaient plus violentes et plus rapprochées. Caroline songea à l'assister, mais la drogue la terrassait.

Vingt-cinq ans après, elle se souvenait des supplications d'Amy :

— Va chercher un médecin, Oscar. J'ai besoin d'un médecin !

— Tu as voulu ce môme, ma fille, alors tant pis pour toi !

Il sortit en claquant la porte, ce qui fit trembler les murs.

Amy était recroquevillée en position fœtale sur son grabat. Caroline eut-elle réellement conscience de sa détresse ? S'avéra-t-elle incapable de s'arracher à la torpeur dans laquelle l'héroïne l'avait plongée ? Aujourd'hui encore, ces questions restaient sans réponse.

Lorsque Caroline retrouva enfin ses esprits, elle comprit qu'Amy était sur le point d'accoucher. Il n'était plus temps d'aller chercher un médecin : le bébé arrivait. Caroline assista, horrifiée, à l'expulsion de l'enfant qui était couvert de sang. La jeune fille coupa le cordon – elle avait emprunté un livre de médecine à la bibliothèque, dans lequel la procédure était décrite. Mais, à l'évidence, Amy perdait trop de sang...

Caroline regretta d'avoir refusé l'assistance des nonnes de Saint-Francis. La présence d'un adulte était indispensable en un moment pareil. Elle enveloppa le nourrisson rose et braillard dans son dernier tee-shirt propre, pivota vers Amy et retint un cri.

Son amie était blême... et inerte !

C'est alors que réapparut Oscar. Caroline lui cria d'appeler des secours tandis qu'elle épongeait – en vain – le sang qui coulait de l'utérus d'Amy. Elle prit la main glacée de la jeune accouchée entre les siennes, et la supplia de ne pas mourir. Mais il était trop tard. Amy avait la blancheur d'une morte.

Caroline sortit de la chambre en courant. Oscar, adossé au mur du couloir, fumait nonchalamment un joint.

— Sois maudit, Oscar ! hurla-t-elle. Appelle une ambulance ! Amy est en train de mourir !

— Eh bien, qu'elle meure ! déclara le proxénète en haussant les épaules. Je lui avais dit d'avorter. Elle a choisi de garder l'enfant, et elle le paie. Il ne va d'ailleurs pas rester longtemps sur cette terre, tu peux me croire !

Diaz tira une dernière fois sur son joint, puis le balança par terre. Il se dirigea vers la chambre. Caroline, à la fois furieuse et horrifiée, se jeta sur lui. Il baissa instinctivement la tête, mais elle réussit à le griffer sous l'œil droit. Un filet de sang coula sur sa joue, il poussa un rugissement et la gifla à toute volée. La force du coup projeta l'adolescente contre le mur, elle vit trente-six chandelles.

— Aucune femme ne frappe Oscar Diaz ! beugla-t-il. Je te tuerai, toi aussi, si jamais tu recommences ! Je vous avais dit à toutes les deux que je ne voulais pas torcher un môme ! Je ne dirige pas une crèche !

Elle le suivit dans la chambre, encore étourdie par la gifle. Il se pencha au-dessus d'Amy.

— Elle est morte, remarqua-t-il. Merde ! Il ne manquait plus que ça ! Qu'est-ce que je vais raconter aux flics, moi ?

Caroline se baissa et souleva le bébé, qui couinait. Elle essuya les larmes qui inondaient son petit visage.

— Il faut qu'on prévienne la police, parvint-elle à articuler.

Oscar se retourna, lui lança un regard dur.

— Et pourquoi ? Elle est morte ! On se débarrasse du môme, et personne ne soupçonnera jamais rien.

La jeune fille le dévisagea, horrifiée.

— Tu veux dire que...

Il leva les yeux au ciel.

— Tout le monde fait ça ! On le balance dans une benne à ordures, et le tour est joué. Il ne nous ennuiera plus.

— *Elle*, murmura Caroline en serrant le nourrisson contre sa poitrine. C'est une fille...

— J'aurais dû m'en douter, vu le vacarme qu'elle fait. Raison de plus pour s'en débarrasser !

Oscar eut un mouvement de tête pour désigner le corps sans vie d'Amy.

— Cette salope a toujours causé des problèmes. Et elle ne m'a jamais rapporté gros !

La cruauté d'Oscar terrifiait Caroline. Il lui rappelait son beau-père.

— Nous allons procéder méthodiquement, expliqua le proxénète. Je vais emprunter une voiture pour faire disparaître le corps. Je balancerai l'enfant en chemin. Donne-le-moi !

Il s'approcha de Caroline, posa les mains sur le bébé.

— Non ! cria-t-elle en reculant d'un bond.

Elle tenta de maîtriser son émotion, sachant qu'il lui faudrait louvoyer pour sauver la petite. Elle ne pouvait plus rien faire pour Amy, mais peut-être réussirait-elle à garder sa fille en vie.

— Non, Oscar. Tu peux t'arranger de... d'Amy... mais je me charge du bébé, d'accord ?

Il plissa les yeux.

— Je ne veux pas retrouver cette môme planquée quelque part à mon retour, tu as compris ?

— Tu ne reverras jamais ce bébé, Oscar, assura Caroline d'un ton très ferme. Je te le promets.

Valérie s'attendait à ce que son persécuteur frappe à nouveau, bien qu'il ne se fût pas manifesté depuis dix jours. Elle sursautait au moindre bruit, et priait

Éric de filtrer encore plus sévèrement ses appels téléphoniques – elle avait même fait changer les serrures de son appartement. On avait choisi cette période de sa vie pour dévoiler son passé, et sans doute n'était-ce pas un hasard : elle arrivait au faîte de sa carrière, et s'avérait d'autant plus vulnérable à la calomnie.

En dépit des circonstances, elle s'employa à donner une nouvelle orientation à *Panache*. Une photo du prince William figurerait en couverture du prochain numéro, ainsi qu'un article sur le jeune homme, qui avait toutes les chances d'allécher le lecteur. Valérie comptait à présent trois collaborateurs sérieux : Roxanne, Éric, et Greg Parker, le responsable de la maquette. Ce dernier s'était présenté à la rédactrice en chef sur la recommandation de Hal Kurtz, et s'était révélé compétent.

Elle réunissait fréquemment ses trois « barons ». Nombre d'idées intéressantes émergeaient de leurs discussions passionnées.

— Si nous avions le matériel photo pour le reportage sur Lily Carpenter, déclara Greg en tendant le texte à Valérie, l'article pourrait paraître dans le numéro de juillet.

— Je veux aller à Aspen, photographier le lieu du crime, intervint Roxanne.

— Il n'a jamais été prouvé qu'il s'agissait d'un meurtre, remarqua Valérie. Aussi serait-il prudent de rester discret à ce sujet. Selon le juge d'instruction, la mort de Lily Carpenter était accidentelle. Ted Carpenter a des amis influents, à New York et à Hollywood. Il sait que Jon Palmer travaille sur un article à notre intention, qu'il cherche des preuves de sa culpabilité, et il est fou de rage.

— Nous n'allons pas nous laisser impressionner, n'est-ce pas ? s'enquit Greg, manifestement prêt à défendre ce reportage.

— Bien sûr que non ! Je tiens simplement à vous avertir que nous allons susciter des controverses, si nous suggérons, même de façon détournée, qu'une star de la télévision pourrait avoir tué sa femme sur une piste de ski. Nous risquons une condamnation pour diffamation. J'ai envoyé un brouillon du texte à nos avocats. Je préfère que nous soyons couverts.

— Liz aurait refusé le sujet d'emblée, affirma Roxanne, tout en rangeant une planche-contact dans un dossier.

— Elle ne sortait jamais des sentiers battus, renchérit Éric. Mais elle n'est plus là, grâce à Dieu !

Valérie leva la main, tout en réprimant un sourire.

— OK mes amis, on arrête là !

Tous se levèrent.

— Nous avons bien travaillé, merci ! Et puis, Roxanne...

Valérie s'interrompit alors qu'on frappait à la porte.

— Tu veux bien voir qui c'est, Éric ?

Avant que le jeune homme ne pût s'exécuter, la porte s'ouvrit à la volée et Jordan Case apparut, l'air contrit.

— Il n'y avait personne à la réception, expliqua-t-il pour justifier son intrusion.

Valérie lui adressa un bref hochement de tête, puis s'adressa à Roxanne.

— Demande à la secrétaire de te réserver un aller-retour pour Aspen.

— Je te tiens au courant, promit la photographe. Et j'ai une idée d'article dont j'aimerais te parler...

— Je t'appelle dans deux minutes.

— Bonjour, Jordan ! lança Roxanne en sortant de la pièce.

On lui avait présenté cet homme à l'époque où elle était mannequin vedette. Elle avait été au courant de l'histoire entre Charlie et Sara. Et elle avait compris la réaction de Jordan. Valérie lui avait fait remarquer qu'il était simple, pour elle, de se montrer tolérante, vu qu'elle demeurait extérieure à la situation.

Greg salua cordialement Jordan.

— Je programme l'article sur les époux Carpenter pour juillet, sauf contretemps, annonça le responsable de la maquette. Qu'en penses-tu, Valérie ?

— C'est parfait. Dans l'hypothèse où tout se passe bien.

Éric n'avait pas quitté la pièce.

— Café, patron? proposa-t-il à Jordan, tout en lui lançant un regard admiratif.

— Voulez-vous un café, Jordan? s'enquit poliment Valérie.

— Non merci.

— Moi non plus, Éric. Merci.

Elle attendit que la porte se fût refermée, puis s'assit à son bureau.

— Que puis-je faire pour toi, Jordan?

Le vice-président du groupe Kurtz-Whitman s'installa dans un fauteuil, en face de Valérie.

— Je voulais te parler d'un sujet d'article qui me semble intéressant. Mais d'abord, je souhaiterais avoir des précisions sur l'histoire Carpenter.

— Tu connais les articles de Jon Palmer?

— Le type qui fait du journalisme d'investigation et qui a publié ce reportage explosif dans le magazine *Talk*?

Valérie hocha la tête.

— J'en ai entendu parler, oui, déclara Jordan.

— Palmer a enquêté sur la mort de Lily Carpenter, qui remonte à dix ans. À l'époque, la police a classé l'affaire, affirmant qu'il s'agissait d'un accident. Cependant, ce que Jon a découvert, ces dernières semaines, tend à prouver que Ted a tué sa femme. Leur mariage battait de l'aile, elle buvait trop. L'accident s'est produit en fin d'après-midi, à une heure où les pistes sont peu fréquentées. Lily Carpenter avait fait une fausse couche peu avant, ce que la police n'a jamais su. Or Carpenter, qui doutait que l'enfant était de lui, avait fait pratiquer une analyse d'ADN sur le fœtus. Et il avait vu ses craintes confirmées.

— Palmer a réuni autant d'informations? s'enquit Jordan, estomaqué.

— Oh, il a bien travaillé! confirma-t-elle.

— J'espère que cela ne va pas nous valoir un procès pour diffamation.

— Nos avocats sont en train d'éplucher le texte.

— Soit, mais tu as trouvé mon idée de corruption de magistrats trop osée, alors que tu t'apprêtes à publier des accusations retentissantes visant une star de la télé. N'est-ce pas tout aussi risqué ?

— Nos lectrices ne s'intéressent pas à la politique, Jordan. En revanche, cette affaire de meurtre et d'infidélité va les passionner.

— D'accord, à toi de voir.

Elle toisa son interlocuteur, incrédule.

— Tu abandonnes ? Aussi facilement que cela ?

Jordan Case lui sourit.

— N'en retire pas trop de vanité, Valérie. De plus, tu as probablement raison. Si d'aventure nous devions publier un article traitant de politique, il conviendrait d'y adjoindre un élément susceptible d'éveiller l'intérêt de nos lectrices. Parler d'enfants, par exemple. Ou encore débattre d'un problème cher aux féministes.

Elle acquiesça, de plus en plus suspicieuse.

— Aussi avais-je pensé... hasarda Jordan.

Il prit une enveloppe dans sa poche, en sortit un feuillet, qu'il fit glisser vers elle sur le bureau.

— J'ai trouvé cela dans mon courrier électronique, ce matin. Ce texte doit venir de la rédaction de *Panache*. Je me demande pourquoi le – ou la – journaliste ne te l'a pas adressé directement. Peut-être as-tu impressionné les membres de ton personnel au point qu'il leur faille utiliser des voies détournées pour arriver jusqu'à toi !

Jordan leva la main en signe d'apaisement, car Valérie commençait à protester.

— Je crois que cela serait tout à fait dans tes cordes, assura-t-il. On trouve là de quoi alpaguer nos lecteurs, plus sûrement encore qu'avec l'affaire Carpenter : le sexe, la drogue, la disparition suspecte d'une héritière...

— L'impatience me consume, marmonna Valérie, acerbe, tout en se saisissant du feuillet.

Elle dut se contenir pour ne rien laisser paraître de son émotion tandis qu'elle lisait : *Vingt-cinq ans après, la famille Trent espère toujours retrouver Amy, disparue dans sa quinzième année.*

6

— Attends la suite, dit Jordan, que le mutisme de Valérie ne semblait pas gêner. Amy était la fille d'Arthur et Emily Trent. Arthur Trent, de la Fondation Trent, ici même, à New York.

— Qui t'a envoyé ce truc ? s'enquit-elle d'une voix blanche.

— À vrai dire, je l'ignore. J'ai essayé de répondre, mais mon message s'est révélé intransmissible.

Valérie s'efforça de garder son sang-froid.

— Cela s'est passé il y a vingt-cinq ans, remarqua-t-elle.

— L'affaire Carpenter est vieille de dix ans, et elle t'intéresse !

Était-ce Jordan ? se demanda-t-elle soudain, glacée. Pouvait-il avoir déposé une copie de cet article à Rose Haven, afin qu'elle le découvre ? Aurait-il pu s'introduire dans son appartement, avoir dérobé la photo, puis l'avoir délibérément accrochée parmi les tirages du prince William, dans le but de provoquer chez elle un choc ? Était-il concevable que le vice-président du groupe Kurtz-Whitman se montrât aussi diabolique ?

— Cela s'est passé à La Nouvelle-Orléans, pas à New York, déclara-t-elle.

Tandis que Jordan relisait l'article, Valérie recouvra peu à peu son calme. S'il avait voulu la déstabiliser, n'aurait-il pas guetté ses réactions ?

— Écoute, dit-il, ce reporter a dévoilé des faits dignes d'intérêt. Amy Trent appartenait à un groupe de fugueuses qui se droguaient et se prostituaient. Nous pourrions poursuivre l'enquête : cela captiverait ton lectorat, Valérie. Nombre de familles ont des enfants difficiles. Certains quittent le domicile parental.

— C'est un sujet très noir, articula-t-elle.

— Oui. Et le pire est arrivé, dans le cas d'Amy. La gamine a disparu, de même que son bébé. La disparition d'un enfant, Valérie… Cela rendrait l'article d'autant plus poignant, tu ne peux pas le nier !

— Tu tires des conclusions hâtives à partir de quelques bribes d'informations.

— Non. Trent est un nom célèbre à Wall Street. Ils appartiennent à la haute société new-yorkaise. Cette histoire est parfaite pour *Panache*. Tes lectrices vont en redemander !

Jordan se pencha vers elle, persuadé d'emporter son adhésion :

— Il se pourrait même que nous donnions la solution de l'énigme, que nous résolvions un meurtre !

— Vraiment, Jordan, cette histoire est trop sordide pour *Panache*, assura Valérie, qui avait posé les mains sur ses genoux pour qu'il ne les voie pas trembler.

— Et l'affaire Carpenter ne l'est pas, peut-être ? s'exclama-t-il, exaspéré. L'histoire de cette jeune fille me semble plus émouvante. Et il s'agit des Trent, de New York. De plus, nous pourrions bien démasquer l'assassin, et pulvériser le record des ventes !

C'est moi, l'assassin, songea-t-elle, anéantie.

Le lendemain, Valérie retrouva le sourire, car sa fille lui téléphona et l'invita à déjeuner. Elle ne manquait jamais une occasion de voir Sara. Depuis que la jeune fille avait connu une déception amoureuse, elle était devenue plus distante avec sa mère. Elle parlait de son travail, de ses amis, mais ne se livrait plus comme elle avait eu l'habitude de le faire, avant de rompre avec Charlie.

Dans l'hypothèse où Sara tomberait amoureuse, le lui avouerait-elle seulement ?

Valérie entra dans le restaurant, chercha sa fille des yeux et la rejoignit.

— Tu es vraiment élégante, chérie ! dit-elle en s'asseyant. Est-ce l'une de tes créations ?

— En fait, oui.

La jeune fille portait un tailleur court, comme c'était la mode cet automne-là, aux revers bordés de cuir.

— Ce tailleur fait partie d'une collection que nous sommes en train de créer. Victor en est fou.

— Si tu plais à Victor Darien, ton avenir dans la mode est assuré, remarqua Valérie.

Non pas qu'elle eût douté des dons artistiques de sa fille. De plus, Sara retrouvait sa joie de vivre, son énergie. Son talent allait pouvoir s'exprimer pleinement. Valérie sortit ses lunettes de lecture de son sac et les chaussa.

— C'est tout à son honneur d'avoir su voir en toi une vraie styliste.

Sara secoua sa serviette.

— Tu es tellement impartiale, maman, se moqua-t-elle en souriant.

Valérie étudia le menu.

— Ma profession m'oblige à avoir un regard impitoyable sur la mode. Je sais ce qui est bon, et ce qui ne l'est pas, Sara.

— Et si on commandait ? Le bœuf à la citronnelle est excellent, ici.

— N'est-ce pas un peu trop copieux ? Je pensais prendre une salade de crevettes.

Sara tendit la carte au serveur.

— Prends la salade. Moi, j'ai envie de viande.

Valérie attendit que sa fille lui explique pourquoi elle avait souhaité ce déjeuner. Mais Sara semblait avoir de la peine à se confier. Aussi prit-elle la parole :

— Je suis heureuse de te voir, Sara. J'ai fait changer les serrures de ma porte, et je tenais à te donner un nouveau jeu de clés.

— Quelqu'un a pénétré chez toi ? s'enquit la jeune fille, incrédule. Et le portier de l'immeuble ?

— Le portier devait dormir.

— On t'a volé quelque chose ? Ce collier de perles de culture ?

— On n'a pas touché à mes bijoux, chérie.

Valérie se souvint qu'on avait déchiré la bretelle de sa nuisette, ce qui la fit frissonner.

— Alors il ne manquait rien ?

— Si, on a volé une vieille photo.

— Comment as-tu pu t'en apercevoir ? Quel genre de photo ?

— Je l'avais rangée dans une boîte, avec diverses choses. Et elle a reparu dans le labo photo, parmi des tirages couleur.

— C'est curieux, remarqua Sara tout en beurrant la moitié d'un petit pain. Je comprends que tu aies pris peur et fait changer les serrures... De quoi s'agit-il, à ton avis ?

Valérie attendit que le serveur remplisse leurs verres avant de répondre.

— J'aimerais bien le savoir. Sans doute ai-je réagi de façon excessive. Je te demanderai seulement de ne prêter ces clés à personne.

— Enfin, maman ! À qui voudrais-tu que je les prête !

— Tu as pu laisser traîner ton trousseau...

— Et quand bien même l'aurais-je laissé traîner, ç'aurait été à la maison.

— Tu ne crois pas que ta colocataire... ?

— Non, certainement pas ! déclara Sara avec emphase. Ma colocataire est la dernière personne au monde qui pénétrerait dans un appartement sans permission. Surtout pour voler une vieille photo. Réfléchis un peu, maman !

Valérie joua avec sa fourchette. Elle observa sa fille, qui lui parut tendue. Sara se saisit d'un autre petit pain, entreprit de le beurrer, le reposa sur l'assiette sans croquer dedans.

— Quelque chose ne va pas, Sara ?

— Non, non, tout va bien, assura la jeune fille avec un sourire crispé. Alors, comment ça se passe à *Panache* ? Tu es satisfaite de tes collaborateurs ?

— Oui, je le suis. La plupart travaillaient déjà au journal avant ma nomination, et je savais qu'ils feraient une équipe formidable.

Valérie s'interrompit comme le serveur apportait leurs plats.

— Ils débordent d'idées, et *Panache* devrait être un succès. À condition que nous sachions nous protéger de toute ingérence.

— Est-ce là une façon déguisée de parler de Jordan Case ? s'enquit Sara, qui porta un morceau de bœuf à sa bouche.

Valérie piqua sa fourchette dans une grosse crevette.

— Il est pénible, Sara. Il avait promis de me laisser les coudées franches, or il a une idée d'article toutes les cinq minutes !

Elle se saisit d'un petit pain, le brisa sauvagement.

— Si souvent que ça ? ironisa Sara.

— Assez souvent pour me gâcher mes journées. Ce qui m'agace le plus, je crois, c'est que je possède le titre de rédactrice en chef, mais que je n'en ai pas réellement le pouvoir.

Valérie but une gorgée d'eau, réussit à sourire.

— Mais oublions un peu Jordan Case, veux-tu ? Parle-moi plutôt de toi. Cela fait des mois que tu n'es pas venue à la maison.

— J'ai été très occupée, déclara la jeune fille en coupant un morceau de viande.

Elle mastiqua, puis se tamponna la bouche avec sa serviette.

— En fait, la collection que prépare Victor va être étonnante. Il s'agit d'habiller la femme active. L'un des tailleurs t'irait à ravir !

— Quand j'aurai vingt-cinq mille dollars à jeter par la fenêtre, j'y songerai. Mais à part ça, Sara ?

— Je suis allée rendre visite à mamie Janine plusieurs fois.

— Ah oui ? Quand ?

Sara réfléchit.

— Mercredi dernier, je crois. Et la semaine d'avant. Le mardi, me semble-t-il.

— Tu es sûre ?

— Non. Pourquoi ?

— Lui as-tu apporté des chocolats ?

— Enfin, maman, qu'est-ce qui te prend ? Je sais bien qu'on lui interdit de manger des sucreries !

— Tu as vu un journal de La Nouvelle-Orléans dans sa chambre ?

— Un journal de La Nouvelle-Orléans ? Non. Elle arrive à peine à finir ses phrases. Lire un journal serait tout à fait au-dessus de ses forces... Pourquoi ? Que se passe-t-il ?

— La semaine dernière, quelqu'un est venu la voir qui n'a pas signé le registre.

— Quelqu'un de La Nouvelle-Orléans ? s'enquit Sara, attentive.

La jeune fille s'intéressait vivement à son lieu de naissance, mais possédait peu de détails à ce sujet. Valérie lui avait expliqué que son père, âgé de seize ans à l'époque, avait disparu sans savoir qu'elle était enceinte.

— J'ignore dans quelle ville habite cette personne, répondit Valérie, et vu qu'elle n'a pas signé le registre, nous ne le saurons sans doute jamais. J'espérais que tu aurais remarqué quelque chose.

— C'est en rapport avec le journal ?

— Il s'agissait seulement d'un article, extrait du *Times Picayune*.

Elle regarda Sara.

— Tu y es allée seule ?

— Euh... ma colocataire m'a accompagnée.

Valérie balaya quelques miettes du revers de la main, qui traînaient sur la nappe en lin blanc.

— Il semble que vous deveniez proches, toutes les deux. Tu te rends compte que je ne la connais même pas ! Tu pourrais l'inviter, la prochaine fois que nous déjeunerons. Ou mieux : venir un week-end avec elle à la maison. Cela fait des mois que nous n'avons pas passé quelques jours ensemble !

— On y pensera, promit Sara, sans enthousiasme. Je me demande qui peut bien rendre visite à mamie Janine en cachette. Serait-ce la personne qui a oublié cette coupure de journal dans sa chambre ?

— Et une boîte de chocolats, ajouta Valérie, qui se saisit de l'addition. Je l'ignore, Sara. La direction de l'établissement aura peut-être élucidé la question, la prochaine fois que nous irons à Rose Haven.

— C'est moi qui paie ! décréta sa fille en s'emparant de la note, mais Valérie tendait déjà sa carte de crédit au serveur.

Sara se pencha vers elle, l'air buté :

— C'est moi qui t'ai invitée, maman. Laisse-moi régler !

— La prochaine fois, chérie…

Elles se turent, tandis que l'on retirait leurs assiettes.

— Alors dis-moi, quand voudriez-vous venir, ta colocataire et toi ? Cela vous ferait plaisir de voir un spectacle ? Que préférerait-elle, d'après toi ?

— Il vaudrait mieux que j'en discute d'abord avec elle. Mais ne compte pas trop dessus, d'accord ?

Sara fit signe au serveur, et commanda une tasse de verveine.

— Je n'avais pas tout à fait fini, commenta-t-elle. Mais non, maman, ne t'excuse pas. Vas-y. Je sais que tu as du travail.

Valérie recula sa chaise, tout en consultant sa montre.

— Pardonne-moi de devoir partir aussi vite, mais j'ai un rendez-vous que je ne peux pas annuler. Cela ne t'ennuie pas ?

— Bien sûr que non ! Il n'y a pas que des avantages à être une femme de pouvoir. J'imagine que tu n'es pas censée t'attarder à table.

Sara se leva, l'étreignit brièvement, frôla sa joue de la sienne sans l'embrasser.

— Mais je te remercie d'avoir pris le temps de me voir, aujourd'hui.

Valérie observa sa fille avec attention, hésita.

— Tu avais autre chose à me dire, chérie ?

Sara se rassit, évitant son regard.

— Rien d'urgent. Au revoir, et merci de m'avoir invitée.

— On se reparle bientôt, OK ? Tu m'appelles ?

— Bien sûr, maman !

Sara suivit des yeux sa mère, qui se faufilait entre les tables en direction de la sortie. Nombre d'hommes – et de femmes – lui lançaient des regards admiratifs. Et effectivement, Valérie était belle, intelligente, originale. La jeune fille savait que sa mère ne pensait déjà plus à elle, préoccupée par son rendez-vous imminent. L'acharnement qu'elle mettait à réussir socialement la laissait perplexe. En effet, Sara avait d'autres priorités dans la vie.

Valérie arrivait à la porte du restaurant, devant laquelle une douzaine de personnes attendaient que des tables se libèrent. Elle ne remarqua pas le grand jeune homme vêtu avec décontraction, qui pénétrait dans les lieux comme elle en sortait.

Sara lui fit un signe de la main, enthousiaste. Il murmura quelque chose au maître d'hôtel, puis entreprit de traverser la salle de restaurant. Lorsqu'il parvint à sa table, elle dut se retenir de lui sauter au cou. Elle se contenta de poser un baiser appuyé sur sa bouche.

— Tu t'es dégonflée, remarqua-t-il, tout en continuant à presser la main de Sara dans la sienne, alors qu'il prenait place en face d'elle.

Elle haussa les épaules, peinée.

— Je sais. Elle en veut toujours à ton père, aussi ne pouvais-je me permettre de lui dire : « Je me fiche pas mal que Jordan Case te rende la vie impossible, maman. Et au fait, ma colocataire n'est pas une collègue de travail, mais Charlie, son fils. »

— Il faudra bien que nous finissions par le lui avouer, mon amour.

— C'est certain.

Les jeunes gens se regardèrent en silence pendant une bonne minute. Le visage de Sara s'éclaira.

— Et comme dessert, qu'est-ce qu'on prend ?

Valérie eut de la peine à se concentrer durant son entretien : elle se demandait ce que Sara lui cachait. Car la jeune fille avait souhaité la voir pour lui faire une confidence, elle en était certaine. Mais laquelle ?

Elle regagna les bureaux du journal, songeuse. Longeant le couloir, elle croisa Roxanne.

— Je te cherchais, Val. J'ai essayé de te joindre sur ton portable, mais ça ne répondait pas.

Valérie sortit le petit appareil de son sac à main, constata qu'il ne fonctionnait plus.

— Il faut que je le recharge. Qu'avais-tu à me dire ?

— Je suis amoureuse. Pour la première fois de ma vie ! Elle ressemble à Kim Basinger, elle est intelligente, passionnée. J'envisage de lui proposer de vivre avec moi.

Valérie haussa les sourcils, éberluée. Elle savait que Roxanne préférait les femmes, quoiqu'elle ait eu plusieurs liaisons avec des hommes, à l'époque où elle était mannequin vedette. Mais Rox n'avait pas pour habitude de s'attacher à ses conquêtes.

— Comment s'appelle-t-elle ?

— A.J. Si tu étais arrivée trois minutes plus tôt, je te l'aurais présentée. Elle vient juste de sortir.

— Une prochaine fois, Rox, avec plaisir.

La photographe considéra Valérie avec attention, puis se rembrunit.

— Tu n'as pas l'air à la fête, ma belle. Que se passe-t-il ?

— Cela se voit tant que ça ?

— Éric m'a dit que tu déjeunais avec Sara.

Roxanne ferma la porte du bureau, l'air inquiet. Elle avait suivi les déboires amoureux de Sara, et soutenu sa mère en ces heures difficiles.

— Il y a quelque chose qui cloche ? s'enquit-elle.

— Je n'en suis pas sûre.

Valérie accrocha son manteau à une patère, puis alla s'asseoir à son bureau.

— J'ai le sentiment que Sara et moi ne sommes plus aussi proches, depuis son histoire avec Charlie.

— Sara est une grande fille, maintenant. Je sais que tu n'apprécies pas de la voir s'éloigner, mais c'est normal, non ? Il lui faut s'affirmer en tant qu'adulte. Et vous aurez désormais des relations amicales.

— Peut-être, répondit Valérie, qui ne paraissait pas convaincue.

Roxanne n'avait pas d'enfant, et n'en aurait jamais. Comment aurait-elle pu comprendre qu'elle souffrait du départ de Sara, de sa désaffection ? Sans doute Valérie eût-elle mieux accepté ce changement, si elle avait eu une relation satisfaisante avec un homme, une relation d'amour, de respect mutuel, qui ne fût pas seulement sexuelle. Sa réussite professionnelle lui importait peu, si elle devait voir sa fille s'éloigner. Janine, qui avait toujours deviné ses soucis à demi-mot, qui avait toujours été de bon conseil, demeurait également distante et lointaine, mais pour d'autres raisons.

— Comment va Janine ? questionna Roxanne, comme si elle lisait dans ses pensées.

— Son état se détériore de jour en jour, révéla Valérie, tout en contemplant une photo sur son bureau : Sara, Janine et elle-même, en des jours plus heureux. Cela fait trois fois qu'elle ne me reconnaît pas.

Roxanne posa une main sur son bras.

— Je suis navrée, Val.

— Elle me manque.

— Je me souviens de ce que je ressentais quand j'allais voir mon grand-père, qui souffrait de cette maladie. Je le regardais dans les yeux, mais cela ne servait à rien. Il vivait dans un monde à lui, il me prenait pour sa femme ou pour une infirmière. Finalement, j'ai arrêté de lui rendre visite. C'était une erreur.

Roxanne soupira et ajouta :

— Ne l'abandonne pas, Val...

Cela ne risquait pas d'arriver. Valérie étudia la photo, attendrie. Janine l'avait littéralement sortie du ruisseau, elle lui avait offert une nouvelle vie. Et quand bien même elle devrait survivre vingt ans à sa maladie, Valérie ne pourrait lui rendre le millième de ce qu'elle lui avait donné.

La Nouvelle-Orléans, 1976

Caroline avait marché dans la moiteur de la nuit, terrorisée, dévorée par un sentiment de culpabilité. Si d'aventure Oscar la suivait, tuerait-il le bébé, comme il l'avait juré ? Quelle piètre amie elle faisait ! Elle n'avait pas protégé Amy, ainsi qu'elle le lui avait promis...

Sous la clarté de la lune, la cathédrale prenait un aspect irréel. Tandis que Caroline se tenait devant l'édifice, le bébé remua. Et soudain une stratégie s'imposa à elle, comme par l'opération du Saint-Esprit.

Elle n'avait pas tenu sa promesse envers Amy, mais elle pouvait sauver son enfant. Elle fouilla dans le sac à dos de son amie, découvrit qu'elle était la fille unique d'un couple aisé du Connecticut : Emily et Arthur Trent. Or son père avait abusé d'elle... Pas question de lui confier le bébé !

Les nonnes de Saint-Francis restaient le seul recours. Cependant, elle ne pouvait leur avouer ni sa véritable identité – les religieuses l'auraient renvoyée chez sa mère – ni celle d'Amy – elles ne l'auraient pas laissée kidnapper la petite-fille d'Arthur Trent. Il lui fallait donc changer d'identité, et pour ce faire, se rendre au cimetière et prendre le nom d'une personne décédée : elle avait vu quelqu'un procéder ainsi, dans un téléfilm...

L'adolescente se réfugia dans l'entrepôt où elle avait compté emmener Amy. Elle réussit à voler du lait maternisé dans un supermarché, des couches, des bananes et des yaourts. Elle utilisa le peu d'argent dont elle disposait pour acheter du pain.

La nuit suivante, elle se rendit au cimetière avec l'enfant, qu'elle avait baptisée du nom de sa grand-mère paternelle. Elle aurait préféré la nommer Amy, mais elle avait craint qu'on ne fît le rapprochement avec l'héritière des Trent.

Elle marcha entre les tombes, le cœur battant. L'endroit était sombre et désert. À minuit, ce cimetière perdait tout pittoresque – et devenait un endroit effrayant. Caroline, qui portait le bébé contre elle dans une grande écharpe, finit par trouver ce qu'elle cherchait. Valérie Elaine Olivier était née en 1961 – et morte la même année.

Le lendemain, elle se rendit chez un homme spécialisé dans la confection de faux papiers – un ami d'Oscar, mais qui ne la connaissait pas. Elle lui remit ses maigres économies, et ressortit de chez lui avec une fausse carte d'identité. Elle changea l'enfant, récupéra leurs quelques affaires, puis elle prit le chemin du couvent Saint-Francis.

Sœur Janine Livaudais écouta, médusée, le récit de l'adolescente famélique qui se faisait appeler Valérie Olivier. Elle reconnut en elle l'une des fugueuses du Vieux Carré. Elle se souvenait également de la jeune fille enceinte qui, d'après Valérie, avait donné naissance à l'enfant qu'elle tenait dans les bras. Selon Valérie, la jeune mère était décédée. Sœur Janine Livaudais n'avait rien lu à ce sujet dans le journal local, mais ne s'en étonna pas. La municipalité n'avait que faire de ces pauvres filles.

Valérie plaida la cause du bébé avec fougue. Janine s'émut du fait qu'Oscar eût juré de jeter la petite fille dans une benne à ordures – ce qui était fort possible, vu qu'il avait fait disparaître le corps de la mère.

Elle déclara toutefois qu'il convenait de retrouver la famille de l'enfant, et de la lui confier. Valérie se révolta à cette idée. Amy, expliqua-t-elle, avait été violée par son père. Il était exclu de lui donner la garde du bébé. Et puis, mentit-elle, personne ne connaissait le patronyme de sa défunte amie. Elle rappela à la religieuse que nombre d'enfants étaient victimes de mauvais traitements dans des familles nourricières. Aussi se refusait-elle à ce qu'on place la petite fille.

Comme sœur Janine ne paraissait pas totalement convaincue, Valérie n'eut d'autre alternative que de lui raconter sa propre histoire. Si l'on contactait les autorités, son beau-père la retrouverait. Or il avait des accointances avec la pègre. Il la tuerait, ou la ferait assassiner. L'Église elle-même n'avait pas le pouvoir de la protéger face à ce démon.

— Il y a un endroit où je pourrais vous cacher, en attendant de prendre les dispositions nécessaires, déclara enfin sœur Janine.

L'une de ses amies, une ancienne nonne, habitait non loin du couvent, et n'hésiterait pas à l'aider. Janine traversait une crise existentielle, et s'apprêtait à rompre ses vœux. Lasse et désenchantée, elle aspirait à une nouvelle vie. L'apparition de cette jeune fille était-elle un signe du Ciel ? Sœur Janine choisit de le penser.

— Qui s'occupe de l'enfant, pour le moment ? demanda-t-elle.

— Moi, répondit Valérie. Attendez, je vais la chercher...

L'adolescente traversa le hall d'entrée, pénétra dans la cour. Janine la suivit. Elle la vit tirer un petit cageot à fruits de sous un hibiscus.

Valérie sortit la fillette de son lit de fortune, lui murmurant des mots d'amour. Sœur Janine s'émut devant le nourrisson, devant sa beauté, sa fragilité.

La jeune fille couvait le bébé d'un regard attendri. Elle leva les yeux vers la religieuse :

— Elle s'appelle Sara.

7

— Elle est là ?

— Bonjour, monsieur Case. Elle est là, oui, mais elle attend quelqu'un...

L'ange gardien de Valérie bondit de son siège, mais Jordan frappait déjà à la porte. Elle lui ouvrit.

— Quelle surprise ! lança-t-elle d'un ton ironique.

Jordan la suivit à l'intérieur, admirant ses longues jambes, ses bas fins, sa jupe courte. Le tailleur noir était du plus bel effet. Valérie Olivier-Long était désirable, impressionnante...

Elle croisa les bras, s'adossa à son bureau.

— Détends-toi, lui dit-il. Mes intentions sont pacifiques.

— Je ne suis pas tendue, Jordan, mais affamée.

— Parfait. Dans ce cas, allons déjeuner.

— J'ai déjà un rendez-vous. Qu'avais-tu à me suggérer, cette fois-ci ?

— Un plan pour sauver ton précieux magazine.

— Le sauver ? Mais de quoi ?

Valérie s'assit sur le bord du bureau. Jordan nota qu'elle avait les chevilles fines, et des escarpins noirs sexy.

— D'un désastre certain, répliqua-t-il.

Il feuilleta les pages du compte rendu qu'il avait apporté.

— Tu as lu ça ?

— Et comment l'aurais-je pu ? Je ne sais même pas de quoi il s'agit !

L'interphone bourdonna. Valérie se pencha pour

parler dans la machine, alors qu'un homme apparaissait dans l'embrasure de la porte.

— Bonjour, Valérie ! Suis-je en avance ?

Elle s'avança vers le nouveau venu.

— Mais non, Wayne. Bonjour !

La jeune femme lui tendit ses deux mains et se laissa embrasser rapidement sur les lèvres.

— Jordan, je te présente le Dr Coulter. Wayne, voici Jordan Case, le vice-président du groupe Kurtz-Whitman.

Les deux hommes se saluèrent. Coulter, qui était chirurgien, avait une poignée de main ferme. Il mesurait deux ou trois centimètres de plus que Jordan. Ses cheveux blonds grisonnaient aux tempes.

— Coulter, répéta Jordan. Le spécialiste des maladies cardiovasculaires ?

— Lui-même, déclara le médecin avec une bonne couche d'autosatisfaction.

Quel crétin, pensa Jordan.

— Vous deviez déjeuner avec Valérie ? demanda-t-il.

Le chirurgien sursauta, et elle fusilla Jordan du regard.

— Je suis navré de bouleverser tes projets, Val, mais il est impératif que tu étudies ce rapport avant quinze heures.

— Cela attendra ! J'ai promis à Wayne de le voir aujourd'hui, déclara-t-elle fermement.

— Je crains que cela ne puisse attendre. Je dois appeler Hal Kurtz en début d'après-midi. Il veut avoir ton avis sur ce bilan.

— Eh bien, nous nous verrons une autre fois, chérie, proposa Coulter, qui lança une œillade assassine à Jordan. Je t'appelle ce soir.

— Mais...

— Le devoir avant tout ! lança le médecin, se croyant fin. Et vous, Case, ne la privez pas de déjeuner. Elle s'use la santé à remettre ce magazine sur pied. Alors attendez le dessert pour lui soumettre ce rapport, si vous voulez bien !

Mais que fait-elle avec ce plouc ? se demanda Jordan, qui hocha la tête à l'adresse de Coulter pour le saluer, très gentleman.

Lorsque le chirurgien eut déguerpi, il tendit le rapport à Valérie.

— Voici les chiffres du dernier trimestre. Et sur cette page, poursuivit-il en posant le doigt dessus, la courbe des ventes des trois dernières années.

Il attendit quelques instants.

— Édifiant, n'est-ce pas ?

Valérie parcourut le graphique.

— Je comprends pourquoi Hal a jugé nécessaire de mettre Liz à l'écart... *Panache* est dans le rouge depuis au moins un an !

— Les rapports financiers des cinq dernières années seront sur ton bureau dès demain matin.

— Merci, Jordan.

— Allons déjeuner, maintenant. Nous envisagerons diverses stratégies possibles pour faire de *Panache* une affaire lucrative.

Il traversa la pièce, décrocha le manteau de Valérie de la patère.

— Que dirais-tu d'Il Nido ? Tu aimes la cuisine de l'Italie du Nord ?

— Bien sûr. Comme tout le monde ! Mais nous ne sommes pas obligés d'aller au restaurant...

— Non, effectivement, ce n'est pas indispensable. Mais personnellement, quand il me faut travailler à l'heure du déjeuner, j'en profite pour faire un bon repas.

Jordan lui sourit et elle accepta, de mauvaise grâce, qu'il l'aide à enfiler son manteau. Il reconnut le parfum qu'elle portait, mélange subtil de jasmin et de lilas. Un tel classicisme le surprit. Il aurait juré que Valérie préférait les senteurs exotiques. Cela dit, en deux semaines, nombre de ses préjugés à l'égard de cette femme s'étaient révélés faux...

— Est-ce que d'autres photos anciennes se sont matérialisées en des endroits incongrus ? demanda-t-il en lui tenant la porte.

Elle sortit du bureau.

— Non.

— Tu sais comment ce cliché a atterri dans le labo ?

— Pourquoi m'en préoccuperais-je ?

— Allons, Valérie. Tu as failli t'évanouir en voyant cette photo ! La personne qui l'a placée là tenait manifestement à t'effrayer. Et tu n'es pas du genre à laisser passer ça.

Ils arrivaient devant l'ascenseur. Valérie attendit qu'ils soient dans la cabine pour parler.

— J'ai eu une surprise encore plus affreuse en rentrant chez moi. Car je conservais cette photo dans un endroit très spécial.

Observant Jordan avec attention, elle ajouta :

— Quelqu'un avait pénétré dans mon appartement, pris la photo, et l'avait accrochée dans le labo afin que je tombe dessus.

— Tu es sérieuse ?

Jordan s'étonna d'éprouver une telle inquiétude à l'idée qu'on ait pu s'introduire chez elle par effraction.

— Je ne plaisanterais pas à propos d'une chose pareille.

— Tu as averti la police ? Fait une déposition ?

— Non.

— Mais pourquoi, bon sang ? Tu veux que cela se reproduise ?

— Je ne peux pas prouver que quelqu'un a pénétré chez moi en mon absence. La serrure était en parfait état, les fenêtres n'avaient pas été forcées. De toute façon, j'habite au huitième étage. Et puis, qu'aurais-je dit ? Qu'on m'avait volé une vieille photo ?

Valérie eut un rire cynique.

— Alors, non, je n'ai pas appelé la police. Mais j'ai fait changer les verrous.

— Tu ne soupçonnes personne ? Il se peut qu'un invité ait fouillé dans tes placards, lors d'une soirée. Et ta fille ? Elle avait la clé ?

— Sara a paru aussi choquée que toi. Quant à un hôte curieux, cela arrive, j'imagine, mais je ne vois pas qui, parmi mes amis, pourrait se rendre coupable d'une telle indiscrétion. Aussi je dois tirer un trait là-dessus, à moins que cela ne recommence, bien sûr...

Une demi-heure plus tard, ils se trouvaient chez Il Nido.

— Olivier-Long, dit Jordan, pensif. C'est un joli nom... Français, n'est-ce pas ?

Valérie ne répondit pas. Elle sirotait un Perrier, tandis que son compagnon buvait du chablis.

— Je n'ai pas eu le temps d'étudier ce cliché, poursuivit-il, mais je suis allé à La Nouvelle-Orléans, et j'ai reconnu le nom de la rue. La rue Royale se trouve dans le Vieux Carré, le quartier français. C'est là que tu as passé ton enfance ?

L'espace d'une seconde, Valérie parut alarmée, mais elle se reprit.

— Plus ou moins, répondit-elle, évasive. Et toi, tu es new-yorkais ?

— Presque. Je suis né dans le New Jersey. Mais pour en revenir à La Nouvelle-Orléans, dans quelle partie de la ville habitais-tu ?

— Euh... dans le Vieux Carré.

La curiosité de Jordan était éveillée.

— Il n'y a pas beaucoup d'enfants, là-bas. Cela dit, vu la population éclectique de l'endroit, cela doit former le caractère... Tu y retournes souvent ?

Valérie étudiait le menu.

— Pas vraiment, non... Tu as essayé le calamar ?

— Il est excellent. Comme tout, ici.

Le serveur vint prendre la commande.

— Tu as sans doute visité la plupart des grandes villes du monde, remarqua-t-elle ensuite en s'adossant à son siège. Quelle est ta préférée ?

— San Francisco.

— Pas Paris, Londres, ou Rome ?

— Non. C'est à San Francisco qu'on trouve les meilleurs restaurants, le climat est doux, la ville a une histoire passionnante, des vues magnifiques et, bien entendu, de très bons vins.

— Bien entendu, répéta-t-elle en s'efforçant de sourire.

Jordan aurait aimé que ce sourire fût sincère, et qu'elle appréciât sa présence – au lieu de la tolérer. Il regretta tout à coup qu'il y ait un tel contentieux entre eux. Il observa la journaliste comme le serveur apportait leurs plats, mais son expression demeurait indéchiffrable.

— Tu ne bois pas d'alcool ? demanda-t-il.

— Rarement. Et j'évite à l'heure du déjeuner.

— De même qu'en dînant, apparemment. Tu as à peine trempé tes lèvres dans le champagne que Hal a commandé au Cirque, pour fêter ta promotion.

Valérie haussa les épaules.

— Je n'ai pas besoin d'ingérer de l'alcool pour célébrer une grande occasion.

Jordan admira la bouche sensuelle de la jeune femme, ses yeux bleus lumineux. Il prit conscience du fait qu'elle lui plaisait vraiment. Il eût aimé la connaître intimement, embraser ce feu qui couvait en elle – ce dont il jugeait Coulter incapable.

— Pour ce qui est du bilan, Jordan... dit-elle en baissant la voix, car trois personnes s'étaient installées à la table d'à côté... quel délai Hal va-t-il m'accorder, d'après toi, pour faire remonter les ventes ?

— Tout dépend de tes progrès à court terme, Valérie. Si les ventes augmentent dès le prochain numéro, même de façon insignifiante, Hal te laissera davantage d'initiative. Personnellement, je pense que *Panache* pourrait marcher aussi bien que *Vanity Fair* et *Cosmopolitan*. Il te faudra donner une ligne au journal, une identité forte, ce que Liz n'a pas su faire. Tu ne peux pas faire une réplique de *Vanity Fair* ni de *Cosmopolitan*. Tu...

— Je n'ai pas l'intention de plagier ces mensuels, Jordan ! Je tiens à ce que mon magazine s'impose comme le porte-parole de la femme actuelle. Aussi devrons-nous ratisser large, et publier des articles aussi bien sur le couple, que sur la politique ou l'art culinaire.

— Fais attention. La femme actuelle peut être une ambitieuse, une femme au foyer, une mère de famille active, voire une lesbienne, ou encore une artiste New Age. En bref, n'importe quel genre de femme. Plus tu élargis le champ, plus ton message s'affaiblit.

Elle considéra Jordan d'un air bravache.

— Très bien ! Que suggères-tu ?

— C'est à toi de donner une identité à ce magazine, Valérie. Je t'en sais capable.

Il vit que son interlocutrice se détendait.

— Alors pourquoi avons-nous cette discussion ? Tu aurais pu poser le rapport sur mon bureau et repartir !

— Pour t'informer d'une décision encore secrète, et t'assurer qu'elle n'est pas de mon fait.

Valérie se raidit.

— De quoi s'agit-il ?

— Hal a reçu un coup de fil des avocats de Ted Carpenter. Je crois qu'il va laisser tomber le sujet.

— Non ! s'exclama-t-elle.

— Je sais que tu y tenais, Valérie, mais...

— Nos avocats ont épluché l'article à la loupe, Jordan. Nous ne risquons rien !

— Je ne fais que répéter ce qu'il m'a dit.

Elle le toisa avec suspicion.

— L'as-tu influencé, Jordan, afin que nous enquêtions sur ce mélodrame vieux de vingt ans, à La Nouvelle-Orléans ?

— Tu me croirais si je niais ?

— Arrête d'être fuyant !

Il la dévisagea.

— Moi, fuyant ? Tu peux parler ! Pourquoi refuses-tu de publier un papier sur l'affaire Trent ? Ce sujet est-il tabou pour quelque raison inavouable ? Ou est-ce La Nouvelle-Orléans qui est taboue ? Tu m'accuses d'être fuyant, mais c'est toi qui restes évasive !

— Oh, tu exagères !

Elle tira brusquement sur sa serviette... et renversa son assiette. Qui se brisa sur le carrelage avec fracas. Les petits pois roulèrent sur la nappe, et sur la jupe du tailleur de Valérie, qui n'avait pas bondi assez vite de son siège. Le serveur se matérialisa à son côté.

Jordan s'était levé, prêt à aider la jeune femme, qui le fit se rasseoir d'un regard assassin.

— Si madame désire se rendre dans le petit salon, nous avons des serviettes, et du détachant.

— Oui, merci, répondit Valérie, désorientée. Où est-ce ?

— Au fond de la salle, madame, sur votre gauche.

Les joues écarlates, elle se saisit de son sac, que Jordan lui tendait, puis elle s'en fut rapidement, sous les regards des autres clients.

Valérie se tenait devant la glace du petit salon et constatait, soulagée, que les taches de sauce, qu'elle avait tamponnées avec de l'eau écarlate, s'avéraient presque invisibles sur la jupe noire de son tailleur. Au moins n'aurait-elle pas à rentrer chez elle pour se changer. Elle ne pouvait considérer Jordan comme responsable de cet incident, car il n'avait fait que lui annoncer une mauvaise nouvelle. Et elle avait renversé son assiette sans l'aide de personne.

Comme elle se remettait du rouge à lèvres, la sonnerie de son téléphone portable se fit entendre. Le numéro qui apparut dans la petite fenêtre, et que Valérie voyait pour la première fois, ne lui donna aucune indication sur l'identité de son correspondant. Cependant, elle tenait à ce que les membres de son équipe puissent la joindre à tout moment.

— Bonjour, Valérie à l'appareil.

— Et je suis... Devine !

Elle ne reconnaissait pas cette voix chantante.

— Qui demandez-vous ?

— Je te demande, toi, Caroline.

Caroline... La panique la saisit.

— Qui êtes-vous ?

— Quelqu'un qui connaît Caroline.

La jeune femme sentit son cœur cogner dans sa poitrine.

— Vous vous êtes trompé de numéro !

L'inconnu eut un rire grave.

— Je ne crois pas, non.

— Qu'est-ce que vous voulez ?

— Chaque chose en son temps, Caroline.

L'homme marqua une pause.

— J'adore ton appartement. C'est tellement... sophistiqué.

Valérie se figea.

— Comment êtes-vous entré ?

— Facile. Du gâteau !

Le bruit d'un métro rendit les paroles de son correspondant inaudibles.

— ... fait quelques jours. Tu croyais que j'avais disparu ? J'ai une vie, moi aussi.

Il y eut un silence, puis la voix de l'homme se fit plus dure :

— Il est temps que tu comprennes, Caroline, que j'existe toujours, et que tu ne te débarrasseras pas de moi !

Cette voix était rauque, comme celle d'une personne qui fume trop. Jusqu'à présent, Valérie avait pensé qu'il s'agissait d'un homme, mais il se pouvait que ce fût une femme...

— Que voulez-vous de moi ? demanda-t-elle en s'efforçant de masquer son angoisse.

— Ce que je veux, Caroline ?

Il y eut un bruit d'aspiration, comme si la personne tirait sur une cigarette.

— Hum, je crois qu'on peut appeler cela, voyons... je veux que tu rembourses ta dette.

La Nouvelle-Orléans

Angela Leblanc sollicita une faveur auprès de Pete Benoit, un vieil ami flic, qui la laissa consulter le dossier d'Amy Trent après qu'elle lui eut offert trois whiskies. Les rapports de police se trouvaient dans une boîte en carton poussiéreuse. Installée dans un petit bureau désert, Angela contempla les photos jaunies qu'elle avait trouvées dans le dossier.

— Mais qui sont ces filles ? se demanda-t-elle à haute voix.

Angela retourna la photo, vit trois prénoms griffonnés. Benoit apparut et l'observa, intéressé. La détective privée leva les yeux vers lui.

— Tu sais qui sont ces adolescentes ? s'enquit-elle, à tout hasard.

— Il faudrait regarder les dépositions. Tu y trouveras plusieurs noms. Mais on n'a jamais pu découvrir où habitaient Amy Trent et les autres. Ces gamines squattaient ici et là. Dans le Vieux Carré, il y avait des dizaines de lieux possibles.

— Est-ce que je peux photocopier ces documents, Pete ?

— Bon Dieu, non ! Je t'ai déjà...

Le téléphone mural sonna. Pete Benoit alla décrocher, sans quitter Angela des yeux. Comme il se penchait pour noter un numéro dans son carnet, la détective privée glissa subrepticement deux dépositions dans la poche de sa veste, ainsi que trois photographies. Là-dessus, elle se leva, salua le policier d'un geste de la main, puis sortit de la pièce...

Deux jours plus tard, Angela se félicita de son audace, car elle réussit à localiser Kelly Lott, l'une des anciennes camarades d'Amy.

Kelly Lott était devenue Mme Perry Fontenot. Elle avait épousé un inspecteur des services du logement, qui travaillait pour la municipalité. Ils avaient deux enfants, un garçon et une fille, âgés respectivement de dix et douze ans. Kelly Fontenot était sans profession, mais s'occupait d'œuvres de charité pour la paroisse. Un stéréotype de l'Américaine moyenne, songea Angela.

Elle contempla la demeure des Fontenot avant de sonner. Le trottoir était propre, le jardin bien entretenu. Diverses variétés de camélias en fleurs s'épanouissaient. Angela adorait les fleurs. Si ses projets aboutissaient, elle louerait une petite maison dotée d'une cour intérieure et d'une fontaine. Elle transformerait l'une des pièces en bureau, y installerait son ordinateur : elle pourrait ainsi travailler et recevoir ses clients à domicile.

Kelly ouvrit à la première sonnerie, après avoir observé Angela à travers l'œilleton.

— Oui ? s'enquit-elle d'une voix hésitante.

— Bonjour, madame Fontenot. Je m'appelle Angela Leblanc.

Elle tendit sa carte professionnelle à l'honnête mère de famille et précisa :

— Un client m'a demandé de rechercher un membre de sa famille.

Kelly parut perplexe.

— Qui essayez-vous de retrouver ?

— Pourrais-je entrer quelques minutes ?

— Eh bien...

Angela se frotta les bras.

— Il fait frais, ce matin. Je me demande comment j'ai pu laisser mon manteau au bureau !

La femme s'effaça pour la laisser entrer, comme elle l'avait espéré.

— Je m'apprêtais à sortir, déclara Kelly, peu convaincante.

— Cela ne prendra que quelques instants, assura Angela.

Elle parcourut l'intérieur de la maison des yeux. Kelly Lott avait fait du chemin. Il y avait un monde entre cette demeure respectable et l'entrepôt miteux devant lequel on avait photographié Mme Fontenot à quinze ans.

Angela sourit.

— Que pourriez-vous me dire sur Amy Trent, madame Fontenot ?

8

Jordan fronça les sourcils en voyant Valérie regagner leur table.

— Que se passe-t-il, Val ? Tu es pâle comme un linge !

— Je me sens très bien, Jordan.

— Tu n'as pas touché à ton assiette. Tu es sûre que ça va ?

L'inquiétude de Jordan chassa les doutes que Valérie avait pu nourrir à son endroit. À l'évidence, il était aussi inoffensif que n'importe quel autre client de ce restaurant. Le mystérieux correspondant – ou la mystérieuse correspondante ? – de Valérie avait fort bien pu téléphoner depuis un autre État d'Amérique.

— Il faut que je retourne travailler, Jordan, bien que j'aie la migraine. Mais toi, tu peux rester et finir ton repas. Je vais demander un taxi.

Jordan appela le serveur.

— Tu n'avais pas mal à la tête il y a cinq minutes, répliqua-t-il.

Il se leva, jeta quelques billets sur la table sans attendre l'addition, puis escorta Valérie à l'extérieur.

— Coulter va me vouer une haine éternelle, remarqua-t-il.

— Parce que je n'ai rien mangé ?

Un taxi parut au coin de la rue, et Valérie le héla. Elle grimpa dedans, puis tira la portière, afin que Jordan ne puisse pas monter.

— Je prendrai une barre chocolatée au distributeur, dit-elle.

— Oui, bonne idée. Je suis sûr que Wayne approuverait ce genre de régime.

— Personne ne me dicte ma conduite, Jordan. Et certainement pas Coulter !

— Je t'accompagne, Valérie ?

Elle rouvrit la portière de mauvaise grâce, attendit que Jordan fût assis à côté d'elle, puis donna l'adresse du journal.

— Que se passe-t-il, Valérie ? Tu es nerveuse, depuis que tu as renversé ton assiette.

Était-il risqué de lui dire la vérité ? Au moins verrait-elle sa réaction...

— On m'a téléphoné sur mon portable, pendant que je nettoyais ma jupe. Un coup de fil bizarre.

Jordan se tourna vers elle, intrigué.

— Est-ce que cela a un rapport avec cette fameuse photo ?

— J'en ai peur, oui. La personne qui m'a appelée a admis avoir pénétré dans mon appartement.

Elle frissonna.

— J'en suis toute retournée, Jordan...

— Qu'a-t-il dit ?

La jeune femme faillit céder au désir de tout lui raconter, mais elle se ressaisit. Elle se massa les tempes, soupira. Les mensonges étaient de nouveau d'actualité, lui rappelant les erreurs et les mauvais choix qu'elle avait faits par le passé. Elle se retrouvait prise au piège, ainsi que Janine l'avait prédit.

On exigeait qu'elle payât sa dette. Mais qu'est-ce que cela pouvait bien signifier ?

— Valérie ?

— Il se peut que ce ne soit pas un homme, dit-elle. Mais cette personne veut que je sache qu'elle me suit à la trace. Et qu'elle peut pénétrer chez moi quand bon lui semble.

— Il faut prévenir la police, décréta Jordan, qui paraissait très inquiet.

Il glissa une main dans sa veste, en sortit son téléphone portable.

— Non.

Il regarda Valérie, étonné.

— Pourquoi ? Tu vas laisser ce type te harceler sans réagir ? Et ne me dis pas que tu ne peux porter plainte contre un inconnu, parce que le travail de la police consiste précisément à retrouver ce genre de salopards ! Notamment ceux qui pénètrent chez les autres par effraction. Au minimum, les flics prendront ta déposition, et s'il te traque, comme cela semble être le cas, il va prendre peur.

En des circonstances normales, c'était exactement ce que Valérie aurait fait. Comment lui expliquer qu'elle n'allait pas agir comme le bon sens l'exigeait ?

— On ne m'a pas réellement menacée, Jordan. Et de plus, j'ai changé les verrous sur ma porte d'entrée. Je vais faire installer un système d'alarme dès cet après-midi, et avertir les gardiens de l'immeuble.

Le taxi arrivait à hauteur du journal.

— Valérie, insista-t-il, ce type cherche à t'effrayer, voire à te faire du mal. Et tu refuses d'avertir la police ?

Le taxi s'arrêta. La journaliste en sortit, se retourna.

— Promets-moi au moins d'alerter le service de surveillance de ton immeuble, poursuivit Jordan. Et puis, mange quelque chose !

Le taxi s'éloigna.

Valérie poussa la porte du journal. Elle avait menti. Elle n'allait pas avertir les gardiens de son immeuble. Son persécuteur était trop intelligent pour se faire prendre de cette façon-là. D'un autre côté, elle n'allait pas non plus se laisser faire. Cette époque-là était révolue. Elle n'allait pas réagir comme l'attendait ce pervers. Ni voir ses succès et ses acquis partir en fumée. Elle allait se mesurer à cet adversaire inconnu, quel qu'il fût. Et gagner la partie.

La Nouvelle-Orléans

— Je vous ai dit que je ne voulais plus vous voir, mademoiselle Leblanc. Je vais appeler la police, si vous ne me laissez pas tranquille !

— Je comprends votre agacement, madame, répondit Angela, affichant un air faussement contrit. Mais si vous m'aidez encore une fois, juste une fois, je jure devant Dieu que vous n'entendrez plus jamais parler de moi !

Kelly Fontenot se révélait moins coopérative que la veille, quand elle avait invité la détective privée à pénétrer dans sa maison. Cette fois-ci, elle lui barrait la porte.

— Je ne vous aurais pas aidée si vous m'aviez avoué le motif réel de votre visite, mademoiselle Leblanc. Amy Trent mérite de reposer en paix. Cela fait vingt ans, bon sang !

Angela avança de quelques centimètres, et réussit à glisser son pied dans l'entrebâillement de la porte.

— Si votre fille avait disparu, madame Fontenot, ne remueriez-vous pas ciel et terre pour savoir ce qui lui est arrivé, même vingt ans après ?

Lors de sa précédente visite, elle avait vu la photo d'une enfant aux yeux bleus dans un cadre, posé sur le dessus de la cheminée. Son interlocutrice parut touchée.

— Je crois que vous n'hésiteriez pas, insista Angela.

Kelly soupira.

— Peut-être, mais qu'importe, puisque je ne peux pas vous aider ! J'ignore de quelle façon Amy a disparu. Ne comprenez-vous pas que je préfère oublier cette période de ma vie ? Il n'est pas bon d'exhumer le passé, mademoiselle. Je... je suis différente, à présent. Ce que j'ai fait alors... ce que j'ai vécu... était pénible. Ce genre d'existence reste une source de fascination pour les autres. Je me demande bien pourquoi, d'ailleurs. J'ai connu la peur, la faim. J'étais seule au monde, désorientée. Si ma Lindy et mon Michael finissaient comme ça, j'en mourrais !

— Pourtant, vous avez été de celles qui s'en sont bien tirées, remarqua Angela en sortant une photo de sa poche, qu'elle avait subtilisée dans le dossier d'Amy Trent.

Cinq adolescentes regardaient l'objectif d'un air sinistre, dont Kelly Lott Fontenot, Anna Swenson,

Becky Barfield et Amy Trent. Angela n'avait pas réussi à identifier la cinquième jeune fille. Elle avait retrouvé la trace d'Anna Swenson et de Becky Barfield, ce qui ne lui avait rien apporté.

Elle mit la photo sous les yeux de Kelly. Celle-ci se résolut à regarder.

— Becky est morte du sida il y a trois ans, déclara-t-elle. Je l'ai lu dans le journal. Quant à Anna...

Mme Fontenot effleura le visage de la jeune fille brune du bout de l'index.

— ... elle a fait une overdose. Elle en a réchappé, mais avec des dommages irréparables au cerveau. J'ai entendu dire qu'elle se trouvait dans une institution.

Anna Swenson faisait des séjours réguliers à l'hôpital psychiatrique de Mandeville. Pour l'heure, elle était internée, et n'avait rien appris de crucial à Angela sur cette période.

— Elle a payé le prix fort pour ces années passées dans la rue.

— Par la faute d'Oscar, grommela Kelly, dégoûtée. Il nous avait toutes sous sa coupe, et nous étions assez sottes pour lui obéir.

— Amy était l'une de ses victimes ?

— Nous étions toutes ses victimes, ne comprenez-vous pas ? J'en suis malade, rien que d'y penser...

Kelly prit la photo.

— Voilà Amy, dit-elle, mais je crois que son visage vous est familier, à présent. Ici, c'est Anna et Becky. Celle-là... elle s'appelle Caroline. Elle et Amy ne se quittaient pas, mais elles consommaient beaucoup d'héroïne. Amy était enceinte, et Caroline essayait de la protéger des foudres d'Oscar. Il voulait qu'elle avorte, et peut-être avait-il raison, vu qu'Amy se droguait. Cela ne pouvait être sans conséquences pour son bébé. Mais un soir, elles ont disparu.

— Qui ça ?

— Amy et Caroline. On ne les a jamais revues.

— Et le bébé ?

— Qui sait ? Mais je pense qu'Oscar l'aura obligée à avorter. Il ne voulait pas d'un enfant chez lui.

— Vous parlez d'Oscar Diaz, n'est-ce pas ?

— Je ne raconte rien qui ne figure dans cet article du mois dernier. Ce que le reporter a dit est vrai. Il ne connaissait pas le reste de l'histoire, c'est tout.

— Le reste de l'histoire...

Angela avait glissé une main dans son sac, pour s'assurer que le magnétophone marchait. Elle espérait que le petit appareil enregistrait la conversation.

— À savoir ?

— On ignore si Amy a avorté ou non, si elle est en vie. On ne sait pas non plus ce qui est arrivé à Caroline.

Kelly poussa un profond soupir et précisa :

— Caroline avait une sacrée personnalité. C'était une rebelle. Aussi, personne ne s'est inquiété pour elle.

— Il subsiste nombre de questions sans réponse, remarqua Angela.

— Oui, et je crois qu'il serait préférable qu'on n'y réponde pas, assura Mme Fontenot. Il est des secrets qu'il ne vaut mieux pas dévoiler.

Lorsqu'elle eut regagné sa voiture, la détective sortit son magnétophone de son sac et parla dans le micro :

— Trois choses : se renseigner sur le casier d'Oscar Diaz ; sur le bébé d'Amy ; et sur Caroline.

9

— C'est inexcusable! décréta Valérie, qui s'adossa à son fauteuil directorial. J'ai mis deux heures à convaincre Hal Kurtz que le reportage sur Carpenter est un scoop, et que nous sommes couverts. J'ai pratiquement dû lui promettre que Ted Carpenter allait être reconnu coupable de meurtre, suite à la publication du papier, et qu'on allait avoir le Pulitzer!

La rédactrice en chef de *Panache* s'interrompit, passa une main dans ses cheveux blonds mi-longs.

— Et maintenant, tu me dis que Jon Palmer a changé d'avis, et qu'il a proposé son article à un autre magazine!

Greg Parker s'affaissa dans son fauteuil et fit tourner son café dans son gobelet.

— Ce qui veut dire qu'il a eu vent des réticences de Hal, poursuivit Valérie, qui regarda tour à tour ses quatre collaborateurs. L'un d'entre vous connaît-il la personne qui s'est rendue coupable d'une telle indiscrétion?

Roxanne jeta un coup d'œil à un tableau accroché au mur, à sa droite; Greg se perdit dans la contemplation de son café; Suzy Klein lança un regard franc à Valérie; Éric griffonnait sur un bloc, consignant les remarques des uns et des autres, au cas où sa patronne désirerait les consulter par la suite. Personne ne semblait vouloir répondre.

Valérie se leva et se mit à arpenter son bureau.

— La déloyauté n'a pas cours ici, mes amis. Je n'accuse personne, mais je veux que vous interrogiez vos collaborateurs, afin de découvrir l'auteur de la fuite.

Quant à moi, je vais appeler Jon et tenter de récupérer l'affaire.

— Ce n'est pas tout, intervint Roxanne en tapotant l'extrémité d'une cigarette contre le dos de sa main.

La photographe avait cessé de fumer six mois plus tôt, mais elle ne parvenait pas à se défaire du rituel lié à la cigarette.

— J'avais entrepris de sélectionner des photos pour l'article sur Carpenter, parmi celles que j'ai prises à Aspen. Quand je suis arrivée au labo, ce matin, j'ai trouvé un bidon de révélateur renversé sur mes négatifs. Il y en a plusieurs qui sont irrécupérables. Il me faudra trois jours pour retourner là-bas, refaire des photos, les développer. Or le délai est serré, vu que nous prévoyons de publier le papier dans le numéro d'avril, n'est-ce pas, Greg ?

Ce dernier hocha la tête en signe d'assentiment, puis avala une gorgée de café.

Roxanne regarda Valérie :

— Je ne pense pas qu'il s'agisse d'un accident.

— Tu crois que… ?

— Ce n'était *pas* un accident.

La rédactrice en chef plissa les yeux, incrédule.

— Tu affirmes que quelqu'un a délibérément endommagé les négatifs des photos destinées à illustrer l'article sur Ted Carpenter ?

— Je ne laisse pas traîner des produits chimiques à proximité des négatifs. Et puis, je rebouche toujours les flacons !

— Mais pourquoi ces photos-là ? s'enquit Valérie.

Roxanne haussa les épaules.

— Parce que c'étaient les miennes.

— Tu crois qu'on te visait personnellement ?

Roxanne accordait une importance extraordinaire à sa carrière. Les clichés qui devaient paraître avec le reportage sur Ted Carpenter avaient toutes les chances de lui valoir une renommée immédiate. La jalousait-on au point de détruire ses œuvres ?

— Il se peut que ce ne soit pas Roxanne que l'on vise, mais toi, Valérie, déclara Éric qui leva les yeux de son bloc.

— Moi ? s'exclama-t-elle en se plaquant une main sur la poitrine. Qu'est-ce qui te fait dire cela ?

— Tu ne vas pas pouvoir publier le reportage sur Ted Carpenter dans le prochain numéro. Il va falloir trouver un autre article au pied levé. C'est une tracasserie, un contretemps qui vient te compliquer la vie. Essaie d'envisager la question sous cet angle...

Éric se pencha en avant pour appuyer son propos :

— Quelqu'un trafique dans le labo de Roxanne, et pas à des fins généreuses. On a soufflé à Jon Palmer que Hal Kurtz hésitait à publier son article, craignant des représailles. Il se peut qu'il s'agisse d'une seule et même personne, Val.

La rédactrice en chef s'immobilisa derrière la chaise de son assistant. Il se pouvait qu'il eût raison, songea-t-elle. Si Éric avait eu connaissance des incidents survenus dans sa vie depuis peu, il aurait carrément affirmé qu'elle était la cible de toutes ces mauvaises plaisanteries. Valérie commençait elle-même à le penser. Mais qui s'amusait à ses dépens, et dans quel but ?

— N'est-il pas conseillé de verrouiller le labo le soir, Roxanne, ainsi qu'à l'heure du déjeuner ?

— Si, et je ferme la porte à clé chaque fois que je m'absente, même pour une demi-heure.

— Qui d'autre a la clé ?

Valérie, qui se tenait toujours derrière le siège d'Éric, considéra chaque visage avec attention.

Roxanne émit un profond soupir.

— Plusieurs personnes, Val. Nous sommes dans un magazine, ici. Ce qui implique l'existence d'un fonds photographique, et pas des moindres. *Panache* emploie plusieurs photographes. On ne peut pas interdire aux gens l'accès du labo.

— Ainsi, ce pourrait être un membre du personnel. Ou encore un individu étranger au journal.

Valérie retourna s'asseoir à son bureau.

— Je compte sur vous pour trouver les responsables de ces actes d'intimidation. Je veux des noms. Et savoir notamment qui a informé Jon Palmer de la frilosité de M. Kurtz.

— Tu vas l'appeler ? demanda Roxanne, qui écrasa sa cigarette intacte.

— Soit je l'appelle, soit nous renonçons au projet. Or ce reportage devait faire la couverture, le mois prochain. Il est hors de question que je renonce à le publier. Maintenant, vous pouvez disposer.

Le fait que Valérie ait eu vent de son désistement possible, embarrassa terriblement Jon Palmer. Il avait toutefois de sérieuses raisons de revoir sa position, lui assura-t-il. D'après son agent, Hal Kurtz s'apprêtait à opérer des coupes drastiques dans le budget de *Panache*. Celui-ci lui avait donc conseillé de proposer son reportage à un magazine à plus gros tirage.

Valérie convia le journaliste à déjeuner, qui toucha à peine à sa nourriture. À la fin du repas, toutefois, la jeune femme avait réussi à le convaincre de la bonne santé financière de *Panache*, et du fait que Hal Kurtz la soutenait dans cette entreprise.

Finalement, Jon Palmer promit d'honorer ses engagements.

— Félicitations, Valérie. Mais comment as-tu fait pour circonvenir Palmer ? demanda Jordan au téléphone, en fin d'après-midi.

Hal l'avait manifestement informé de l'évolution de la situation.

— Oh, j'ai dû céder à ses conditions, avoua Valérie, cynique.

La jeune femme coinça le combiné du téléphone dans son cou, pour signer les lettres qu'Éric venait de placer devant elle.

— C'est-à-dire ?

— Il nous laissera publier l'article sur Carpenter, seulement si nous achetons son prochain reportage, annonça-t-elle d'un ton amer.

— Cela outrepasse le code de déontologie ! remarqua Jordan, furieux.

— Je n'avais pas le choix.

— Effectivement.

Le vice-président du groupe Kurtz-Whitman resta silencieux quelques instants.

— Ne travaille plus avec lui, ajouta-t-il enfin.

Valérie parapha une missive.

— Je crois avoir compris à quel genre d'homme j'ai affaire, Jordan.

La rédactrice en chef acheva de signer le courrier puis le tendit à Éric, qui sortit.

— Et lorsqu'il m'apportera son nouvel article, je risque d'avoir des exigences, précisa-t-elle. Il aurait dû laisser son agent négocier.

— Son agent a probablement refusé de s'en mêler.

— Peu importe.

Elle posa son stylo sur son bureau, puis se cala contre le dossier du fauteuil.

— Y avait-il une autre raison à ton appel ?

— Deux raisons, Valérie, et qui n'ont aucun rapport avec l'histoire Palmer. Tout d'abord, as-tu fait installer un système d'alarme dans ton appartement, et as-tu signalé le cambriolage à la société de surveillance de l'immeuble, afin qu'ils renforcent les mesures de sécurité ?

— Jordan...

— Avant que tu me demandes de me mêler de mes oignons, Val, je tiens à dire que je ne comprends pas ton attitude.

Il ne lui laissa pas le temps de parler.

— Si tu ne le fais pas pour toi, pense à Sara. S'il arrivait un drame, comment réagirait-elle ?

— Tu insistes uniquement pour le bien de Sara ?

À l'évidence, Jordan avait de la peine à maîtriser sa colère.

— C'est pour ton bien à toi, bon Dieu ! Il y a un type dans cette ville qui épie tes faits et gestes, qui pénètre chez toi par effraction, et tu ne te protèges pas ? ! Cela pourrait vraiment être dangereux, ma belle.

Ma belle. Valérie en resta sans voix un long moment. Elle finit par se ressaisir.

— D'accord, d'accord... Tu peux crier victoire. J'ai contacté une entreprise qui va installer un système d'alarme chez moi, mais ils ne peuvent pas intervenir avant la semaine prochaine. Et sache que le gérant de l'immeuble a pris cette histoire de cambriolage très au sérieux. Cependant, il m'a reproché de ne pas garder le double de ma clé sur moi en permanence. Comme si les femmes avaient pour habitude de sortir avec toutes leurs clés dans leur sac !

À l'autre bout du fil, Jordan poussa un soupir de soulagement.

— Bien. Il semble que tu sois revenue à la raison. Car j'avoue que tu m'as paru réellement inconsciente en sortant du restaurant.

— Merci, Jordan.

— Maintenant, je dois te donner la seconde raison de mon appel...

Valérie entendit grincer le fauteuil de son correspondant. Elle imagina qu'il se penchait en arrière sur son siège, et posait les pieds sur son bureau.

— Je voulais te proposer d'aller ensemble à la réception de Hal, ce soir. Tu es invitée, n'est-ce pas ?

— Oui. Il m'en a parlé cet après-midi.

— Tu vas y aller ?

— Oui, mais...

— Et si je venais te chercher ? Je passerai devant chez toi pour me rendre à cette fête, de toute façon. Pourquoi ne pas y aller ensemble ?

On frappa à la porte. Roxanne passa la tête dans l'entrebâillement.

Valérie lui fit signe d'entrer et répliqua :

— C'est à cause de ce type qui me traque, n'est-ce pas ? Je n'ai pas besoin d'un garde du corps, Jordan.

— Il est absurde de tenter le diable, Valérie. De plus, serait-ce si terrible de passer quelques heures en ma compagnie ? Considère cela comme un rendez-vous.

— Un rendez-vous ?

Avec Jordan Case ?!

— Quelle présomption, Jordan...

Ce dernier ricana.

— Tu ne devais pas y aller avec ce cul serré, au moins ? demanda-t-il.

— Qui ça ? Le Dr Coulter ?

Valérie s'aperçut qu'elle souriait.

— Je crains qu'il ne soit pas disponible. Il donne une conférence à L.A.

— J'ai donc eu raison de t'appeler ! Je passe te prendre vers huit heures, d'accord ?

— D'accord.

Elle raccrocha, un peu étourdie.

— Je n'en crois pas mes oreilles ! lança Roxanne, qui s'assit sur le canapé. Était-ce vraiment Jordan Case ? Allez-vous passer la soirée ensemble ? Hal Kurtz ne te demande rien, mais tu y vas malgré tout, et sans rechigner...

— Je sais que cela peut paraître bizarre, Rox.

Valérie se leva de son fauteuil, remit sa boucle d'oreille.

— Mais en fait c'est simple, continua-t-elle. Il joue les gardes du corps. J'ai reçu un coup de fil sur mon portable, un cinglé, alors que j'étais au restaurant avec lui, avant-hier. Depuis, Jordan se montre surprotecteur envers moi.

— Quel genre de cinglé ? s'enquit Roxanne, alarmée.

— Oh, rien de grave. Juste quelqu'un qui veut m'empoisonner la vie. Arrête de faire cette tête. C'est inévitable, dès que tu occupes un poste de pouvoir. Mais je ne me laisserai pas intimider par un malade !

— Je suis tout de même contente que Jordan t'accompagne. Il joue les gardes du corps, soit, mais ce n'est pas là sa seule ambition. Tu lui plais, Val.

— Tu plaisantes ! Je ne suis même pas certaine que nous allons réussir à travailler en bonne intelligence.

Souviens-toi qu'il est intervenu dans cette histoire entre Sara et Charlie.

Valérie sourit faiblement.

— Cependant, nous devons apprendre à cohabiter avec un minimum de civilité.

Elle tira une chaise, s'assit en face de Roxanne.

— Et toi, Rox, comment ça se passe ?

— J'ai perdu tous les négatifs des photos d'Aspen. Heureusement, il m'en restait un rouleau dans mon sac, que je n'avais pas développé. Il y a de bonnes choses dessus, mais rien d'aussi bien, je le crains.

— Dans ce cas, nous avons évité le pire, remarqua Valérie.

Roxanne se leva brusquement.

— Je n'en suis pas sûre ! On a détruit mes négatifs, il y a eu une fuite à propos de l'article, et puis il y a cette histoire de photo apparue mystérieusement dans le labo, et dont la vue t'a bouleversée, d'après Jordan.

Roxanne prit ses longs cheveux roux dans sa main droite, les ramena sur sa poitrine.

— Tu as découvert comment cette photo a atterri là, Valérie ?

— Non.

Valérie hésita à lui parler du cambriolage. Elle tenait à ce qu'on la considérât comme la rédactrice en chef de ce magazine – et non comme une femme vulnérable, harcelée par un inconnu.

— Cette histoire est... personnelle, Rox.

— Je m'en doute, et je ne te poserai pas de questions indiscrètes. Cela ne me concerne pas.

La photographe appuya sa hanche droite contre le bureau de Valérie.

— Mais ce qui se passe au journal me touche directement. J'ai réfléchi à la théorie d'Éric : il pourrait bien ne pas se tromper. Il n'est pas exclu que tu sois la cible d'une personne jalouse de ton succès. Et maintenant, tu me dis qu'on t'a menacée au téléphone...

— Je n'ai pas dit cela, Roxanne. C'était juste un détraqué.

— Et s'il s'agissait d'une machination, visant à te discréditer ?

— Mais pourquoi ? Tu as une autre raison d'avancer cela ?

Roxanne haussa les épaules.

— Oh, c'est quelque chose dont je parlais avec...

La photographe s'interrompit.

— As-tu songé qu'il pourrait s'agir de Denise ? reprit-elle.

— Denise Grantham ? Pourquoi ?

— Elle a les dents longues. Jusqu'où irait-elle pour prendre ta place, Val ? Si tu devais renoncer à l'article de Palmer, il te faudrait trouver une parade, et vite. Tu perdrais en crédibilité. Denise aurait-elle soufflé à Kurtz qu'il était trop risqué de publier ce reportage ? Elle couche avec lui, tout le monde le sait. Elle pourrait facilement se glisser dans le labo photo. Et puis, ç'aurait pu être sa voix, au téléphone. Je sais que cela paraît pervers, mais Denise est capable de fomenter un coup de ce genre.

Roxanne attendit que cette idée fasse son chemin dans l'esprit de Valérie. Après quoi, elle prit congé. Elle se retourna toutefois avant de sortir :

— Penses-y. D'accord ?

La liste de suspects qu'avait établie Valérie s'allongeait de jour en jour. Elle ne savait plus que penser. Car personne ne semblait correspondre à l'image qu'elle avait de son persécuteur. Il paraissait invraisemblable que Denise Grantham prît autant de peine pour la discréditer. Quant à Liz, aurait-elle eu recours à un stratagème aussi diabolique, uniquement pour se venger du fait que Valérie ait été nommée à son poste ? Pouvait-il s'agir de Jordan Case ? Absurde !

Ted Carpenter aurait eu des raisons de s'attaquer à la rédactrice en chef de *Panache*. Mais il était une vedette de la télévision et, même s'il avait tué sa femme, cela aurait été trop risqué pour lui.

S'agissait-il d'une personne qu'elle avait connue à La Nouvelle-Orléans ? Mais qui ? Et pourquoi avoir attendu vingt ans pour demander des comptes ? Et d'ailleurs, quels comptes ?

Ces supputations la rendaient folle...

Valérie sursauta. Éric criait. Un homme l'insultait.

— Non ! Vous ne pénétrerez pas dans le bureau de Mme Olivier-Long sans sa permission !

— C'est ce qu'on va voir !

— Je vais appeler la sécurité !

— Je suis impressionné !

— Calmez-vous, monsieur Carpenter !

Ted Carpenter ! Valérie sentit son cœur cogner dans sa poitrine. Elle décida de l'affronter. Elle traversa son bureau et ouvrit la porte.

Ted Carpenter, qui tenait Éric par sa cravate, le lâcha en la voyant.

— Pouvons-nous avoir un entretien en tête à tête ? gronda-t-il.

— Il faudra d'abord vous calmer, monsieur Carpenter. Et puis, vous devez des excuses à mon assistant.

Carpenter ricana.

— Je m'excuse.

— J'ai appelé les vigiles, Valérie, annonça Éric, rouge d'indignation. Ils arrivent.

— Tant mieux, dit-elle.

— Si tu as besoin de nous, tu n'as qu'à crier, précisa-t-il.

— Vous voulez toujours me parler, monsieur Carpenter ?

— Je vous suis.

— Bien.

Valérie lui tint la porte de son bureau, ironique.

— De quoi s'agit-il ? demanda-t-elle quand ils furent seuls.

— Ne faites pas l'innocente, madame Olivier-Long ! Je veux savoir ce qu'il y a dans l'article que vous entendez publier sur la mort de ma femme. Je sais de quoi vous m'accusez, et si vous ne retirez pas ce reportage du sommaire, je vous poursuis en justice !

— Ce reportage est très sérieux, monsieur Carpenter. Nous avons là un excellent travail d'investigation. Tout ce que nous avançons est vrai.

— Eh bien moi, je peux vous dire que je n'ai pas tué ma femme ! Cela fait déjà un mensonge, et un mensonge de taille !

— Personne n'affirme que vous avez tué votre femme, monsieur Carpenter. Ce serait de la diffamation. Jon Palmer réexamine les faits, c'est tout. Mais, bien sûr, si vous avez des raisons de craindre que…

Valérie n'acheva pas sa phrase.

— Ce n'est pas la crainte qui me met dans tous mes états, répondit Ted Carpenter, qui arpentait la pièce tel un lion en cage. Vous savez comment sont les gens. Si vous publiez ce tissu de mensonges, si vous présentez les faits sous un jour suspect, si vous insinuez telle ou telle chose, ils penseront que je suis coupable. Et tout ce que j'ai bâti jusqu'à ce jour s'effondrera comme un château de cartes !

Il s'arrêta net, dévisagea Valérie d'un air mauvais. Il respirait fort.

— Je vous préviens, madame Olivier-Long : si vous salissez mon nom, si vous ruinez ma réputation, vous n'en sortirez pas indemne. Nous avons tous quelque chose à cacher. Comment réagiriez-vous si je dévoilais vos secrets ?

Valérie dut lutter contre le sentiment de panique qui la gagnait. Elle n'avait jamais sérieusement cru que Ted Carpenter pût être l'homme qui la traquait.

— À quels secrets faites-vous allusion, monsieur Carpenter ?

— Personne n'est à l'abri de la calomnie, madame.

— Vous m'avez appelée hier ?

— Ah oui, alors ! Et avant-hier, et les jours d'avant ! Je n'ai jamais pu vous parler…

— Sur mon téléphone portable, monsieur Carpenter. Avez-vous tenté de me joindre sur mon portable ? Êtes-vous entré dans le labo photo ? Avez-vous détruit les négatifs ?

— Sur votre portable ? Non, je ne connais pas le numéro de votre portable, sinon je ne me serais pas privé de le composer, croyez-moi ! Et si j'ai détruit quoi… ? Non, je n'ai rien détruit, madame. Du moins pour le moment. Je ne comprends rien à ce que vous racontez. Mais maintenant que je vous ai en face de moi, je peux vous assurer que votre carrière est finie, et que votre magazine n'aura plus un seul annonceur si vous persistez à publier ces horreurs sur mon compte !

— Bien, je crois que vous vous êtes fait comprendre, monsieur Carpenter, déclara Valérie, tout en s'efforçant de conserver son calme. Si vous avez terminé…

— Je n'ai pas terminé ! beugla-t-il. La mort de ma femme était un accident. Vous m'entendez ? Un accident !

— Le corps de votre femme portait des traces de coups, monsieur. Et vous ne pouvez intenter un procès contre un magazine parce qu'il reprend une affaire non élucidée.

— Je sais ce qui s'est passé !

— C'est ce que vous dites.

Il dévisagea Valérie d'un air menaçant.

— Vous croyez avoir toutes les réponses, n'est-ce pas ?

— Non.

Elle le toisa avec la même arrogance.

— Mais nous pensons, à *Panache*, qu'il reste encore des questions auxquelles il conviendrait de répondre.

Carpenter tourna les talons, se dirigea vers la porte. Avant de sortir, il se retourna.

— Rendez-vous au tribunal, salope !

La rédactrice en chef sursauta comme il claquait la porte à toute volée. Elle se laissa tomber dans son fauteuil, tremblante.

Pouvait-il s'agir de *lui* ?

Angela Leblanc souriait aux anges, tandis que le Boeing amorçait sa descente sur New York. Elle allait déposer le chèque à la banque immédiatement. Cinq mille dollars. La chance tournait !

Emily Trent désirait tellement savoir ce qui était arrivé à sa fille, qu'elle aurait reçu n'importe qui. Or Angela avait des informations à lui communiquer à propos d'Amy. Peu d'informations, certes, mais Mme Trent se serait contentée d'un rien.

Angela avait pris le risque d'aller la voir, et ne regrettait pas le déplacement. La mère d'Amy était prête à lui signer d'autres chèques. De plus gros chèques.

La détective était décidée à découvrir la vérité sur la disparition de l'adolescente. Mme Trent n'allait pas être déçue. Angela lui devait un récit circonstancié des derniers jours de sa fille, car Amy n'était plus de ce monde, elle avait au moins cette certitude.

Il lui faudrait d'abord retrouver Oscar Diaz. Puis la mystérieuse Caroline...

10

La température extérieure était basse, mais le ciel était bleu et dégagé. Un soleil rouge se reflétait dans le lac de Rose Haven. Une demi-douzaine de pensionnaires, dont Janine, admiraient le coucher de l'astre depuis le surplomb, une couverture sur les genoux. Ils étaient emmitouflés, portant notamment des bonnets de laine et des gants. Mais on n'allait pas les laisser plus d'un quart d'heure dehors : ils se refroidissaient vite, dans leurs fauteuils roulants.

Janine repéra un grand oiseau rose qui volait au-dessus du lac. La vieille dame s'efforça – sans succès – de se souvenir du nom du volatile. Et poussa un profond soupir. Elle ne réussissait même pas à se rappeler les choses simples telles que le jour de la semaine, l'année, le nom de ses proches. Comment pouvait-elle alors espérer extraire de sa mémoire une information aussi compliquée ?

— Bonsoir, ma sœur…

La voix se fit entendre subitement, derrière le fauteuil, douce et moqueuse. Janine se retourna pour voir qui l'interpellait, mais le soleil l'éblouit, l'empêchant de discerner les traits de la personne. Qui ne faisait pas partie du personnel de l'institution, car elle connaissait la voix de tous les employés.

— Cela vous plairait de faire une petite promenade avec moi ?

Avant que la vieille dame pût répondre, on débloqua le frein de son fauteuil, qu'on fit rouler en arrière. On le poussa ensuite rapidement, dans la direction opposée à la porte.

Le parc de Rose Haven offrait des reliefs variés. Le visiteur pouvait emprunter divers sentiers, contempler des massifs d'azalées, de rhododendrons, s'arrêter un instant au pied de chênes centenaires, ou encore grimper sur de petites buttes.

Or la personne qui rendait visite à Janine n'admirait nullement ce paysage. Tandis que la vieille dame s'agrippait, alarmée, aux accoudoirs de son fauteuil, on l'entraînait vers le fond du parc au pas de course. On l'entraînait vers le lac !

Comme le fauteuil tressautait sur le chemin de pierres, Janine lâcha sa couverture qui tomba sur le sol. Le froid la pénétra jusqu'aux os.

— Arrêtez-vous, s'il vous plaît ! lança-t-elle.

Un rire sardonique retentit.

— Pensez à votre famille, sœur Janine. Pensez à Valérie et à Sara, cela vous réchauffera !

Valérie, Sara... Janine se souvint, tout à coup !

— Sauf que ce n'est pas votre vraie famille, n'est-ce pas ?

Sa vraie famille ? À nouveau sa mémoire lui fit défaut. Janine prit peur comme on poussait son fauteuil sur l'embarcadère. Elle n'avait plus toutes ses facultés mentales, mais son instinct lui soufflait que cette personne lui voulait du mal.

— Arrêtez, je vous prie, ordonna-t-elle d'une voix soudain ferme.

— Vous avez comploté toutes les deux, dit l'autre d'un ton dur et accusateur, tout en poussant le fauteuil sur la promenade en planches qui bordait le lac. Vous avez volé le bébé d'Amy sans vous préoccuper de la portée de votre acte. Vous étiez la servante de Dieu, sœur Janine, vous auriez dû résister aux supplications de Valérie, mais vous lui avez cédé !

Le fauteuil s'arrêta au bord des planches, au-dessus de l'eau.

— Vous avez signé un pacte avec le diable, et maintenant vous allez payer pour vos péchés !

Janine regarda l'eau sombre et glacée. Elle avait toujours su qu'il lui faudrait payer pour avoir rompu ses vœux, pour avoir choisi la liberté et préféré l'amour des hommes à celui de Dieu. Le fauteuil bascula dans l'onde noire. Comme elle s'enfonçait dans cet élément froid, Janine entendit un rire dément. Elle pria pour que Valérie et Sara ne connaissent pas une fin aussi horrible.

Puis ce fut l'inconscience bénie.

11

À vingt heures dix, Jordan n'avait toujours pas paru chez Valérie, qui se retrouva dans la situation inhabituelle de la femme qui attend. Elle en profita pour se remémorer les événements de la journée, et jugea qu'elle s'était tirée honorablement des embûches, menaces et autres imprévus qui avaient été son lot. Elle avait réussi à persuader Hal Kurtz de publier l'article sur Ted Carpenter, puis Jon Palmer de respecter ses engagements vis-à-vis de *Panache*. Forte de ces petites victoires, la jeune femme ne s'était pas laissé intimider par Ted Carpenter. Elle ne redoutait pas qu'il attaque son magazine pour diffamation. En effet, *Panache* s'apprêtait à publier des faits, non des insinuations. Les parents de Lily Carpenter ne cachaient pas leur intention d'engager des poursuites pour meurtre contre leur gendre. La réputation de l'acteur allait être irrémédiablement entachée.

La télévision était allumée dans le salon ; Valérie s'approcha de l'appareil comme on annonçait un bulletin météo. On devait s'attendre à une tempête de neige durant la nuit, au plus tard le lendemain matin. Pour l'heure, il pleuvait. Ce qui expliquait peut-être le retard de Jordan, songea-t-elle.

Elle contempla la pièce, fière de sa collection de bibelots. Sur une table basse, devant le sofa, elle avait artistiquement disposé des figurines en verre de Murano. Que la femme de ménage avait probablement déplacées, car l'agencement des divers éléments lui parut peu familier.

Sous le coup d'une impulsion, elle se saisit du téléphone sans fil et composa le numéro de Sara. Elle se dirigea vers la table basse, l'appareil collé à l'oreille. À la quatrième sonnerie, sa fille n'avait toujours pas décroché. Valérie se pencha sur les figurines, cherchant des yeux sa préférée : une ballerine en équilibre sur un pied. La danseuse n'était pas là. Sans doute l'avait-elle posée sur un autre meuble. Elle jeta un regard alentour, s'attendant à entendre la voix de Sara sur le répondeur, quand on décrocha. Un rire d'homme retentit. On reposa le combiné. Il y eut des gloussements très féminins. Puis une voix étouffée. Là-dessus, une Sara essoufflée déclara :

— Vous avez intérêt à me déranger pour une bonne raison, qui que vous soyez !

Valérie esquissa une grimace.

— C'est seulement ta mère, dit-elle avec une fausse humilité.

— Oh, maman ! J'ai toujours eu envie de dire ça à quelqu'un… et ce n'est pas ce que tu crois.

La jeune fille chuchota quelque chose en aparté, ce qui suscita de nouveaux rires, indiscutablement masculins.

— Je te dérange ?

— Je… Non. Non, pas vraiment…

Valérie ressentit un mélange d'espoir et de curiosité. Sara avait-elle enfin trouvé l'amour ? Et auprès de qui ? Il était rassurant de l'entendre rire…

— J'allais sortir, dit-elle. On peut se reparler plus tard, si tu veux… Vous recevez, ta colocataire et toi ?

— C'est cela, maman. Ma colocataire et moi recevons, répondit Sara avec sérieux.

— Excuse-moi. Je me suis montrée indiscrète.

— Indiscrète, toi ? s'exclama la jeune fille sur le ton de la plaisanterie. Cela ne fait rien, maman. Je sais que cela part d'une bonne intention. Mais tu dois cesser de t'inquiéter pour moi. Je vais très bien.

— Tant mieux, Sara.

— Alors, tu sors ?

— Hal Kurtz a invité quelques amis. Et je suis censée paraître à la fête. L'invité d'honneur a été nominé pour le Pulitzer.

— Oh, super.

Sara eut un soupir résigné :

— J'imagine que le bon Dr Coulter t'accompagne ?

— Non, Wayne est en déplacement.

— Tu vas y aller seule ? Maman...

Sara se montra plus ferme :

— ... il faudrait que tu élargisses ton cercle d'amis. Ce n'est pas parce que Coulter ne peut pas t'accompagner à une soirée que tu dois y aller seule. Tu es une belle femme, maman. Il y a des hommes qui ne demanderaient qu'à...

— Quoi ! C'est ma recluse de fille qui parle, là ? Cela fait deux ans que tu n'es pas allée à une fête, mais tu te préoccupes de ma vie sociale !

Sara gloussa.

— Effectivement. Et je pense que tu devrais congédier Wayne Coulter, pour commencer.

— Wayne est un homme bien.

— Sans doute, mais tellement ennuyeux !

Valérie sourit.

— En fait, je ne sors pas seule, ce soir. Cela dit, je ne suis pas certaine que tu approuverais de me voir au bras de cet homme-là non plus.

— Qui est-ce ? Quelqu'un que je connais ?

— Jordan Case.

Sara déglutit.

— Le papa de Charlie ? Tu ne vas tout de même pas sortir avec le *père de Charlie* ? !

— Je n'ai pas une liaison avec lui, Sara, rétorqua Valérie d'un ton sec. Il me sert simplement de chevalier servant, vu que nous travaillons tous les deux pour Hal.

— C'est... étrange !

— Eh bien, étrange ou non, nous sortons tous les deux. Mais c'est purement professionnel. Je croyais que tu aimais bien Jordan...

— Oui, mais cela me surprend que tu ailles à une réception avec lui, même si tu donnes une connotation professionnelle à la chose.

Valérie s'en étonnait elle-même. Elle consulta sa montre.

— Du moins suis-je censée me rendre à cette soirée en sa compagnie, parce qu'il est en retard. Sans doute à cause de la pluie.

— Dis-lui bonjour de ma part, maman. Tu veux bien ?

Valérie crut discerner un rien d'ironie dans le ton de sa fille.

— Je le saluerai de ta part, promit-elle.

Elle jeta un coup d'œil par la fenêtre, et constata que la pluie redoublait d'intensité.

— Si toutefois je le vois, ajouta-t-elle. S'il ne vient pas, je me rendrai seule à cette fête, comme j'en avais eu l'intention au départ. Jordan a insisté pour m'accompagner. Tu sais comment il peut…

Valérie se tut, s'apercevant tout à coup qu'elle parlait de Jordan à Sara, ce qu'elle n'était pas censée faire.

— Tu veux dire qu'il t'a convaincue de sortir avec lui ?

— Il me l'a demandé, en tout cas. Sur la requête de Hal, probablement.

La sonnette retentit chez Valérie.

— Le voilà, et…

La jeune femme hésita un instant.

— Mes amitiés à ta colocataire !

— Passe une bonne soirée, maman, répliqua Sara d'un ton posé.

La sonnette tinta une deuxième fois avant que Valérie ne gagne l'entrée. Son cœur battait un peu trop vite, aussi se força-t-elle à respirer calmement. Elle n'allait certainement pas accueillir Jordan Case, les joues rouges et le souffle court ! Elle avait pourtant conservé son sang-froid lorsqu'on lui avait présenté le président des États-Unis et son épouse. Elle lança un rapide coup d'œil à travers l'œilleton, puis ouvrit sa porte.

Jordan lui parut plus grand et plus intimidant ainsi, debout sur le seuil de sa maison, qu'au restaurant ou au journal. Il avait remonté le col de son manteau, dont les épaules étaient trempées de pluie. Il souriait, comme s'il savait qu'il la déstabilisait. Valérie en éprouva de l'irritation, ce qui eut l'avantage de la faire redescendre sur terre.

— Je m'excuse d'être en retard, dit-il, apportant avec lui des odeurs de vent et de pluie. Il pleut des cordes, et il fait un froid de canard. Un temps à se nicher au coin du feu.

— Nous pouvons annuler si...

— C'est inenvisageable. Hal n'admettrait jamais que le mauvais temps puisse être une excuse pour ne pas saluer Peyton Caine. Tu sais combien il aime la littérature !

Il referma la porte du plat de la main, sans quitter Valérie des yeux.

— Tu es magnifique. Le noir te va à ravir !

Elle songea que Jordan lui faisait décidément perdre ses moyens, ce qui était très agaçant.

— Comme à toutes les femmes, rétorqua-t-elle sèchement.

Il devait adresser ce genre de compliment à toutes celles que Hal le priait d'accompagner à diverses soirées. Cela dit, sa présence la troublait réellement.

Elle se saisit de son parapluie, qui se trouvait dans une jarre en grès, dans l'entrée.

— Nous ferions mieux d'y aller. Hal doit se demander ce que nous fabriquons.

— La pluie sera une excuse pour arriver en retard, décida Jordan, qui prit le parapluie des mains de Valérie et le remit à sa place.

Il lui tendit une bouteille de vin :

— Si Hal n'était pas notre patron, nous allumerions un feu dans cette cheminée, et nous ferions ce que font les gens sensés par une soirée comme celle-là.

Il ôta son pardessus et le posa sur une ottomane. Puis il se retourna, surprit l'expression de Valérie.

— Eh bien quoi, madame Olivier-Long? Je vous choque? J'ai pourtant des projets en tête. Nous pourrions enlever nos chaussures, boire un peu de médoc, et faire plus ample connaissance. Mais si vous trouvez ce programme trop sage, je suis votre homme!

Valérie se sentit de nouveau rougir. Ce qui l'humilia terriblement. Elle n'était pas seule avec Jordan depuis deux minutes, et déjà elle se conduisait comme une adolescente!

— Tu as bu? s'enquit-elle.

— Non, mais j'ai l'intention de le faire... si c'est permis, dit-il en brandissant la bouteille. Je sais que tu es allergique à l'alcool, mais il fait un temps de chien. De plus, j'ai été retardé, et j'ai dû courir jusque chez toi, de peur que tu ne t'envoles sans moi. Et si on prenait un verre? Personne ne remarquera que nous avons une demi-heure de retard. Et s'ils s'en aperçoivent, ils n'y attacheront aucune importance.

Elle haussa les épaules.

— Sans doute, oui. Mais juste un verre.

— Juste un, promis.

— Moi, je n'en veux pas.

Jordan la poussa délicatement par la taille, pour l'inciter à prendre place sur le grand canapé aux couleurs chatoyantes.

— Dis-moi que tu as un tire-bouchon.

— Oui, je...

Valérie se redressa, dans l'intention d'aller chercher l'ustensile dans le bar. D'une légère pression sur son épaule, il l'enjoignit de se rasseoir.

— C'est moi qui l'ai demandé, c'est moi qui m'en charge, déclara-t-il.

— Regarde dans le bar, tiroir du milieu.

Jordan contourna le petit comptoir qui se dressait au milieu de la cuisine, et ouvrit le tiroir en question. Il trouva le tire-bouchon, s'employa à ouvrir sa bouteille de vin rouge.

— Un tonic? proposa-t-il.

Elle secoua la tête.

— Du jus de tomate ?

— Non, merci, répondit-elle.

— Tu es une femme d'une sobriété rare, commenta-t-il, tout en tirant sur le bouchon qui sortit du goulot avec un « plop ». J'imagine qu'il y a une histoire derrière tout ça ?

— Si c'est le cas, cela ne te regarde pas.

Jordan la toisa d'un air malicieux, tout en se servant un verre de médoc. Il vint ensuite s'asseoir à son côté, et bien qu'il eût laissé une distance respectable entre eux, la jeune femme jugea bon de s'éloigner encore un peu. Jordan leva son verre à l'adresse de son hôtesse, puis il s'appuya contre un coussin et parcourut la pièce du regard.

Ce salon était accueillant, meublé avec goût.

— J'aime beaucoup cet endroit, déclara-t-il.

— Merci.

Ses yeux s'arrêtèrent sur la collection de figurines en verre de Murano, disposées sur la table basse, devant eux. Il admira ensuite les objets d'art africain sur les étagères d'une bibliothèque occupant tout un pan de mur. Il contempla les aquarelles accrochées entre deux hautes fenêtres.

— Tu es une vraie collectionneuse. C'est une tapisserie chinoise, au-dessus de la cheminée ?

— Oui. Je l'ai achetée à Hong-Kong.

— Ces objets sont des souvenirs de voyage ?

— Pas tous. J'en ai trouvé plusieurs à New York.

Valérie s'efforça de contempler ses trésors avec les yeux d'une étrangère. Elle arrêta son regard sur les figurines en verre de Murano, se souvint que la ballerine manquait. Ce bibelot avait-il disparu en même temps que la photo ? Elle n'aurait su le dire, mais elle frissonna à l'idée qu'on ait pu, une seconde fois, s'introduire chez elle en son absence.

— Tu as beaucoup de goût, Valérie...

— Quand je vois une œuvre d'art qui me plaît, je l'achète. Si j'en ai les moyens, bien sûr. Cela dit, l'ensemble s'avère assez hétéroclite, comme tu peux le constater.

— Je trouve le tout très personnel, au contraire, affirma Jordan en la dévorant des yeux.

Il but une gorgée de vin, puis reposa son verre sur la table basse.

— Tu détesterais mon appartement, affirma-t-il. Il n'a aucun style.

— Laisse-moi deviner... fit Valérie en glissant une jambe sous ses fesses. Des fauteuils et des chaises en cuir. Noir ou bleu. Du beau, parce que tu aimes les belles choses, mais simple et fonctionnel. Des tables en verre, peut-être. Des lampes de prix, probablement mal assorties au reste. Un vieux fauteuil au dossier inclinable.

Jordan la dévisageait, médusé.

— C'est Charlie qui t'aura raconté cela. Ou alors il l'a dit à Sara, qui te l'a répété !

— Tu ne vas peut-être pas apprécier ma franchise, Jordan, mais à l'époque où nos enfants sortaient ensemble, je ne m'intéressais pas assez à toi pour les interroger sur ton mode de vie.

— Je suis donc si prévisible ?

Jordan sourit de façon désarmante. Les choses avaient changé, pensa la jeune femme, car à présent elle s'intéressait vivement à lui. Et contrairement à ce qu'il pouvait penser, elle ne le trouvait pas si prévisible que cela. Elle avait même tendance à se sentir déstabilisée en sa présence.

— Il y a longtemps que tu as divorcé ? s'enquit-elle, afin de ne pas répondre à sa question.

Il passa son bras sur le dossier du sofa.

— Pourquoi ?

— Je me demandais depuis combien de temps tu vivais dans ce décor de célibataire. Le cuir, cela devient vite ennuyeux, qu'il soit noir ou bleu.

— Quinze ans.

— Quoi ?

— Je suis divorcé depuis quinze ans.

Jordan but une gorgée de vin, puis il inclina le verre dans la lumière ; le breuvage prit une jolie couleur rubis.

— Barbara et moi n'aurions jamais dû nous marier, remarqua-t-il. Cela a été un désastre dès le départ.

Valérie effectua un rapide calcul mental. Charlie avait à présent vingt-trois ans. Il était donc âgé de huit ans lorsque ses parents avaient divorcé. Elle se demanda si l'enfant avait vécu avec sa mère, avec Jordan, ou bien si les parents avaient eu la garde conjointe.

— Barbara était enceinte, déclara-t-il. C'est pourquoi j'ai très mal réagi quand Charlie m'a annoncé que Sara attendait un bébé. Je savais ce que cela signifiait. J'avais dix-neuf ans, à sa naissance. J'ai pensé qu'il reproduisait le même schéma. J'ai tenu huit ans avec Barbara, mais ça a été l'enfer. Ce divorce aura été un soulagement pour l'un comme pour l'autre.

— Et tu m'as attaquée en apprenant que Sara était enceinte de Charlie, tu as insinué que ma fille devait avoir hérité de ma mauvaise moralité, parce que j'avais eu un enfant sans être mariée. Or tu as fait exactement la même chose !

— Pas exactement, non. J'ai épousé la mère.

Valérie le considéra d'un air outré.

— Pourquoi n'as-tu pas laissé la moindre chance à nos enfants ? Était-ce un manque de sensibilité, ou bien craignais-tu que Charlie ne fasse une mauvaise expérience, comme toi ?

— Un peu des deux, sans doute...

— Je suis sérieuse, Jordan. Réponds à ma question !

— Je me suis déjà excusé, Valérie. Et si j'ai blessé ta fille, ce n'était pas intentionnel. Sans doute était-ce un manque de sensibilité de ma part. Cela dit, je pense toujours que j'avais de bonnes raisons de désapprouver cette union. Et puis, j'avais vécu une expérience semblable, qui s'était avérée désastreuse.

Il retira son bras du dossier du canapé, prit son verre de vin.

— Je connaissais la chanson, bon sang ! persista-t-il. Je savais que ce n'était pas la meilleure raison de se marier.

Valérie croisa les bras sur sa poitrine.

— Eh bien, tu ne sauras jamais si tu as eu raison ou tort de t'interposer. Quant à nos enfants, il semble qu'ils aient réussi à survivre, Dieu soit loué.

— Et toi, dit-il, depuis combien d'années es-tu divorcée ?

— Trois ans.

— À l'époque où les enfants rompaient ? Cela aura vraiment été un moment difficile, pour toi...

— Je m'en suis remise.

— Ce qui veut dire que je ferais mieux de me mêler de mes affaires, remarqua Jordan, amusé. Sara va bien ?

— Elle m'a assuré qu'elle allait très bien. Je lui ai téléphoné il y a dix minutes, pendant que je t'attendais, et il m'a semblé qu'elle prenait du bon temps. J'ai même pensé qu'elle flirtait avec l'un des invités de sa colocataire. Ce qui serait une grande nouvelle, vu qu'elle n'est tombée amoureuse de personne depuis qu'elle a rompu avec Charlie.

— S'il avait vraiment été l'homme de sa vie, nous n'aurions pas réussi à les séparer, Valérie.

— Peut-être.

Elle se mit à tripoter les franges d'un coussin.

— Sara estime que je me montre surprotectrice envers elle, ce qui est sans doute le cas. Je m'efforce pourtant d'éviter toute ingérence dans sa vie. Mais où se situe la frontière entre l'ingérence et le désir légitime d'être là pour son enfant ?

— J'aurais bien du mal à répondre à cela, Val.

Elle souriait à présent, tout en serrant le coussin contre elle.

— L'ironie de la chose, c'est que Sara s'inquiète presque plus de moi que je ne me soucie d'elle !

— Cette jeune fille me paraît adorable. Je comprends que tu aies sorti tes griffes quand tu l'as crue menacée.

— À cet égard, je suis comme toutes les mères.

— Tu la vois souvent ?

Valérie commençait à se sentir en confiance avec lui.

— Pas autant que je le souhaiterais.

— Où habite-t-elle ? Dans quel quartier ?

Elle le lui dit.

— C'est à proximité de son lieu de travail, ajouta-t-elle. Sara ne m'a pas consultée quand elle a entrepris de trouver un appartement.

Valérie s'aperçut soudain qu'elle discutait avec Jordan comme avec un vieil ami. Il l'écoutait attentivement. Elle se demandait comment ils en étaient arrivés, aussi vite, à un tel degré d'intimité.

— Charlie habite également ce quartier, remarqua-t-il. J'y suis allé deux ou trois fois, et je dois dire qu'il est comme Sara : il ne m'a pas demandé mon avis !

Valérie enviait Jordan, qui avait eu le privilège de rendre visite à son fils, alors que Sara inventait toujours quelque prétexte pour ne pas recevoir sa mère.

— Où vont ses préférences ? Au noir, ou au bleu ?

— Il y a du noir, effectivement, mais aussi du blanc, de petites taches de rouge ici ou là. C'est très sophistiqué, en fait. Il doit avoir hérité le bon goût de sa mère.

Jordan finit son verre, le posa sur la table.

— À la vérité, il ne m'a pas invité, avoua-t-il. Je suis passé à l'improviste, un soir. Puis je suis revenu, trois semaines plus tard, et il m'a prié de téléphoner la prochaine fois que j'aurais envie de le voir.

Ils avaient payé le prix l'un et l'autre, après s'être mêlés des affaires de cœur de Sara et Charlie, songea Valérie. Elle aurait pu se réjouir du fait que Jordan eût à subir la rancœur de son fils, or l'idée qu'ils n'aient pas conservé une réelle complicité avec leurs enfants l'attristait plus qu'autre chose.

Jordan repoussa la manchette de sa chemise et consulta sa montre. Il se leva du canapé, lui tendit la main avec un sourire malicieux.

— J'imagine qu'ils nous demandent implicitement de les laisser vivre, conclut-elle.

— Sans doute, oui.

Valérie hésita, puis elle prit sa main.

— Tu veux que nous y allions ?

Jordan ne répondit pas. Il demeura immobile, la dévisageant. Comme elle faisait un pas vers l'entrée, il l'attrapa par le bras.

— Valérie…

Elle se sentit à nouveau troublée. Elle songea qu'elle devait libérer son bras… mais ne le fit pas.

— Qu'y a-t-il ?

— Je suis désolé que cette histoire entre Sara et Charlie se soit mal terminée. Et que cela ait créé un malentendu entre nous. J'aurais dû m'expliquer, te faire part de ma propre expérience avec Barbara…

— Je comprends. Et peut-être qu'un jour j'en parlerai à Sara. D'ailleurs, elle ne te déteste pas. Elle m'a prié de te transmettre son bonjour.

— Merci.

— Il faudrait peut-être qu'on y aille, non ? proposa-t-elle en dégageant son bras.

Jordan saisit le lobe de son oreille entre deux doigts. Elle s'était offert des boucles d'oreilles anciennes pour fêter sa promotion.

— Que se passe-t-il ? Je perds ma boucle ?

— Je crois que nous vivons une trêve, Valérie…

— Une trêve ?

— Peut-être même la fin des hostilités, hasarda-t-il, tout en plaçant la main sur la nuque de la jeune femme et en l'attirant à lui.

Elle comprit que Jordan allait l'embrasser. Au lieu de se refuser ce plaisir, elle posa les mains sur sa taille. Il se pencha vers elle.

— Scellons le traité de paix avec un baiser, souffla-t-il.

Ce fut un baiser lent, sensuel, dévastateur. Valérie eut le sentiment d'être catapultée hors du temps. Son pouls s'emballa, elle s'abandonna à cette étreinte. Cela faisait des années qu'elle n'avait pas réagi ainsi aux avances d'un homme. Peut-être même était-ce la première fois.

Jordan prit sa bouche avec fougue, la plaquant contre lui. Valérie perçut aussitôt l'évidence de son désir contre son ventre. Aucune pensée raisonnable ne pouvait l'inciter à réagir. Elle finit par lever les mains vers la poitrine de Jordan, dans le but de le repousser ; au lieu de quoi elle s'accrocha à son cou. Entre tous les hommes de la planète, pourquoi était-ce Jordan Case qui lui donnait le sentiment d'être aussi vivante ?

Ce fut lui qui interrompit le baiser.

— Seigneur ! chuchota-t-il.

Il la regarda dans les yeux.

— Où est la chambre ?

La chambre ? La jeune femme cilla, comprit ce qu'il avait en tête. Et s'écarta de lui.

— Nous n'allons pas faire l'amour, Jordan !

— Et pourquoi pas ?

Elle dévisagea son compagnon pendant quelques secondes. Il était terriblement attirant. Elle se détourna, serrant ses bras autour d'elle.

— Parce que ce serait stupide, voilà pourquoi.

— Ce n'est pas l'impression que j'ai eue il y a trente secondes, Valérie. Tu en avais autant envie que moi !

— Il était question de passer la soirée chez Hal, et non dans un lit, tu te souviens ?

Valérie se saisit du pardessus de Jordan, et le lui fourra dans les bras. Après quoi, elle prit un manteau dans la penderie de l'entrée.

— Ce n'était pas une bonne idée de venir me chercher. Chaque fois que je me retrouve en relation avec toi, les choses virent au désastre. Il y a d'abord eu cette histoire entre Sara et Charlie. Puis Hal qui nous oblige à travailler ensemble. Et maintenant cela...

La jeune femme parlait trop, comme prise de panique. Elle glissa un bras dans une manche de son vêtement, se débattit avec l'autre manche. Le carillon de la sonnette retentit à cet instant. Elle marmonna un juron, traversa l'entrée au pas de charge, puis ouvrit la porte à toute volée.

Elle ne trouva personne sur le seuil, mais on avait déposé un paquet devant la porte. Elle jeta un coup d'œil sur la gauche, puis sur la droite du couloir, qui s'avéra désert.

— Tu as reçu un colis ? s'enquit Jordan, qui avait enfilé son pardessus et semblait prêt à partir.

— C'est toi qui m'as envoyé ça ?

— Non. La livraison s'est faite par coursier ?

— Je n'en sais rien, avoua la jeune femme, perplexe. Habituellement, quand je reçois un paquet, les agents du service de sécurité m'en avisent...

Elle déchira le papier, découvrant une petite boîte de bijoutier, qu'elle ouvrit. À l'intérieur, sur un lit de satin, reposait une médaille de saint Christophe. Elle avait vu cette médaille quelques jours plus tôt, lorsqu'elle avait fouillé dans ses reliques, afin de s'assurer qu'il ne manquait rien d'autre que le cliché apparu dans le labo photo de *Panache*.

— Qu'est-ce que c'est? demanda Jordan en la voyant blêmir.

Il considéra la boîte d'un air préoccupé.

— Que se passe-t-il?

Valérie laissa tomber le coffret et son contenu.

— C'est... c'est... J'ai fait changer les verrous! Comment cela a-t-il pu arriver? s'écria-t-elle d'une voix presque hystérique.

Elle leva les yeux, s'aperçut que Jordan l'observait avec attention.

— Tu as fait changer les verrous et...?

— Je... Ils... ils ont dû s'introduire dans l'appartement...

— Quelqu'un a pénétré chez toi par effraction? Encore une fois!

Elle hocha lentement la tête.

— Mais comment ont-ils fait?

— Un bon cambrioleur sait forcer une serrure, Valérie, quelle qu'elle soit.

Il se baissa, ramassa la médaille de saint Christophe, qu'il étudia pensivement.

— Je ne comprends pas qu'ils aient pu forcer ma porte...

— Je te trouve bien naïve, pour une New-Yorkaise. Il y a des gens qui gagnent leur vie en pénétrant chez les autres par effraction. Pour eux, c'est aussi simple que de voler une voiture.

— Tout de même, je ne connais personne qui serait capable de faire une chose pareille.

— Il se peut que tu ne connaisses pas l'homme qui te traque. Ou au contraire qu'il te soit familier, mais qu'il cache bien son jeu. En tout cas, il s'est déjà introduit chez toi au moins deux fois. Il me semble qu'une visite à la police s'impose.

— Et pour dire quoi ? Que mon cambrioleur m'a rendu l'un des objets qu'il a dérobés ? Ils me conseilleront de rechanger les verrous, et d'installer un système d'alarme. Ce qui est prévu, souviens-toi.

— Appelle au moins la sécurité de l'immeuble.

Ce que fit Valérie. Elle insista auprès de la femme qui dirigeait ce service, pour qu'on fasse poser une caméra de surveillance dans l'ascenseur. Ainsi aurait-on une image précise de son voleur. La femme lui promit d'agir dans les plus brefs délais, et de poster un garde à son étage.

— Cette médaille a une signification particulière pour toi ? s'enquit Jordan ensuite.

— Comme toutes les choses dont on refuse de se séparer, répondit-elle, évasive.

— Tu as eu la même réaction en la voyant qu'en découvrant cette vieille photo, parmi les tirages de Roxanne. Ou en revenant t'asseoir à table, au restaurant, après avoir reçu ce coup de fil anonyme... Ces événements sont-ils liés, Valérie ?

— Tu as l'intention d'ouvrir une agence de détectives privés ?

La jeune femme le toisa avec fureur. Comment pouvait-elle s'abandonner dans les bras d'un homme, et se mettre en colère contre lui cinq minutes plus tard ? Une telle chose la laissait perplexe.

Elle réprima un soupir. Jordan voulait savoir qui la traquait. Il avait été reporter, à une époque, or il flairait un mystère. Il allait s'employer à l'élucider, et lorsqu'il connaîtrait ses secrets, elle perdrait tout attrait pour lui...

La vérité sur Valérie Olivier-Long apparaîtrait au grand jour. Elle se verrait contrainte de démissionner de son poste.

12

Quand Jordan et Valérie arrivèrent enfin chez Hal, la réception battait son plein. Tout ce que les milieux de la presse et de la finance de New York comptaient de riche et d'influent se trouvait là. Jordan parcourut l'assemblée du regard.

— Une heure à tout casser, et après on rentre! décréta-t-il.

— Ah oui? Et je devrai te suivre sans protester, j'imagine?

Jordan lui sourit. Valérie, curieusement, se réjouissait de l'avoir à ses côtés.

Une femme rousse, moulée dans un fourreau de satin noir, s'approcha en roulant des hanches.

— Bonsoir, Valérie, Jordan! Nous commencions à nous demander si vous nous feriez l'honneur de votre présence, lança Denise Grantham, plus féline que jamais. Je disais à Hal, tout à l'heure, que Valérie ne manquerait une occasion comme celle-ci pour rien au monde!

— L'occasion de faire la connaissance de Peyton Caine, intervint Jordan avant que les choses ne se gâtent.

— Bien sûr, mon cher. Qu'aurais-je pu vouloir dire d'autre?

— Oui, murmura Valérie. Quoi d'autre?

Elle avait toujours trouvé que Denise exagérait son accent du sud, et le fait de devoir subir ces intonations traînantes l'agaça.

Denise prit l'olive de son Martini entre deux doigts aux ongles carminés.

— Et j'ai dit à Hal, Valérie, que tu devais être fière d'avoir été promue rédactrice en chef, et impatiente de paraître parmi tes pairs. Il faut avouer que ton ascension éclair est un exploit...

— Mon ascension éclair ? Cela fait plus de dix ans que je travaille dans le journalisme, Denise !

— Il fait vraiment un temps de chien, lança Jordan pour faire diversion.

Denise lui adressa un sourire mutin, tout en croquant dans son olive.

— Oui, mais la pluie n'a pas découragé Valérie. Elle est pourtant habituée à des températures plus clémentes. Tu sais qu'elle est originaire de La Nouvelle-Orléans, Jordan ? Elle cache bien ses racines sudistes ! Et puis, elle a l'accent de la côte Est. Enfin, ce que j'en dis...

Non seulement Denise ressemblait à un chat, songea Valérie, mais elle se comportait comme tel.

— Je ne suis pas retournée à La Nouvelle-Orléans depuis plus de vingt ans, Denise. Cela suffit pour perdre son accent et pour s'acclimater à un climat plus froid, ne crois-tu pas ?

— Eh bien, ma chère, c'est ton point de vue. Moi, j'ai gardé l'accent du Texas, et je crois qu'il en sera ainsi toute ma vie.

— Je suis justement allé à Dallas le mois dernier, dit Jordan, qui tentait de calmer les esprits.

— Oh, vraiment ? s'exclama Denise, fort intéressée. Il faudra qu'on trouve cinq minutes pour en parler.

Valérie prit une coupe de champagne sur le plateau d'un serveur qui s'était arrêté devant elle. Non pour le consommer, vu qu'elle buvait rarement de l'alcool, mais pour le jeter à la figure de Denise si l'occasion s'en présentait.

— Et pourquoi ne pas en parler tout de suite ? cracha-t-elle. Il doit bien y avoir des endroits discrets, dans cette maison !

Le sourire de Denise se fit enjôleur, elle battit des cils à l'adresse de Jordan. Son mascara noir tranchait sur le vert de ses prunelles.

Il demanda du scotch au serveur, puis il saisit le coude de Valérie.

— Je crois que nous ferions mieux d'aller saluer quelques amis, déclara-t-il. On se verra plus tard, Denise.

— Oh, attendez ! Voilà Hal. Il va être ravi de vous voir en bons termes, tous les deux...

Denise renversa la tête en arrière de manière théâtrale et ajouta :

— Je sens comme une tension sexuelle entre vous. C'est flagrant !

Valérie leva les yeux au ciel.

— Combien de Martini as-tu vidés, Denise ?

— Quelle imagination, mademoiselle Grantham ! gronda Jordan en imprimant une pression sur l'avant-bras de Valérie, en guise d'avertissement. Tu n'as jamais pensé écrire un roman ?

— Eh bien, figure-toi que j'y songe, chéri.

Voyant Hal approcher, Denise afficha un sourire ravageur.

— Il n'y a rien de plus romanesque que la réalité, assura-t-elle. Il suffit de passer deux heures ici pour avoir de quoi écrire un livre...

— Je vois que vous avez fini par arriver, remarqua Hal, jovial.

Il embrassa Valérie sur la joue, tapota l'épaule de Jordan.

— Qu'est-ce que c'est que cette histoire de livre ? demanda-t-il.

— Oh, rien. Conversation de salon, répliqua Jordan, sans laisser le temps à Denise d'entrer dans les détails.

Valérie était folle de rage. Denise la provoquait sans vergogne. Elle se savait à l'abri parce qu'elle avait une liaison avec le président-directeur général. Ce qui ne l'empêchait nullement de montrer à Jordan qu'elle était disposée à lui tomber dans les bras – au cas où les choses se termineraient avec Hal, sans doute.

Jordan jeta un regard en direction du buffet, où se pressaient la plupart des hôtes.

— Où est notre invité d'honneur ? Valérie et moi irions volontiers le saluer.

— Il est au-dessus, dans la chambre d'amis. Totalement cuit.

Hal attendit qu'un critique littéraire se fût éloigné, puis ajouta en ricanant :

— Il a trop bu avant que la fête ne commence. Quand je l'ai mis au lit, il m'a avoué que les réunions mondaines le terrifiaient. Je me demande comment il va assumer son succès, si on lui donne le Pulitzer !

— Il deviendra riche et célèbre, remarqua Jordan en se servant un canapé aux crevettes, comme un serveur passait parmi eux avec un plateau de mets salés. Cela confère un certain prestige.

— Alors comment vous entendez-vous, tous les deux ? questionna Hal.

— Jordan et Val sont devenus très proches, minauda Denise.

— Eh bien, tant mieux ! s'exclama Hal Kurtz. Je ne doute pas que Valérie fasse des miracles, mais si elle compte avec Jordan, les ventes de *Panache* vont décoller.

— Il y a un projet dont j'aimerais vous parler, susurra Denise en sirotant son sixième Martini. J'ai une super-idée de reportage, qui est tout à fait dans l'esprit de *Panache*. Voilà, Hal...

— Le moment est mal choisi pour deviser sur le contenu des futurs numéros, Denise, l'interrompit Valérie d'un ton sec.

Les journalistes étaient tenus de respecter un protocole, les obligeant à soumettre tout sujet de reportage à Greg ou à Valérie. En proposant son article au président-directeur général, Denise enfreignait les règles en vigueur.

— Si tu penses avoir trouvé un sujet intéressant, il convient de le soumettre à Greg, reprit Valérie. S'il juge l'idée pertinente, il la retiendra.

Hal parut soudain mal à l'aise.

— J'estime que la suggestion de Denise mérite notre attention, Valérie. Pourquoi refuses-tu d'en prendre connaissance ?

La rédactrice en chef considéra longuement Denise et son amant, puis elle s'adressa à Kurtz :

— Tu sais déjà de quoi il s'agit, Hal ?

— Eh bien... fit celui-ci, tout en tirant sur le col de sa chemise, tandis que Jordan regardait ses pieds.

— Je vois, marmonna Valérie.

Un sentiment de triomphe illuminait le regard de Denise.

— En fait, c'est le moment idéal pour en parler, puisque vous êtes tous là ! Vous allez me donner votre feu vert ! Je pourrai ainsi m'atteler tout de suite à cet article. Mes nouvelles responsabilités m'obligent à me montrer efficace.

Valérie se tourna vers Hal Kurtz.

— Quelles nouvelles *responsabilités* ?

Denise feignit l'incrédulité.

— Tu ne lui as donc rien dit, Jordan ?

Hal se décida à prendre la parole.

— Je l'ai prié de n'en rien faire, expliqua-t-il en soupirant.

Après quoi, il considéra Valérie :

— J'ai nommé Denise rédactrice en chef adjointe. Le poste restait vacant, je savais que tu cherchais une personne compétente. Or Denise a eu de bonnes idées, ces derniers mois. Il m'a semblé qu'elle pouvait s'en tirer honorablement.

Valérie fulminait. Le fait de promouvoir Denise sans la consulter, alors qu'elle dirigeait le mensuel, était un sérieux camouflet. À quel moment avait-on prévu de l'informer de cette nomination ? Elle lança un regard assassin à Jordan, furieuse qu'il eût été dans la confidence et n'eût pas jugé bon de l'en aviser. Le risque augmentait de la voir balancer son champagne à la figure de quelqu'un...

Lorsqu'elle se sentit capable de s'exprimer de façon posée, elle s'adressa à Denise.

— Je peux savoir quelles étaient ces « bonnes idées » ?

La maîtresse de Kurtz passa le bout de son index sur le bord de son verre.

— Tu te souviens du reportage sur Bob Bentley, le machiniste de la télé qui avait adopté tous ces enfants handicapés...

— C'était une idée de Roxanne, Denise.

— J'ai écrit la plus grosse partie du texte !

— Sans doute, mais c'est Roxanne qui a convaincu Bentley de donner une interview pour *Panache*. Elle l'avait rencontré sur un plateau de télé, et ils avaient sympathisé.

Denise croisa les bras, tout en prenant garde de ne pas renverser son Martini.

— Et mon article sur le harcèlement dont sont victimes les homosexuels, dans cette petite ville pourrie du New Hampshire ?

— Tu veux parler du jour où Éric a été arrêté pour excès de vitesse alors qu'il roulait au pas, et où il a passé quarante-huit heures en cellule ? Il est rentré de vacances avec une foule d'informations et d'anecdotes savoureuses. Il n'a eu qu'à les coucher sur le papier. Si je me souviens bien, je t'ai envoyée parfaire l'enquête, mais c'était une idée d'Éric !

Denise eut un geste évasif.

— Tu ne veux pas reconnaître mes mérites. Heureusement que Hal se montre moins partial. En fait, il adore ma dernière idée.

Valérie se tourna vers le président-directeur général.

— Vraiment, Hal ?

— C'est toi qui décideras en dernier recours, bien entendu, assura-t-il, tout en jetant un coup d'œil à ses invités par-dessus son épaule. Sois brève, Denise, s'il te plaît. Le devoir m'appelle.

— D'accord, Hal. Je vais essayer de faire vite.

Elle posa son Martini sur une table.

— Ce sujet va te plaire, Val... Dès que tu oublieras tes a priori négatifs à mon endroit. Il s'agit d'un reportage sur les juges pour enfants.

— Je t'écoute.

— Nos lectrices s'intéressent à la délinquance, n'est-ce pas ? Eh bien, certains juges pour enfants ont une approche très originale de leur métier. Ceux que j'ai choisi d'interviewer ont une façon bien à eux de sanctionner les actes de délinquance juvénile. L'un d'eux a créé une section disciplinaire pour les jeunes criminels d'une sévérité telle, que seulement dix pour cent d'entre eux récidivent dans les deux ans qui suivent leur libération. Un autre juge, dans l'Iowa, fait travailler ces jeunes prisonniers à plein temps. Il leur confie des tâches d'utilité publique. Et ils ne sont pas payés pour leur peine. Le troisième, qui officie à Chicago, interdit toute distraction dans les pénitenciers. Pas de télévisions, ni de salles de musculation, ni de jeux vidéo. Au lieu de quoi, ces adolescents étudient de façon intensive. S'ils sont analphabètes au moment de leur incarcération, ils savent lire, écrire, et compter à la fin. C'est le principe de l'emprisonnement positif.

Il n'y avait là rien de particulièrement inédit ou intéressant. C'était le genre d'articles que Valérie gardait en réserve, pour le jour où il lui faudrait combler une brèche dans le sommaire. Hal, cependant, semblait avoir un autre point de vue. Sans doute était-il plus ébloui par Denise que par sa proposition d'article... Elle échangea un regard avec Jordan et s'aperçut, avec dépit, qu'il paraissait favorable à ce sujet.

— Eh bien, qu'en penses-tu ? s'enquit Hal.

Denise ne laissa pas à Valérie le temps de répondre.

— Elle ne va pas trouver cela très original ! Il faut souligner quelques détails piquants sur la vie de ces juges. C'est cela qui donne tout son sel au sujet, Val. Ces magistrats sont réellement exceptionnels. J'ai déjà pris contact avec leurs secrétaires. Ils sont tous enthousiastes à l'idée d'être interviewés dans *Panache*. L'un d'eux vient du ghetto de Saint Louis ; il a adopté douze adolescents en difficulté. Un autre a surmonté une dépendance à l'héroïne, et s'est spécialisé dans les affaires de drogue. La fille du troisième s'est fait kidnapper. Depuis qu'elle a disparu, il consacre sa vie à la réinsertion de délinquants.

— Comment s'appellent ces juges ? demanda Jordan.

— Lawrence King, Vincent Barton, et Edward Martindale.

Jordan suivit Valérie dans le vestibule de la maison de Hal. La jeune femme courait presque. Elle pria le majordome d'appeler un taxi.

— Tu n'étais pas obligé de partir avec moi, remarqua-t-elle.

— Je n'ai pas pour habitude d'abandonner une femme avec qui je sors. Surtout quand il neige !

Jordan s'interrogeait sur la réaction de sa compagne. Elle avait littéralement fui la réception, après que Denise eut exposé les grandes lignes de son article.

Une fois dans la voiture, Valérie se massa les tempes, comme si elle souffrait d'une migraine.

— Je ne crois pas une seconde que des raisons familiales t'obligent à rentrer chez toi, déclara-t-il. Comment t'aurait-on avertie, pour commencer ?

— J'ai reçu un coup de fil sur mon portable.

— Que tu as laissé sur le guéridon de ton salon, rétorqua Jordan, un sourire aux lèvres.

Elle grimaça.

— Bon, eh bien voilà : j'ai été furieuse que Denise ait usé de ses charmes pour obtenir une promotion !

— Je suis certain qu'il y a une autre raison à ton courroux, mais passons.

La voix de Jordan se fit complice :

— J'ai bien cru, à un moment, que tu allais lui balancer ton champagne à la figure !

— Un instant, j'ai même envisagé de le boire, révéla Valérie sur un ton sinistre.

— Mais je reste persuadé que ta réaction est en rapport avec le sujet que Denise entend traiter.

Elle le dévisagea.

— Tu ne te sentirais pas offensé, si Hal t'imposait un secrétaire sans te consulter ?

— C'est violer les règles de management les plus élémentaires, admit-il. Je le lui ai rappelé, mais il ne s'en soucie pas : il s'est entiché de Denise. Quand il est amoureux, Hal se laisse facilement manipuler.

— J'ai cru comprendre qu'il accumulait les conquêtes.

— C'est la quatrième femme de sa vie en deux ans, acquiesça Jordan. Je donne six mois à Denise, voire moins, si elle continue à se servir de lui de façon aussi manifeste.

— Je suis sûre qu'elle n'a pas trouvé cette idée toute seule. Elle est assez douée pour le journalisme d'investigation, elle a un style passable, mais elle est incapable de trouver un sujet fort.

— Quelle importance, si on lui a donné l'idée ?

— Quelle importance ? Mais enfin, Jordan, Hal l'a promue précisément parce qu'elle est censée être d'une créativité exceptionnelle !

— D'accord, tu as raison...

— Je parie qu'on lui a apporté ce reportage sur un plateau.

Jordan s'éclaircit la voix.

— En fait, je sais qu'on lui a suggéré de traiter ce sujet dans un e-mail.

Valérie fronça les sourcils.

— Envoyé par qui ?

— Denise ne l'a pas précisé. Mais vu qu'elle se révélait incapable de nous fournir des précisions sur ce sujet sensationnel, je l'ai poussée dans ses retranchements. Et elle a fini par admettre qu'elle avait reçu un e-mail, lui suggérant d'approfondir cette idée. Cependant, elle n'a pu répondre à son mystérieux correspondant.

— La réponse était intransmissible ?

Jordan acquiesça d'un hochement de tête.

— Comme ce courrier électronique traitant de l'histoire de la jeune fille disparue à La Nouvelle-Orléans... commenta-t-elle.

— Effectivement. J'ai fait le rapprochement.

— Et tu en tires quelles conclusions, Jordan ?

— Une conclusion évidente, Valérie, étant donné que tu as eu la même réaction quand je t'ai soumis l'idée sur les Trent. Qu'est-ce qui t'effraie dans ces deux histoires ?

— Mais rien ne m'effraie ! C'est absurde !

— Bon, alors disons que tu as été très déstabilisée à chaque fois. Tu as trouvé un prétexte pour quitter la soirée de Hal et je m'interroge, c'est tout.

— Écoute, Jordan, tu n'as aucun droit de regard sur ma vie privée. Tu es autorisé à donner ton avis sur *Panache*, soit, mais n'oublie pas que je reste totalement libre de publier ou non un article. Or je vais refuser ce reportage sur les juges pour enfants.

— Hal risque de ne pas apprécier...

— Dans ce cas, tu useras de ta force de persuasion légendaire pour le faire changer d'avis, grommela Valérie.

Le taxi s'était arrêté devant l'immeuble de la jeune femme, qui ouvrit son petit sac en perles noires d'une main gantée, et tremblante. Jordan fut plus rapide qu'elle. Il paya le chauffeur, le pria de ne pas attendre, puis escorta Valérie jusqu'à l'entrée de sa maison. Elle ne protesta pas. Portant des talons aiguilles, elle dut s'accrocher au bras de son compagnon pour ne pas glisser sur la chaussée verglacée.

— Je n'interférerai pas dans tes décisions, Valérie, assura-t-il en entrant dans l'ascenseur derrière elle, mais ne me prends pas pour un idiot. Je sais que tu as des motifs cachés de réagir avec une telle hostilité.

La cabine stoppa à l'étage de Valérie. Ils sortirent.

— Mais c'est ton affaire, poursuivit Jordan. Je n'en parlerai plus. Tu peux...

— Madame Olivier-Long ?

Ils se retournèrent d'un seul et même mouvement, alors qu'un inconnu vêtu d'un imperméable beige s'avançait vers eux, dans le couloir faiblement éclairé.

Valérie fronça les sourcils, tandis que l'homme plongeait la main dans sa poche.

— Valérie Olivier-Long ? répéta-t-il en lui tendant un petit carré de cuir.

— Oui ? fit-elle, tout en reconnaissant un insigne de police.

— Je suis l'inspecteur Gerald McGowan, de la police de New York. Pourriez-vous m'accorder une minute, s'il vous plaît ?

— De quoi s'agit-il ? s'enquit Jordan.

Valérie porta une main à sa gorge.

— Qu'est-il arrivé ?

— Êtes-vous un ami ? demanda McGowan à Jordan.

— Oui, répondit-il avec impatience. Que se passe-t-il ?

— Je crains d'avoir une mauvaise nouvelle à vous annoncer, madame. Il y a eu un accident.

— Sara… souffla Valérie, qui agrippa inconsciemment la manche de Jordan.

Ce dernier entoura sa taille d'un bras protecteur.

— Est-ce sa fille ? demanda-t-il en la serrant contre lui.

— Un accident s'est produit à Rose Haven, déclara l'inspecteur d'un ton solennel. La police a tenté de vous joindre…

— Janine ! S'agit-il de Janine ?

McGowan consulta son carnet.

— Oui. Janine Livaudais. Elle a eu un accident, madame.

— Comment va-t-elle ? Est-elle à l'hôpital ?

— Non. Je crains que ce ne soit pire que cela, répondit McGowan, qui secoua la tête d'un air navré. C'est… Nous essayons de comprendre comment… Je veux dire, personne ne se promène autour du lac à cette époque de l'année. On se demande comment elle a pu arriver jusque-là. Elle est…

— Morte ?

— Je suis désolé.

— Ô mon Dieu ! gémit la jeune femme. Comment… Que…

McGowan lui adressa un regard compatissant, tout en remettant son carnet dans sa poche.

— Nous nous efforçons de découvrir ce qui a pu se passer, expliqua-t-il. Je tiens à vous dire que nous avons déjà des soupçons.

— Quel genre de soupçons ? questionna Jordan.

— Eh bien… il semble qu'on l'ait tuée.

13

— Valérie ? lança Jordan, derrière la porte fermée de la salle de bains. Ça va ?

La jeune femme, devant la glace, se tenait le visage dans les mains et s'efforçait, vainement, de contenir ses larmes. Elle ne parvenait pas à croire qu'on ait pu assassiner Janine, cette belle âme, cette innocente vieille dame.

— Ouvre, Valérie. Je t'en prie !

Elle s'était réfugiée dans la salle de bains pour échapper aux regards apitoyés des deux hommes. Ce n'était donc pas la maladie d'Alzheimer qui avait tué Janine, mais un être immonde... Elle sanglota, tout en sachant qu'il lui faudrait assumer cette affreuse réalité.

Jordan frappa à la porte.

— Valérie ? dit-il d'un ton inquiet.

Elle ferma les yeux. Il lui fallait se ressaisir, alors qu'elle avait envie de hurler : ce drame était tellement injuste... Le chagrin la submergeait.

Jordan porta un nouveau coup léger au battant.

— Valérie ?

Elle attrapa trois mouchoirs en papier, se moucha, se tamponna les yeux, prit une inspiration tremblante. Ça va mieux, se dit-elle, mais c'était un mensonge. Cependant, sa vie était devenue un tissu de mensonges ; elle vivait dans la peur. Et maintenant on avait assassiné Janine. Que pouvait-il encore arriver ?

— Sors de la salle de bains, Val, insista Jordan. Tu veux que j'appelle un médecin ?

Aucun médecin ne pourrait guérir son chagrin ni son angoisse. Valérie imagina cet ultime plongeon dans l'eau glacée, la panique qui avait dû saisir Janine, prisonnière de son fauteuil roulant. Dans un dernier éclair de lucidité, elle avait certainement compris qu'on était en train de la tuer.

— Valérie ! Tu veux que je prévienne Sara ?

Sara. Elle allait devoir avertir sa fille. Mais elle refusait que Jordan s'en chargeât. Elle tenait à lui annoncer la nouvelle en personne.

Elle se tapota les yeux, ouvrit la porte.

— Ça va, je t'assure.

L'inspecteur McGowan se tenait à la droite de Jordan.

— Je sais qu'il est très dur de surmonter un événement pareil, madame Olivier-Long, mais si vous pouviez répondre à quelques questions...

— Oui, murmura Valérie, qui se dirigea vers le sofa.

— D'après vous, qui aurait pu avoir des raisons de... euh... détester Mlle Livaudais ?

— Personne ! Personne n'aurait pu la détester, inspecteur. Janine était un ange. Elle n'avait pas un seul ennemi. C'était une nonne, comprenez-vous ?

McGowan acquiesça.

— J'ai cru comprendre qu'elle avait vécu avec vous, après avoir quitté les ordres à La Nouvelle-Orléans, il y a des années...

Valérie prit peur. Janine était morte depuis quelques heures seulement, mais la police connaissait déjà en partie sa vie. Et s'ils creusaient le passé et découvraient la raison pour laquelle la religieuse avait rompu ses vœux ? Et s'ils apprenaient quel rôle Valérie avait joué dans cette histoire ?

Elle se leva du canapé, se dirigea vers la fenêtre. Serrant ses bras autour d'elle, elle se souvint d'une autre époque, d'une autre grande ville.

Et d'une autre Valérie.

Boston, 1977

Elle avait envie de boire de l'alcool. De prendre de la drogue. De partir d'ici !

Après qu'elle se fut installée dans cette ville de la côte Est, avec Janine et Sara, Valérie avait voulu échapper à ses nouvelles responsabilités. Elle avait été naïve de penser que les choses seraient faciles. On ne guérit pas aisément de la dépendance à la drogue. A fortiori pour endosser un rôle de mère, pour obéir à des règles de vie strictes.

Valérie adorait ce bébé, mais elle était obligée de lui vouer sa vie, ses pensées, et se voyait contrainte de ne pas décevoir l'ancienne religieuse à qui elle devait son salut. C'était beaucoup pour elle.

À Boston, elle retourna au lycée. Elle se sentait si différente de ses condisciples, tellement plus mûre... À deux reprises, elle rentra tard, et ivre, de l'école. Janine finit par exiger qu'elle fasse un choix. Soit elle restait sobre et responsable, soit elle reprenait une vie dissolue, mais il lui faudrait alors rompre tout lien avec Sara.

Cette option était inenvisageable. Aussi Valérie renonça-t-elle à la drogue et à l'alcool, ces échappatoires pernicieuses, et apprit-elle à aimer sa nouvelle existence.

Janine, Sara et elle formaient désormais une famille.

Au fil du temps, la jeune fille se demanda si Hannah et Martindale étaient toujours mariés. Mais elle ne prit jamais le risque de téléphoner à sa mère.

Ses pensées ne pouvaient s'arrêter sur Amy sans qu'elle éprouve un sentiment de culpabilité. Elle était responsable de la mort de la jeune fille. Si elle n'avait pas pris de drogue, ce soir-là, la jeune accouchée aurait survécu. Bien qu'elle eût sauvé son enfant, et quoi qu'elle dût accomplir à l'avenir, Valérie devrait vivre avec ce poids...

— Comment vous sentez-vous, madame ?

Elle se détourna de la fenêtre, serrant toujours ses bras autour d'elle.

— Quoi ?

McGowan jeta un rapide coup d'œil à Jordan.

— Je vous interrogeais sur ses amis, ses relations... J'essaie de voir ce qui peut expliquer pourquoi quelqu'un aurait voulu... euh... faire ça.

— La plupart de ses amis sont très âgés, inspecteur. Janine ne pouvait plus communiquer avec quiconque depuis des années, à cause de sa maladie. Et plus personne ne lui rendait visite, excepté Sara et moi.

— C'est votre fille ?

— Oui.

— Et ses biens ? Savez-vous si elle avait des biens ?

Valérie comprit ce que sous-entendait le policier.

— Si vous cherchez un mobile, inspecteur, vous faites fausse route. Janine n'avait pratiquement aucun revenu. Sa retraite ne suffisait pas à couvrir la pension à Rose Haven.

McGowan se mit à danser d'un pied sur l'autre, mal à l'aise.

— Pardonnez-moi, mais je suis tenu de poser ce genre de questions aux proches. Je vais toutefois cesser de vous importuner pour aujourd'hui, madame Olivier-Long...

Il prit congé. Comme il gagnait la porte de l'appartement, il se retourna :

— Je crains que nous ne puissions vous autoriser à enterrer cette dame dans les quarante-huit heures. Vu qu'elle n'est pas morte de mort naturelle, précisa-t-il inutilement.

— Je comprends, assura Valérie dont les yeux s'emplirent à nouveau de larmes.

Jordan ouvrit la porte.

— Tenez-nous informés, voulez-vous, inspecteur ?

Le policier releva le col de son imperméable.

— Vous pouvez compter sur moi.

La Nouvelle-Orléans

Diaz habitait Algiers, un quartier de La Nouvelle-Orléans. Il suffisait de traverser le Mississippi pour s'y rendre. L'immeuble où vivait le proxénète se révéla sordide, cerné par un terrain vague. La détective avait arraché l'adresse du criminel à Pete Benoit, et appris qu'il était en liberté surveillée. Contrairement à Kelly Lott, qui s'était racheté une conduite, Diaz avait continué à exercer des activités illicites.

Angela Leblanc rangea sa vieille Toyota à la lisière du terrain vague, et se demanda si le véhicule serait toujours là lorsqu'elle ressortirait de chez Diaz. Là-dessus, un gamin d'une dizaine d'années apparut, et lui proposa de surveiller son automobile.

— Ça vous coûtera vingt dollars, annonça-t-il.

— Vingt dollars ! s'exclama Angela, qui songea que ce gamin pouvait être armé. Ta maman sait que tu n'es pas à l'école ?

— Quinze. Je suis malade, aujourd'hui.

— Et moi je suis la reine d'Angleterre ! répliqua Angela.

— D'accord, dix dollars. Mais je ne descendrai pas en dessous, décréta l'enfant en tendant la main.

La détective lui donna un billet, tout en calculant qu'il lui restait assez d'argent pour prendre un taxi, si d'aventure ce petit la grugeait.

Quand elle arriva sur le palier d'Oscar Diaz, elle transpirait à grosses gouttes. Elle s'adossa au mur, le temps de reprendre son souffle, puis elle frappa à la porte. Elle dut renouveler l'opération cinq fois, avant que le proxénète daigne ouvrir.

— Qu'est-ce que vous vendez ? gronda-t-il. Vous perdez votre temps. J'ai besoin de rien !

Vu l'existence chaotique qu'il avait menée, Diaz avait gardé belle allure. Grand, mince, sexy, l'œil noir. Or il devait approcher de la cinquantaine.

— Je ne vends rien, assura-t-elle en lui montrant sa carte. J'achète.

Oscar ne prit pas la peine de lire son nom.

— Je ne deale plus. J'ai pris ma retraite.

— La drogue ne m'intéresse pas. Ce sont des informations que je veux.

Elle remonta la bandoulière de son sac sur son épaule.

— Puis-je entrer ?

Oscar ne répondit pas, mais évalua la visiteuse d'un œil sombre.

— Des informations sur quoi ?

Il ne semblait pas disposé à recevoir Angela.

— Amy Trent.

Le proxénète fronça les sourcils.

— Je ne connais pas d'Amy Trent.

— Je crois que si, Oscar.

Angela observa son interlocuteur avec attention.

— Et si vous m'offriez un café ? Je vous expliquerais comment j'ai fait le rapprochement entre vous et Amy.

Oscar Diaz haussa les épaules, puis s'effaça pour la laisser entrer.

14

Jordan referma la porte derrière l'inspecteur McGowan, puis se dirigea vers le bar de Valérie.

— Je peux te préparer quelque chose, ma belle ? Un thé ?

— Il faut que j'avertisse Sara...

Elle se leva brusquement du canapé, parcourut le salon d'un regard vague.

— Où est... ? Je dois avoir...

— Qu'y a-t-il ?

— Mon manteau. Il faut que je trouve mon manteau. Je dois aller chez Sara !

— Parfait. Je viens avec toi.

Jordan reposa la boîte d'Earl Grey sur l'étagère, puis s'éloigna du petit comptoir qui servait de bar.

— Ton manteau est là, sur la chaise. Laisse-moi...

— Il n'est pas nécessaire que tu m'accompagnes, Jordan. Je me sens mieux. J'ai surmonté le choc.

La jeune femme se massa les tempes, eut une grimace de douleur.

— J'ai mal à la tête, mais je peux me débrouiller seule... Je vais appeler un taxi.

Elle lança un regard indécis au téléphone.

— Je devrais peut-être m'assurer que Sara est chez elle, mais que lui dirais-je ? Je ne peux pas lui annoncer une telle nouvelle par téléphone, et elle comprendrait, au son de ma voix, que quelque chose ne va pas...

— Allons-y directement, décida Jordan.

Il sortit un portable de sa poche.

— Je vais appeler un taxi pendant que tu mets des bottes. Tes escarpins sont trempés. Et puis, c'est tenter le diable que de marcher en talons hauts sur un trottoir verglacé.

Il avait raison. Valérie avait oublié qu'il neigeait. Elle ouvrit le placard de son entrée, en sortit des bottes en cuir épais. Comme elle s'asseyait pour les enfiler, Jordan téléphona au concierge et le pria d'appeler un taxi.

Valérie ne pouvait l'autoriser à l'accompagner chez Sara. Elle craignait qu'il ne lui soit encore plus difficile d'annoncer l'affreuse nouvelle à sa fille en présence de Jordan.

Quand ce dernier remit son téléphone portable dans sa poche, la jeune femme était emmitouflée, prête à partir.

— Merci de m'avoir proposé de venir avec moi, dit-elle en entrant dans l'ascenseur, mais je préfère y aller seule.

— Tu n'es pas en état d'y aller seule, Val, protesta-t-il. Tu as la tête de quelqu'un qui vient de subir un choc, et le fait de parler à Sara sera un stress supplémentaire. Il n'y a rien de déshonorant à accepter de l'aide en un moment pareil.

— Je peux me débrouiller seule, insista-t-elle, tout en sortant de l'ascenseur qui venait de s'arrêter au rez-de-chaussée.

Le portier les escorta à l'extérieur. Il ouvrit la portière du taxi à Valérie, qui s'engouffra dans le véhicule. Elle donna l'adresse de Sara au chauffeur. Jordan restait debout sous la neige, imperturbable.

Elle attrapa la poignée de la portière.

— Je veux bien que tu avertisses Éric que je serai en retard au bureau demain. Je lui passerai un coup de fil dans la matinée.

Valérie referma la portière, et la voiture s'éloigna lentement sous la neige.

Jordan fit volte-face, regagna l'immeuble, et pria le portier de lui appeler un taxi immédiatement. Il savait à présent à quelle adresse se rendait Valérie. Aussi valait-il mieux qu'il se trouvât à ses côtés lorsqu'elle découvrirait la surprise qui l'attendait chez Sara ! La jeune femme subirait un deuxième choc psychologique en l'espace d'une heure...

Sara habitait un immeuble trapu en pierre brune. Valérie mit sa capuche et baissa la tête, car le vent rabattait de gros flocons sur son visage.

Elle grimpa les marches menant à la porte d'entrée du bâtiment. Une fois à l'intérieur, elle consulta la liste des locataires, pour savoir à quel étage résidait Sara. Appartement 4C. Là-dessus, la porte d'entrée se rouvrit à la volée et un homme entra, charriant un courant d'air glacé : Jordan Case !

— Qu'est-ce que tu fais là ? s'enquit-elle. Je t'ai dit que je préférais être seule !

— Cela risque d'être plus difficile que tu ne le supposes.

Il l'entraîna dans l'ascenseur, appuya sur le bouton du quatrième.

— Tu connais l'étage ? s'exclama Valérie, médusée. Tu es déjà venu ?

Elle le toisa d'un air suspicieux.

— Tu as vu Sara sans me le dire ?

Une pensée horrible lui traversa l'esprit.

— Tu n'as donc aucun sens moral, Jordan ! Tu ne crois pas que son histoire avec Charlie...

— Ne te fais pas tout un cinéma, Val.

Les portes de l'ascenseur s'ouvrirent avec un chuintement.

— Je connais l'étage, parce que c'est celui où habite Charlie, ajouta-t-il.

— Charlie... ?

Elle le dévisagea, stupéfaite.

— Appartement 4C ? demanda-t-il.

— Oui.

Jordan défit la capuche de Valérie, puis, d'un geste de la main, il enleva la neige accrochée à l'écharpe de la jeune femme.

— Et avant de m'accuser d'être leur complice, sois certaine que je n'en sais pas plus que toi.

Comme Jordan actionnait la sonnette, Valérie se perdit dans ses pensées. Cette soirée prenait un tour de plus en plus irréel... Il y avait eu le baiser de Jordan, le fait que Martindale reparût dans sa vie, puis la mort de Janine. Et voilà qu'elle découvrait que Charlie et Sara vivaient ensemble, à son insu. Et à l'insu de Jordan, apparemment !

Un chien aboyait de l'autre côté de la porte. On tentait de le calmer. La chaîne de sécurité glissa dans son rail. Il s'écoula encore quelques secondes avant que l'on ouvre la porte.

Sara et Charlie se tenaient côte à côte ; ce dernier entourait la taille de sa compagne d'un bras protecteur. Un minuscule yorkshire sautillait à leurs pieds. Charlie se montrait ouvertement possessif à l'égard de Sara. La jeune fille, pour sa part, semblait sur ses gardes.

— Bonsoir, dit Jordan.

— Maman, monsieur Case... Quelle surprise ! s'exclama Sara.

Elle se baissa, prit le chien dans ses bras, qui se mit à lui lécher le visage.

— Sara, qu'est-ce que...

Valérie se tut, comme Jordan lui pressait le coude pour l'enjoindre à la tolérance.

— Pouvons-nous entrer ? demanda-t-il d'un ton étrangement impersonnel.

Charlie se rembrunit.

— Tu aurais dû appeler avant, papa.

— Je n'ai pas eu le temps, figure-toi.

Sara fit un pas en arrière, et parut un peu plus accueillante que Charlie.

— Bien sûr, entrez ! Nous sommes juste... euh... surpris de vous voir. Et de vous voir ensemble. Enfin... je veux dire...

— Oui, entrez puisque vous êtes là, renchérit le jeune homme, qui s'effaça pour leur laisser le passage.

Jordan suivit Valérie dans l'appartement. Sara reposa le chien sur le sol, puis courut au salon. Elle tapota les coussins d'un canapé, ramassa un magazine, le plaça sur une table basse.

La télévision était allumée ; à l'écran se déroulait un match de hockey sur glace. Charlie s'approcha de l'appareil, coupa le son.

Tandis que Jordan se débarrassait de son pardessus et de ses gants, Valérie tentait de s'habituer à cette nouvelle réalité. Ainsi, Sara ne partageait pas son appartement avec une collègue de travail, mais avec Charlie, son ex-amant ! Or ils semblaient très intimes. Valérie cligna des yeux, tout en se demandant si elle devait s'attendre à d'autres révélations.

— Que se passe-t-il, Sara ? questionna-t-elle. Vous vous fréquentez à nouveau ?

Il lui paraissait important de mettre les choses au clair avant de parler de Janine.

Les deux jeunes gens, qui se tenaient chacun à une extrémité de la pièce, se rapprochèrent, puis se prirent la main. Le petit chien, assis sur le canapé, bondit sur le sol et vint se placer à leurs pieds, agitant joyeusement la queue. Valérie eut le sentiment que les enfants se préparaient à affronter deux ennemis.

— Charlie n'est pas seulement un petit ami, maman, déclara Sara. Il vit ici. Nous...

— Nous nous aimons, enchaîna Charlie d'un ton ferme. Ça a été une erreur de rompre, alors que nous avions toujours des sentiments l'un pour l'autre.

Valérie se laissa tomber sur la chaise la plus proche.

— Alors vous vivez ensemble ?

— Effectivement, maman. Nous sommes majeurs et capables de prendre notre vie en main. Aussi, épargne-nous ton couplet moralisateur, si tu veux bien !

La jeune fille s'approcha de sa mère.

— Tu peux enlever ton manteau, tu sais. Je te trouve bien pâle... Est-ce donc si terrible de nous voir ensemble ?

Sara aida sa mère à se déshabiller ; elle lui prit ses gants, les glissa dans les poches du vêtement.

— Et que fais-tu dehors par un temps pareil ? ajouta-t-elle. Je te croyais à la soirée de M. Kurtz !

Valérie avait de la peine à croire qu'une heure plus tôt elle se trouvait encore chez Hal Kurtz.

— La fête est finie, murmura-t-elle.

Sara tendit les affaires de sa mère à Charlie.

— Nous ne voulions pas que vous découvriez la situation par hasard, mais puisque vous êtes là tous les deux, peut-être est-ce préférable, finalement. Nous nous sommes revus il y a déjà un certain temps. J'ai d'abord partagé cet appartement avec une collègue, puis elle a trouvé un emploi plus lucratif en Californie. Charlie a alors emménagé à sa place, ce qui paraissait naturel.

La jeune fille sourit à sa mère.

— Je voulais te le dire, je t'assure ! J'avais même prévu de te parler lors de ce déjeuner, mais...

Sara lança un bref regard à Jordan.

— ... tu étais un peu fâchée contre Jordan, aussi ai-je pensé que le moment était mal choisi pour t'annoncer que je vivais avec Charlie.

Valérie regardait sa fille sans comprendre. Elle aimait donc toujours ce jeune homme, bien qu'il l'eût abandonnée dans les pires circonstances qui soient ? Elle l'aimait au point de s'installer avec lui...

Charlie prit la parole, après avoir accroché le manteau de Valérie à une patère.

— Nous n'avons pas besoin de l'assentiment de nos parents pour faire ce qui nous plaît. Sara est d'accord avec moi.

Il se rapprocha de sa bien-aimée, passa un bras autour de ses épaules.

Valérie considéra le jeune homme et songea à leur dernière rencontre, à l'hôpital, le jour où Sara avait fait une fausse couche. Cette dernière avait acquis une certaine confiance en elle, depuis cette époque ; Charlie, quant à lui, avait dix fois plus d'assurance.

Jordan se tenait dos à la fenêtre, l'air sombre.

— Faire ce qui vous plaît consiste donc à vivre ensemble ? demanda-t-il.

— Cela te pose un problème ? rétorqua son fils avec défi.

— Bon sang, Charlie ! Si vous êtes épris l'un de l'autre à ce point, pourquoi vous cacher ?

— C'est cela, papa, grinça le jeune homme, cynique. Tu aurais sans doute été ravi d'apprendre que je vivais avec Sara ?

— Eh bien, il est trop tard pour que tu puisses jamais le savoir.

— Sara et moi avons commis des erreurs, il y a trois ans, reprit Charlie. Mais tu ne vas pas nous le reprocher toute notre vie ! Nous avons choisi de vivre ensemble. Tu ne pourras rien y changer !

Valérie, qui observait le père et le fils, était frappée par leur ressemblance. Qui ne s'avérait pas seulement physique. En trois ans, Charlie était devenu très viril, comme son père. De plus, il se montrait chevaleresque avec Sara, comme Jordan avec elle. Charlie n'était plus cet adolescent vulnérable, incapable d'assumer la fausse couche de sa petite amie. Il apparaissait plus mûr, et volontaire. Il était peu probable qu'il se laissât de nouveau manipuler par son père.

— J'ai compris le message, Charlie, déclara froidement Jordan. Mais dis-moi, par curiosité, quand envisagiez-vous de nous faire part de votre situation ?

— Quand nous l'aurions jugé bon, répliqua Charlie sur un ton belliqueux.

— Sara ? fit Valérie en regardant sa fille.

— C'est vrai, maman. Après tout ce qui s'était passé, nous ne tenions pas à endurer votre désapprobation. J'espère que tu comprends...

— Oui, je comprends, dit Valérie, qui n'en pensait pas un mot. Mais si tu m'avais fait confiance, et avoué votre amour dès le départ, je crois que j'aurais réussi à surmonter...

— Oh, arrête, maman ! ricana Sara. Tu te serais évanouie si je t'avais annoncé que je revoyais Charlie !

Valérie préféra se taire.

— Eh bien, c'est inattendu, mais je crois que nous survivrons à ce changement de situation, assura Jordan en masquant son ironie. Il n'y a rien d'autre à savoir, n'est-ce pas ?

— Quand bien même il y aurait autre chose, rétorqua son fils, Sara et moi choisirions le lieu et l'heure pour vous en informer !

Valérie jugea plus sage de changer de sujet.

— Je ne savais pas que tu avais adopté un animal domestique, Sara.

— C'est Charlie qui me l'a offert, répondit la jeune fille, en se baissant et en prenant le yorkshire dans ses bras.

— Comment s'appelle-t-il ?

— Curly.

Jordan s'éclaircit la voix.

— Maintenant que Val et moi savons que vous vivez ensemble, déclara-t-il, espérant enterrer la hache de guerre, nous autoriserez-vous à venir vous voir, dans la mesure où nous téléphonerons quelques semaines avant, bien sûr ?

Les jeunes gens rirent, ce qui détendit quelque peu l'atmosphère. Valérie regretta qu'ils ne puissent prendre le temps de parler tous les quatre, de renouer des liens. Cela dit, Sara allait pouvoir trouver un réconfort auprès de Charlie, lorsqu'elle lui aurait annoncé la raison de sa visite.

Elle prit une grande inspiration.

— Je crains d'avoir une mauvaise nouvelle à t'annoncer, chérie.

Jordan fit monter Valérie dans le taxi, s'assit à sa droite, puis referma la portière. La neige tombait avec moins de vigueur qu'en milieu de soirée. Il était plus de minuit, or Valérie allait devoir s'occuper dès le lendemain d'organiser les obsèques de Janine.

Il était blessé que Charlie se fût montré hostile à son égard. Cela dit, il avait sans doute eu tort de se mêler des affaires de cœur de son fils, bien qu'il eût pensé agir pour son bien, sur le moment. Or il s'était leurré. La relation de Charlie et Sara n'avait rien de comparable avec celle de Jordan et son ex-femme. Le jeune couple aurait peut-être pu s'arranger d'une situation qui avait éloigné les deux aînés.

Il plaça son bras devant Valérie, comme le taxi prenait un virage un peu vite.

— Ça va ? demanda-t-il.

— Il faut bien, n'est-ce pas ?

— Sara a pris les choses très courageusement, remarqua-t-il.

— Oui, elle m'a étonnée, avoua Valérie qui détourna la tête, les yeux brillants de larmes.

— Elle a paru inquiète pour toi.

La jeune femme se contenta de hocher la tête. Jordan aurait tant aimé la serrer dans ses bras ! Elle avait vécu plusieurs événements traumatisants, ces derniers jours. Son compagnon tenta de la distraire de ses sombres pensées.

— Les enfants se fichaient éperdument de ce que nous avions à dire concernant leur situation, marmonna-t-il, amusé.

Valérie se tamponna les yeux avec un mouchoir.

— On ne peut pas le leur reprocher.

— Non, bien sûr, mais cela a été une sacrée surprise de les voir tous les deux derrière cette porte !

— Je crois que leur histoire est sérieuse, Jordan. Tu n'as pas trouvé que Charlie se montrait protecteur envers Sara, et qu'elle se conduisait elle-même comme une épouse ?

— Oh, je crains que cela ne dure pas...

— Alors, cette fois-ci, Sara ne s'en remettra pas.

— Tu sais, il n'y a pas que ta fille qui ait souffert de cette séparation. Charlie était effondré !

Le taxi s'arrêta devant l'immeuble de la jeune femme.

— Je n'ai pas voulu le voir sur le moment, admit Jordan, mais il était très attaché à elle.

— Il l'est toujours, répliqua Valérie. Ils s'aiment, cela me paraît évident.

— De toute façon, nous n'interviendrons plus dans leur relation. Nous avons au moins compris cela.

Valérie boutonna son manteau, enfila ses gants.

— En tout cas moi j'y crois, à cet amour, assura-t-elle en sortant de la voiture.

Elle se retourna, puis se baissa pour déchiffrer l'expression de Jordan.

— Tu as raison, concéda-t-il. Ils n'auraient pas renoué, s'ils ne s'aimaient pas vraiment.

Le juge d'instruction autorisa la famille à disposer du corps de Janine au bout de trois jours. Un délai très court en cas de meurtre, mais qui parut affreusement long à Valérie.

— C'est un miracle que nous puissions l'enterrer aussi rapidement, constata Éric.

L'assistant de Valérie, qui s'employait à écrire un roman policier, était au fait de ce genre de détails sordides. La jeune femme ne répondit pas : elle attendait Sara. Celle-ci se trouvait dans les toilettes de la petite chapelle où la messe funéraire aurait lieu.

— Il y a eu une intervention à un haut niveau, forcément, affirma Éric.

— Tu veux parler de Jordan ? s'étonna-t-elle. Comment cela ?

Incapable de rester en place, elle fit un pas vers la table où se trouvaient les couronnes de fleurs, et lut les cartes qui les accompagnaient.

— Il arrive qu'on attende une autopsie pendant un mois, expliqua-t-il. Je parie que Jordan a remué ciel et terre pour que tu n'aies pas à subir cela. Il se conduit en vrai gentleman.

Valérie examina une carte épinglée sur une couronne de roses, sans réellement la voir. Jordan lui avait été d'une aide précieuse – en dépit de ses efforts pour le décourager. Il avait déclaré qu'ils appartenaient désormais à la même famille, et qu'il était de son devoir de l'assister en ces heures difficiles. Charlie avait secondé son père efficacement, si bien que ni Sara ni Valérie ne s'étaient préoccupées d'organiser les funérailles, à part le choix de la chapelle. Pour elle, c'était une expérience inédite que de pouvoir compter sur un homme. Sara, quant à elle, n'hésitait pas à s'appuyer sur Charlie... Valérie ressentit un pincement au cœur. Sa fille cherchait plus volontiers un réconfort auprès de son amant qu'auprès de sa mère. Plus elle les voyait ensemble, moins elle doutait de la force de leurs sentiments.

— Sara arrive, dit Éric. Et Jordan, avec son fils. Ce Charlie est vraiment à croquer, tu ne trouves pas ? Et voici Roxanne...

Éric salua la photographe d'un geste.

— Je l'ai vue tout à l'heure, ajouta-t-il. Elle m'a promis qu'elle assisterait à la messe, mais elle sera obligée de partir avant la fin. Sa nouvelle amie l'a invitée quelque part, je ne sais plus où.

Éric fit claquer sa langue contre son palais.

— Je ne voudrais pas paraître, euh... indélicat en ces circonstances, mais est-ce que tu l'aimes, Val ?

— Roxanne ?

— Mais non, grosse bête ! Son amie.

— Je ne la connais pas, Éric.

— Ah bon ? Eh bien, tu ne perds pas grand-chose. Tout le monde a fait sa connaissance, au journal. Elle a une façon d'imposer sa présence aux autres, une vraie casse-pieds ! Si jamais elle ose m'approcher, je l'enverrai promener.

— Éric...

— Excuse-moi, chérie. Je parle trop, mais la mort me fait cet effet. Surtout les morts violentes. Cela me rend nerveux.

— Alors, pourquoi essaies-tu d'écrire des romans policiers ?

Valérie s'éloigna sans entendre la réponse de son assistant. Sara se dirigeait vers elle à grands pas, devançant Jordan et Charlie.

— Je commençais à m'inquiéter ! Ça va, Sara ?

— Excuse-moi, maman, mais Roxanne voulait me présenter sa nouvelle amie. Qui a dû partir plus tôt que prévu, car Rox ne l'a trouvée nulle part.

Valérie ignora le regard entendu que lui adressa Éric, et consulta sa montre.

— La messe va commencer dans quelques minutes, annonça-t-elle.

— Une limousine attendra à la sortie de l'église, Valérie, déclara Jordan. Il y aura de la place pour nous quatre. Nous irons au cimetière ensemble.

Elle acquiesça d'un hochement de tête.

— C'est parfait. Merci, Jordan.

Ce dernier l'observa, les sourcils froncés.

— Est-ce que ça va ?

Si ça va ? songea-t-elle. Alors que la personne qui nous a recueillies il y a des années, Sara et moi, gît dans ce cercueil, assassinée ? Non, ça ne va pas ! Et je pourrais ne jamais m'en remettre, Dieu me pardonne…

La jeune femme ne partagea pas ces tristes pensées avec Jordan. Elle redressa la tête, réussit à afficher un faible sourire.

— Ça va comme lorsqu'on vient de perdre un être cher.

Elle tapota la main de Sara.

— Je voudrais rester seule quelques instants. Je n'avais pas terminé de regarder les fleurs, et il se pourrait que je n'en aie plus l'occasion ensuite… Cela ne vous ennuie pas ?

— Maman… dit Sara, inquiète.

Consciente du fait que tout le monde la regardait, Valérie eut un petit geste de la main, puis se dirigea vers l'autre aile de la chapelle. Elle s'arrêta devant une table où l'on avait disposé plusieurs gerbes de fleurs. Elle contempla une couronne de lys. La mort de Janine l'avait plongée dans un état d'hébétude, mais elle ne pouvait plus ignorer ce sentiment de culpabilité qui la rongeait. Elle avait tenté de se persuader que ce décès était accidentel – un pensionnaire de l'institution aurait poussé Janine dans le lac, pris de démence passagère. Or elle devait cesser de s'illusionner. Les témoignages concernant l'assassin variaient. Certains pensionnaires assuraient qu'il s'agissait d'un homme, vêtu d'une parka. D'autres que c'était une femme, portant un pantalon noir et des lunettes de ski. Les membres du personnel de Rose Haven affirmaient n'avoir rien remarqué d'anormal. La police se retrouvait confrontée à un mystère.

Un mystère, soit. Pourtant, ces événements étaient tous liés. Qu'il s'agît de la photo, de la coupure de journal, d'Amy Trent, ou d'Edward Martindale... on visait Valérie, et elle seule ! On cherchait à la déstabiliser. Et sa passivité avait incité le tueur à s'enhardir. À éliminer Janine.

Pour la deuxième fois de sa vie, elle était responsable de la mort d'une amie.

— Val...

Jordan arriva sans bruit derrière elle, lui effleura la taille.

— Le prêtre nous fait signe qu'il est prêt à commencer. Est-ce que ça va ?

De façon mécanique, la jeune femme prit la carte qu'on avait épinglée sur une composition d'orchidées mauves et roses.

— Oui. C'est juste que...

— On peut attendre, si tu as besoin d'un peu de temps, proposa-t-il en lui tapotant le dos.

Valérie se demanda si Jordan avait seulement conscience de se montrer affectueux. Il avait l'habitude de lui prendre le bras, de lui effleurer les hanches ; il lui offrait son soutien, ce qui la troublait profondément. Il était irrésistible. Cependant, continuerait-il à la poursuivre de ses assiduités quand il aurait connaissance de ses secrets ?

Tout en gardant la petite carte à la main, Valérie repensa à son mariage catastrophique. Elle n'avait jamais osé parler ouvertement de son passé à son ex-mari, avocat brillant et extraverti. Kenneth Long avait, quant à lui, évoqué maints souvenirs d'enfance – et même ses erreurs de jeunesse. Il lui avait souvent dit qu'un manque de confiance en l'autre ne serait pas pour entretenir leur flamme. Or elle avait songé, avec une ironie désabusée, que la flamme de Kenneth s'éteindrait instantanément si elle lui avouait ses secrets.

— Valérie…

Alors qu'elle s'apprêtait à répondre à Jordan, les mots inscrits sur la carte attirèrent son attention. Elle les relut, cilla, comme pour effacer ces deux lignes griffonnées à la hâte.

Mes condoléances. Il fallait qu'elle meure, comme ta mère. Tu comprends pourquoi, n'est-ce pas ?

— Non… murmura-t-elle.

— Qu'y a-t-il ? demanda Jordan en se penchant vers elle.

— Je… Rien.

Il ne fallait pas qu'il voie cette carte ! Luttant contre le sentiment de panique qui la paralysait, elle glissa le bristol dans la poche de sa veste.

— Je suis prête.

— C'est cela, oui ! se moqua-t-il. Tu trembles comme une feuille, Valérie ! Et tu es pâle à faire peur. Tu devrais t'asseoir.

Jordan fit signe à un employé du salon funéraire de s'approcher.

— Allez chercher un verre d'eau pour Mme Olivier-Long, voulez-vous ?

— Non ! répéta Valérie avec force.

Au prix d'un effort surhumain, elle réussit à s'exprimer de façon presque naturelle :

— Il faut que la messe commence. Allons-y ! lança-t-elle.

Jordan l'observa un long moment, puis hocha la tête, peu convaincu.

— Puisque tu insistes, Valérie. Mais tu as l'air au bord de l'évanouissement…

Elle lui prit le bras, se laissa entraîner vers la chapelle où l'attendait Sara, en compagnie de Charlie. À l'entrée, le prêtre les salua. L'orgue entonna un air que Valérie connaissait bien, et qu'adorait Janine. Quelle coïncidence, songea-t-elle, puis elle remarqua que Sara pleurait. Sans doute sa fille n'était-elle pas étrangère au choix de la musique.

Comme elle s'engageait dans l'allée centrale, Valérie reconnut Roxanne, assise sur un banc du fond. Hal

Kurtz, quelques rangs plus haut. Avec Denise Grantham. Puis Greg. Et encore une demi-douzaine d'employés de *Panache*. Valérie sentit sa gorge se serrer. Elle n'oublierait pas la gentillesse de ses amis.

La jeune femme se raidit lorsqu'elle aperçut l'inspecteur McGowan dans la foule. Sa présence lui fit l'effet d'une douche froide.

Jordan, remarquant sa réaction, imprima une pression rassurante sur sa main.

— Qu'est-ce qui ne va pas ?

— McGowan. Qu'est-ce qu'il fait là ?

— Son métier l'oblige à assister aux funérailles, Val. Oublie-le. Nous sommes réunis ici en l'honneur de Janine.

Elle baissa les yeux vers le sol, tremblante. Jordan passa un bras autour de sa taille. Son contact était chaud, rassurant.

Valérie s'autorisa alors à regarder le cercueil fermé, recouvert de roses blanches. Le blanc, symbole de pureté, de sainteté. Janine l'avait mérité... Elle ne put retenir ses larmes. Jordan l'attira contre lui. Dans un soupir, elle s'abandonna et puisa de la force en lui. Juste cette fois-ci, se promit-elle. Quel mal y avait-il à cela ?

Mais elle pensait à la carte, cachée au fond de sa poche.

15

Jordan souhaitait obtenir des informations sur le passé de Janine Livaudais. Il craignait en effet que son assassin et l'homme qui traquait Valérie ne fussent une seule et même personne. Or ce détraqué pouvait également représenter un danger pour Sara.

Il s'était adressé au père Alphonse, du diocèse de New York. Cependant, ce prêtre paraissait peu disposé à l'aider. Son attitude était davantage celle d'un bureaucrate que d'un homme d'Église.

— Comprenez bien, mon père, répéta-t-il pour la troisième fois, qu'il me faut connaître le passé de Janine si je veux avoir des chances d'identifier son meurtrier.

— Personne n'a accès aux dossiers des serviteurs de Dieu, monsieur, déclara le père Alphonse, comme si on lui demandait de commettre un péché capital.

Jordan resta poli.

— C'est une question de vie ou de mort, mon père !

Le prêtre haussa ses frêles épaules.

— Dieu dispose de notre sort, monsieur.

Jordan réprima sa colère et se mit à arpenter le bureau. Dix ans plus tôt, il aurait réussi à faire parler cet homme : il avait alors été capable d'arracher leurs secrets aux personnes les plus récalcitrantes. Mais il avait perdu ses talents de journaliste. La preuve : il n'avait pas trouvé le moindre renseignement sur le passé de Valérie.

Les dossiers du personnel de *Panache* ne lui avaient rien appris d'intéressant. Ordinairement, ces feuillets confidentiels recelaient nombre d'informations d'ordre privé, telles que le nom des parents, le lieu de naissance, diverses précisions sur la scolarité de la personne concernée. Il semblait que la vie de Valérie eût commencé dans son adolescence, à Boston, alors que la jeune femme avait admis avoir passé son enfance dans le Vieux Carré, à La Nouvelle-Orléans.

— Écoutez, mon père, reprit-il. Janine Livaudais a été assassinée. Je vous demande seulement quelques détails sur sa vie de religieuse, qui nous seraient utiles pour retrouver la piste du meurtrier. Ne souhaitez-vous pas que justice soit faite ?

— C'est à la police de mener l'enquête, monsieur Case.

— Et si d'autres religieuses devenaient les victimes de ce tueur ?

— Rien ne laisse supposer une telle éventualité, monsieur Case. Et encore une fois, c'est le travail de la police.

Quel manque de sensibilité, pour un prêtre, songea Jordan avec amertume.

— Dans ce cas, pensez à ses proches, insista-t-il. Il se peut qu'ils soient en danger. Je ne divulguerai aucune des informations que vous me transmettrez, mon père. Vous avez ma parole.

— Je regrette, mais je ne peux vous aider.

Jordan fulminait. Si d'aventure Valérie et Sara devaient souffrir du manque de coopération de ce gratte-papier, il l'étranglerait de ses propres mains ! Il s'efforça toutefois de garder son sang-froid.

— Une femme qui m'est chère est en danger, mon père...

Jordan s'interrompit quelques instants, médusé. Or il avait dit vrai : Valérie lui était chère !

— Je voudrais comprendre ce qui a pu se passer, pour éviter que ne se produise un autre drame. Je tiens à protéger cette femme, et sa fille. Je suis certain qu'un homme comme vous, qui est au service de son prochain, saura me donner un conseil avisé...

Le prêtre tourna la tête vers la fenêtre et fixa le jardin. Il pianota sur le dessus de sa table, tout en contemplant les arbres, dénudés en cette fin d'hiver.

Jordan attendait qu'il se décide à parler.

Après deux minutes, le père Alphonse déclara, sans regarder son visiteur :

— Si ce que vous dites est vrai, monsieur Case, peut-être pourriez-vous découvrir quelques informations utiles en Louisiane.

— En Louisiane ?

— La sœur Janine a résidé dans un couvent de La Nouvelle-Orléans. Saint-Francis, je crois.

Quarante-huit heures après l'enterrement de Janine, Valérie se trouvait à La Nouvelle-Orléans. L'hôtel que lui avait recommandé le voyagiste qui lui avait vendu son billet d'avion était pittoresque, et situé dans le Vieux Carré. En d'autres circonstances, sans doute aurait-elle apprécié d'être là. Or elle avait peu de motifs de se réjouir.

Depuis qu'elle avait vu cette photo d'elle et de ses amies, dans le labo photo de *Panache*, elle avait compris que la clé du mystère se trouvait à La Nouvelle-Orléans. La carte épinglée sur la couronne mortuaire l'avait décidée à se rendre sur place. Quelqu'un connaissait son passé. Or c'était ici, dans le Vieux Carré, que sa vie avait pris un tour fâcheux.

Il n'avait pas été simple de s'échapper de New York. Elle avait dû confier ses projets à Éric, au cas où sa fille se verrait dans l'obligation de la joindre. Elle avait éveillé la curiosité de ce dernier, qui pourtant s'était montré discret, comme tout bon secrétaire. La jeune femme préférait ne pas imaginer la réaction de Jordan, lorsque Éric lui avouerait qu'elle avait quitté New York, et refuserait de lui dévoiler sa destination.

Elle donna un pourboire au chasseur, puis ferma sa porte à clé dès qu'il fut sorti. Elle ôta sa veste avec soulagement. Elle avait oublié combien il pouvait faire chaud en février, à La Nouvelle-Orléans. Les azalées étaient en fleur, symphonie de rouges et de roses. Valérie retrouvait les senteurs, l'ambiance de la ville, son architecture. Il lui semblait avoir séjourné là dans une autre vie.

Oui, se dit-elle, c'était une autre vie...

Elle s'assit sur son lit, ouvrit sa mallette. Elle avait rendez-vous avec le détective privé qu'elle avait engagé après avoir reçu ce coup de fil menaçant, le jour où elle avait déjeuné avec Jordan. L'homme lui avait envoyé son rapport, mais elle tenait à lui parler de vive voix. Il n'avait rien découvert d'intéressant. Valérie ne lui avait pas donné tous les éléments dont elle disposait. Par prudence. Cependant, elle ne pouvait continuer à attendre passivement que le tueur frappe à nouveau.

Elle relut la carte.

Mes condoléances. Il fallait qu'elle meure, comme ta mère. Tu comprends pourquoi, n'est-ce pas ?

Le tueur était-il également responsable de la mort de sa mère ? Bien que Hannah n'eût jamais tenté de la retrouver, Valérie avait eu de ses nouvelles par l'intermédiaire de Janine : deux de ses amis fréquentaient la même paroisse que les Martindale. La jeune femme avait espéré qu'elle finirait par renouer avec sa mère, et avait été très attristée d'apprendre que Hannah avait trouvé la mort dans un accident de voiture, victime d'un chauffard.

Son chagrin, ses regrets l'avaient poussée à assister aux obsèques. Il y avait eu foule à l'église, comme on pouvait s'y attendre, vu la stature de Martindale. Mais elle avait veillé à ne pas attirer son attention.

Elle avait assisté à la mise en terre depuis un taxi, effondrée à l'idée d'avoir dû envoyer des fleurs de façon anonyme. Quand tout avait été fini, elle avait prié le chauffeur de partir.

À présent, elle se demandait si le tueur avait également éliminé sa mère, et s'il n'avait pas profité des funérailles pour l'identifier, elle.

— Valérie Long ?

Un homme de grande taille s'était arrêté devant sa table. Il avait des cheveux gris, qu'il portait mi-longs.

Valérie reposa son verre d'eau, tamponna les coins de sa bouche avec sa serviette, puis acquiesça d'un hochement de tête.

— C'est moi, répondit-elle en faisant signe au détective privé de s'asseoir.

— Roy Bergeron.

Il tendit une large main que la jeune femme serra sans se lever de sa chaise.

— Merci d'être venu, Roy. Vous avez pu trouver l'adresse d'Oscar ?

— Oui, madame.

Un serveur se matérialisa devant leur table et prit leur commande.

Le privé attendit qu'il se fût éloigné pour remettre une enveloppe à sa cliente.

— Et sachez que je ne suis pas le seul à rechercher cet homme.

— C'est-à-dire ?

— Une détective a pris des renseignements sur lui.

— Comment s'appelle-t-elle ?

— Angela Leblanc. Je la connais. Cela fait un temps fou qu'elle n'a pas eu un client sérieux. Je me demande pourquoi elle s'intéresse à Oscar Diaz.

Roy marqua un temps d'arrêt.

— J'irais bien la questionner, mais j'ai besoin de votre accord.

Valérie se demandait pourquoi cette femme cherchait à rencontrer Diaz. Précisément en ce moment. Or elle n'avait jamais cru aux coïncidences.

— Vous avez son adresse ? s'enquit-elle.

Roy Bergeron jeta un coup d'œil à l'enveloppe que Valérie avait posée sur la table.

— Vous la trouverez dans le deuxième rapport. Avez-vous l'intention d'aller la voir ?

Ils se turent comme le serveur apportait leurs plats : une assiette de crudités pour elle, et un sandwich aux huîtres pour Roy.

— Je ne sais pas, répliqua-t-elle. Je n'ai encore rien décidé.

— Vous pourriez vous attirer des ennuis, madame, si vous interrogez ces gens-là. Oscar Diaz et Angela Leblanc n'appartiennent pas à votre monde. Ils pourraient se révéler dangereux. Surtout Diaz, qui est en liberté surveillée, et qui a déjà purgé deux peines de prison.

— Je ne sais pas encore ce que je vais faire, Roy, je vous l'ai dit.

Valérie porta sa fourchette à sa bouche.

— Puis-je me joindre à vous ? intervint une voix familière.

La jeune femme redressa brusquement la tête.

— Jordan ! Qu'est-ce que tu fais là ?

— Je pourrais te poser la même question.

Jordan jeta un coup d'œil à Bergeron, qui se leva lentement.

— Jordan Case.

— Roy Bergeron, déclara l'enquêteur privé, sans ciller.

Les deux hommes se serrèrent la main.

— Je peux m'asseoir, Valérie ?

— En fait, nous avions terminé, dit-elle.

Elle ne vit pas le regard dépité que le détective lançait à son sandwich, auquel il avait à peine touché.

— Je m'en allais, mentit Bergeron. Vous savez où me trouver, madame Long…

— Oui, Roy. Merci.

Jordan et Valérie n'échangèrent pas un seul mot, tandis que le détective s'éloignait. Le nouveau venu repoussa l'assiette de Roy, puis fit signe au serveur de s'approcher. Il commanda un Martini.

— J'ignorais que tu avais prévu de venir à La Nouvelle-Orléans, remarqua-t-elle.

— C'est l'hiver. Il neige à New York, alors qu'il fait vingt-cinq degrés ici. Cela m'a semblé une bonne idée.

Valérie comprit qu'il était furieux. Elle se sentait à la fois soulagée et fâchée qu'il l'ait pistée jusqu'ici. Elle ne put s'empêcher de sortir ses griffes, tout en sachant qu'elle se montrait injuste envers lui.

— Tu as une bonne raison d'être ici, ou te sens-tu obligé de jouer les chaperons ?

— Si c'est jouer les chaperons que de te suivre jusqu'à La Nouvelle-Orléans parce qu'un tueur te traque, alors oui, effectivement, je plaide coupable !

Le serveur plaça le Martini devant Jordan. Ce dernier l'avala d'une seule traite.

— Es-tu complètement inconsciente ? gronda-t-il. As-tu carrément perdu l'esprit ? Est-ce que tu comprends qu'il y a un cinglé, dans les parages, qui te suit à ton insu, qui a tué ta mère, et qui pénètre chez toi quand bon lui semble ?

— Tué ma mère ?

Jordan savait-il qu'on avait assassiné Hannah ? Avait-il vu la carte ?

— Tu m'as dit que Janine avait été comme une mère, pour toi.

Valérie se détendit un peu. Il continua :

— Ou bien y a-t-il quelque chose dont tu n'as pas encore osé me parler ?

— Et pourquoi te confierais-je mes secrets, Jordan ? s'exclama-t-elle en se penchant vers lui, l'œil noir. Le fait que ma fille vive avec ton fils ne t'autorise pas à te montrer paternaliste envers moi. Ni à me dicter ma conduite !

— Cela n'a aucun rapport avec Sara et Charlie, bon Dieu ! C'est une question de bon sens ! Qu'es-tu venue faire à La Nouvelle-Orléans ?

— Comment as-tu pu savoir que j'étais là ?

— Éric me l'a dit.

Jordan contempla son verre vide.

— J'ai dû me montrer… persuasif, ajouta-t-il.

Elle fronça les sourcils.

— Tu l'as menacé ?

— Je veux, oui ! Je lui ai dit qu'il était viré s'il ne me disait pas où tu te trouvais dans les trente secondes. Et il a parlé, figure-toi. Non parce qu'il craignait de perdre sa place, mais parce qu'il s'inquiétait pour toi. Tu étais partie sur les traces d'un tueur, toute seule, et à La Nouvelle-Orléans !

La jeune femme détourna les yeux.

— Cela peut paraître insensé, mais je sais ce que je fais.

— Je ne crois pas, non. Tu ne peux pas t'amuser à débusquer un tueur par tes propres moyens, Valérie. Et Sara ? S'il t'arrivait quelque chose, comment le prendrait-elle ?

— Tu crois que je n'y ai pas pensé ? rétorqua-t-elle, outrée. Tu ne comprends pas, Jordan. Et je ne peux rien t'expliquer. J'aimerais pouvoir le faire, mais... la mort de Janine m'a terrifiée. Et le fait que cet assassinat puisse être lié à moi m'horrifie d'autant plus !

La colère de Jordan retomba aussitôt. Repoussant son verre vide, il prit les mains de Valérie dans les siennes.

— Es-tu en train de me dire que tu détiens une information qui pourrait faire progresser l'enquête ?

La jeune femme émit une plainte étouffée, mais ne retira pas ses mains. Cela paraissait dans l'ordre des choses, bizarrement.

— Je ne sais pas bien quel genre d'information je détiens. C'est là le problème.

Jordan lâcha ses mains.

— Qu'est-ce que ça veut dire ? Est-ce que c'est en rapport avec cette photo, qui t'avait mise dans tous tes états ? Elle avait été prise ici, j'ai reconnu le nom de la rue. Tu m'as dit que tu avais passé ton enfance dans ce quartier. Alors es-tu venue pour retrouver ces adolescentes ? As-tu une raison de penser que l'une d'elles pourrait te traquer ?

— Cela paraît peu vraisemblable, mais il m'a paru essentiel de revenir ici.

— C'est pour ça que tu as fait appel à un détective privé ?

— Comment ?

Jordan indiqua l'enveloppe qui se trouvait sur la table. Elle était à l'en-tête de l'agence de détectives Hacht & Bergeron.

— Connaissais-tu Bergeron à l'époque où tu vivais ici, ou bien l'as-tu trouvé dans les pages jaunes ?

— On m'a recommandé son agence. Je l'ai appelé après avoir reçu le coup de fil anonyme au restaurant, l'autre jour.

— Tu ne m'as jamais donné de détails à propos de ce coup de fil, remarqua Jordan. Et si tu m'en parlais ?

Il reprit sa main, et elle se décida à en dire plus.

— Ce type m'a appelée Caroline. Or seuls les gens qui m'ont connue à cette époque peuvent savoir qu'on m'appelait Caroline. Mais ce n'était pas seulement cela. La façon dont il m'a menacée...

Valérie s'interrompit.

— ... dont cette personne m'a menacée, corrigea-t-elle, parce que je ne suis pas sûre d'avoir affaire à un homme, m'a glacé les sangs.

— Il t'a menacée ? Comment cela ?

Jordan, quant à lui, évoquait toujours le mystérieux individu au masculin, persuadé qu'il s'agissait d'un homme.

— Cette personne a parlé de rembourser ma dette.

— Comme s'il se vengeait ?

— Je ne saurais le dire, Jordan...

— Et tu ne vois pas ce que tu aurais fait, qui pourrait générer un besoin de vengeance chez quelqu'un ?

— Non, je ne vois pas.

Valérie avait répondu sans réfléchir. Et dit la vérité. Elle n'avait fait de tort à personne. Du moins, personne qui fût encore vivant.

— Tu n'as pas joué un double jeu, ni piqué le petit ami d'une copine ? Voyons, que peut faire une adolescente... Se droguer ? Il doit y...

Jordan s'interrompit devant l'expression de la jeune femme.

— Quoi ? Pourquoi tu fais cette tête ?

— Nous... Je... j'ai pris de la drogue à cette époque, Jordan.

Valérie avait réussi à surprendre son interlocuteur. Elle tenta de retirer sa main, mais Jordan la retint.

— Était-ce occasionnel, ou non ?

— Je ne pense pas que ce soit cette partie-là de mon passé qui pose un problème à mon mystérieux correspondant.

— Tu ne veux pas parler de ça, n'est-ce pas ?

— Je n'ai pas consommé de substances prohibées depuis… oh, des années.

Jordan la dévisagea.

— Je comprends maintenant pourquoi tu évites de boire de l'alcool…

De façon spontanée, il porta la main de Valérie à sa joue.

— Alors, que s'est-il passé ?

— J'ai fui ma maison. Janine m'a recueillie.

— Avec ton bébé.

Valérie sentit son cœur cogner dans sa poitrine. Jusqu'à quel point pouvait-elle se confier à lui ?

— Oui, avec mon bébé.

— Et le père ? s'enquit-il avec un intérêt redoublé. Pourrait-il être l'homme que tu recherches ?

— Non.

— Qu'en sais-tu ?

— Il est… Il ne pourrait jamais…

Valérie fronça les sourcils. On n'avait jamais su si Oscar était le père de Sara. Mais, dans l'affirmative, était-il plausible qu'il reprochât à Valérie d'avoir sauvé l'enfant, au point de la traquer vingt ans après ? Et d'ailleurs, savait-il seulement qu'elle était partie avec le bébé ? Non, ce ne pouvait être Oscar. À moins que…

— Comment s'appelle-t-il ?

Valérie prit une profonde inspiration.

— Je n'ai jamais su de façon certaine qui était le père de Sara. Mais j'espère obtenir des informations auprès d'un homme appelé Oscar.

Ô Seigneur, songea-t-elle. Jordan allait penser qu'elle était une femme facile. Elle se félicitait qu'il ne connût que des bribes de ce passé tourmenté.

— Tu sais où se trouve ce type ? Tu es restée en contact avec lui durant toutes ces années ?

Valérie eut un petit rire cynique.

— Non, Jordan. Mais il fallait bien commencer quelque part, et Oscar Diaz me semble être un bon début.

Jordan lâcha la main de la jeune femme, puis se leva.

— Très bien, allons-y !

Elle le suivit. Du moins ne s'était-il pas enfui…

Jordan et Valérie se rendirent tout d'abord aux archives du *Times Picayune*, le quotidien dont était extrait l'article traitant de la disparition d'Amy Trent.

— Je ne comprends pas ce qu'on vient faire ici, Valérie…

— Je croyais que tu voulais connaître mes secrets ? Alors sache que l'une des adolescentes, sur la photo, était Amy Trent. Nous étions très proches. Notre amitié déplaisait à Oscar, qui considérait Amy comme sa propriété exclusive.

Jordan émit un petit sifflement.

— Cela ne m'étonne pas que tu aies refusé de traiter cette histoire dans *Panache* !

Il eut un regard lointain, parut réfléchir.

— C'est étrange qu'on n'ait jamais retrouvé son bébé, murmura-t-il. Je me demande si ton ami Oscar sait quelque chose à ce propos…

— Oscar n'est pas mon ami, Jordan. Et tu peux être sûr qu'il sait où se trouve le corps d'Amy.

— Tu veux dire qu'il l'a tuée ?

— Disons qu'il n'a rien fait pour la sauver.

Ils prirent l'ascenseur jusqu'à l'étage des archives. L'archiviste était un homme pâle, de petite taille, portant des lunettes teintées. Valérie lui adressa son plus beau sourire.

— Accepteriez-vous de répondre à quelques questions, monsieur, euh… Miles ? dit-elle après avoir déchiffré le patronyme de l'employé sur la porte du bureau.

L'homme la dévisagea, puis toisa Jordan de la tête aux pieds.

— Cela dépend. Que désirez-vous savoir ?

— Vous a-t-on questionné à propos de cet article, récemment ? s'enquit Valérie en tendant la coupure de journal.

L'archiviste remonta ses lunettes sur son nez, parcourut le texte imprimé.

— Une détective privée m'a interrogé là-dessus, oui.

— Serait-ce Angela Leblanc ?

— Effectivement.

— Personne d'autre ?

M. Miles ouvrit un tiroir, en sortit un bloc-notes, qu'il se mit à feuilleter.

— Attendez, j'ai tout noté... Voilà ! Un certain Roy Bergeron m'a également posé des questions. Et aussi...

L'archiviste tourna quelques pages de son bloc.

— C'est cela ! Un magnat de la presse de New York m'a téléphoné avant-hier. Il voulait que je lui faxe des informations et des photos. Comme si je n'avais qu'à les sortir d'un dossier !

— Vous n'avez pas accédé à sa requête ?

— Certainement pas ! Pourquoi lui aurais-je rendu ce service ?

16

— C'était toi, n'est-ce pas? dit Valérie comme Jordan l'aidait à sortir d'un taxi, devant son hôtel.

Il paya le chauffeur. Après quoi, il lui prit le coude et l'escorta jusqu'à l'ascenseur.

— Tu me vois me présenter comme un magnat de la presse de New York?

La jeune femme se libéra.

— Je te crois prêt à tout pour satisfaire ta curiosité. Or cela fait des semaines que tu meurs d'envie d'en savoir plus sur moi!

Jordan appuya sur le bouton d'appel.

— C'est seulement parce que tu refusais de parler, Valérie. Et puis, tu avais un comportement étrange. Pourquoi n'as-tu pas couru au poste de police? Si tu leur avais montré la photo qui est apparue dans le labo comme par enchantement, si tu leur avais dit que la clé du mystère se trouvait probablement à La Nouvelle-Orléans, ils auraient sans doute déjà mis la main sur ce cinglé.

— Et Janine serait toujours vivante?

Les portes de l'ascenseur s'ouvrirent. Ils entrèrent dans la cabine; Valérie actionna le bouton du quatrième étage.

— C'est cela que tu sous-entends? insista-t-elle.

Jordan secoua la tête.

— Pas du tout, non. Mais tu aurais pu te montrer plus franche avec moi. Nous aurions peut-être retrouvé la piste de ce type, à l'heure qu'il est.

— Il se peut qu'Oscar sache quelque chose. J'espère toujours le voir. Il reste notre meilleur atout.

Ils étaient passés à l'appartement de Diaz, mais ne l'avaient pas trouvé chez lui. Des gamins leur avaient appris qu'il venait de sortir, et qu'il ne serait pas rentré avant minuit. Car il travaillait le soir.

— Que fait-il, comme métier ? avait demandé Jordan.

— Il est maquereau, avait répondu un enfant.

— Un maquereau de grande envergure, avait renchéri un autre gamin.

Jordan avait ramené Valérie au taxi sans un mot, puis il lui avait reproché d'avoir voulu retrouver Oscar Diaz sans son aide.

— Je connais les quartiers à éviter, Jordan ! avait-elle répliqué.

— Je n'en doute pas. C'est pourquoi je me sens tellement en sécurité, en ce moment, avait-il ironisé.

— C'est la première fois que je viens ici. Et si j'avais été seule, je ne serais pas sortie du taxi. Je ne suis pas totalement inconsciente !

— Cela ne risque plus d'arriver. Car j'entends bien ne pas te lâcher d'une semelle. De jour comme de nuit !

Les portes de l'ascenseur s'ouvrirent. Jordan la suivit.

— Je veux que tu me promettes que tu n'essaieras pas de voir ce type seule, Valérie...

La jeune femme mit quelques instants à se repérer, puis elle prit le couloir sur la gauche. Jordan était un étrange mélange de chevalier de l'ancien temps et de New-Yorkais branché, se dit-elle. Un mélange terriblement séduisant...

— Cela va peut-être te surprendre, mais en fait, je suis heureuse que tu sois là. Je tiens absolument à voir Oscar, mais je n'ai aucune envie d'y aller sans toi.

Ils arrivaient au bout du couloir. Une fenêtre donnait sur une cour intérieure, regorgeant de plantes luxuriantes. À l'époque où Valérie vivait dans la maison d'Oscar, il y avait eu un jardin à l'abandon, derrière chez lui, où elle allait sniffer de la cocaïne. Elle chassa ce souvenir, sur lequel elle n'avait nulle envie de s'appesantir.

— Tu sais, Jordan, cela ne m'amuse pas de devoir rendre visite à Oscar, mais il faut que je sache qui est responsable de la mort de Janine.

— Je comprends, dit-il.

Ils s'étaient arrêtés devant la porte de la chambre. Jordan prit la clé des mains de sa compagne.

— Qu'est-ce que tu fais ?

— J'ouvre cette porte.

— Je suis assez grande pour le faire moi-même !

— Sans doute, mais je ne vais pas t'abandonner là. Les hôtels ne sont pas des endroits sûrs.

Valérie le laissa déverrouiller la porte.

— Tu vas aussi regarder sous le lit ? Dans les placards ? Personne ne sait que je suis ici !

— Non. Excepté Éric. Et Charlie. Et Sara. Et Roxanne, qui se faisait un sang d'encre à ton sujet, aussi le lui ai-je dit.

Valérie le toisa en silence.

— Et ces deux mômes devant chez Oscar, poursuivit-il. Et l'archiviste du *Picayune*. Et peut-être même le type qui te traque.

— Tu aurais aussi bien pu passer une annonce dans le *Times* !

— Il fallait que Charlie sache où tu étais, Valérie. Et Sara. Mais il veille sur elle, ne t'inquiète pas. Comme je veille sur toi.

Parce que je suis en danger, songea-t-elle avec dépit. Et uniquement à cause de cela...

— Tu ne crois pas sérieusement que ce salaud pourrait s'en prendre à Sara ? demanda-t-elle.

— Je n'en sais rien, Val. Mais il me semble prudent de ne pas prendre de risque, alors que ce tueur se balade en liberté.

Valérie vit son compagnon ouvrir la penderie de la chambre, tirer le rideau de la douche.

— Inutile de regarder sous le lit, se moqua-t-elle. Le matelas est trop près du sol pour qu'un homme puisse s'y glisser.

Jordan alla tout de même s'assurer que personne ne se cachait là, puis il ouvrit les portes-fenêtres donnant sur le balcon.

— La vue est magnifique.

Il revint dans la chambre, ôta son blouson de cuir.

— Que fais-tu ?

— J'ai affreusement chaud, répondit-il en jetant son vêtement sur le lit. Je ne supporte pas ce climat tropical. Je transpire depuis que je suis sorti de l'avion. On est pourtant en février !

— Pourquoi ne t'es-tu pas changé en arrivant à l'hôtel ?

— Je ne suis pas descendu à l'hôtel, Valérie. Je n'ai pas eu le temps de réserver une chambre.

Il sortit les pans de sa chemise de son jean. La jeune femme entrevit un estomac bronzé, musclé, sans une once de graisse.

— J'ai foncé à l'aéroport et j'ai pris le premier vol pour La Nouvelle-Orléans. J'éprouve le besoin de te protéger, ma belle !

Il se dirigea vers le téléphone.

— Et si on commandait quelque chose de frais ?

— Ce qui veut dire ?

— Une bière pour moi, et pour toi, ce que tu voudras.

— Je suis touchée que tu te soucies de ma sécurité, mais tu ne vas pas rester ici, Jordan.

Il décrocha le combiné.

— Je vais me retirer, ne t'inquiète pas. À moins que tu ne me supplies de rester.

— Jordan...

— Détends-toi, Val ! Je vais boire un verre avec toi, puis j'irai prendre une chambre à la réception. Un thé glacé, ça ira ?

— Oui, merci.

Le regard de Valérie fut attiré vers le lit, et elle s'imagina, l'espace de quelques secondes, nue dans les bras de Jordan. Cette pensée l'émut vivement, puis elle se reprit. Il s'agirait seulement de plaisir physique. En effet, elle ne pourrait tomber amoureuse de cet homme, tant qu'elle ne lui aurait pas avoué ses secrets.

— Bon, eh bien c'est fait, annonça-t-il. On nous apporte à boire.

Jordan s'étira, ce qui troubla la jeune femme.

— Que veux-tu faire, maintenant? demanda-t-il.

— Prendre une douche, répondit-elle sans réfléchir.

Il la couva d'un regard lubrique.

— Bonne idée...

Elle s'empressa de préciser:

— Je vais prendre une douche pendant que tu attends sagement les consommations.

— Ah? Bien.

Valérie extirpa un peignoir en soie de son sac de voyage, puis elle disparut dans la salle de bains sans rien ajouter.

Vingt minutes plus tard, elle sortit de la douche, rassérénée. Les boissons étaient arrivées entre-temps, et Jordan lui avait crié, à travers la porte de la salle de bains, qu'il descendait à la réception louer une chambre.

Elle se sécha les cheveux, puis enfila son peignoir court en soie crème. Elle se demanda si cette tenue n'était pas indécente, puis jugea que non. Jordan avait déjà vu une femme en peignoir, cela n'avait rien de très provocant...

Cependant, ce ne fut pas Jordan qu'elle découvrit en ouvrant la porte. Un inconnu était en train de fouiller dans ses bagages!

— Salut, bébé. Tu as drôlement bonne mine!

Elle se figea sur place; son cœur se mit à cogner dans sa poitrine. Elle recula d'un pas, attrapa la poignée de la porte. Le tueur!

Elle glissa sur le carrelage mouillé, et avant qu'elle pût retrouver son équilibre, l'homme fondit sur elle et plaqua une main sur sa bouche. La jeune femme se débattit, donna un coup de pied à son agresseur. Mais elle n'avait pas frappé assez fort. L'homme plaça les mains sur son cou, serra. Valérie suffoqua, sentit qu'elle perdait connaissance... Puis il la lâcha.

— Caroline! Bon Dieu, tu es aussi garce qu'il y a vingt ans!

Caroline?

— Qui...

Elle se racla la gorge.

— Qui êtes-vous?

L'homme l'attira contre lui.

— Tu te défonces toujours, bébé?

— Oscar!

— Lui-même, bébé...

Il lui mordit le lobe de l'oreille. La douleur la fit grimacer.

— On n'en a jamais profité, à l'époque. Alors, c'est quand tu veux!

La présence, la voix de cet homme lui soulevaient le cœur.

— Je te promets de ne pas crier, si tu enlèves ta main de ma bouche.

Ce qu'il fit. Pour lui toucher les seins. Il écarta le décolleté du peignoir, pinça ses deux mamelons. Elle retint un cri, bien décidée à ne pas lui montrer à quel point elle était terrifiée. Oscar allait la violer! Il était fort. Mieux valait qu'elle garde son sang-froid. De plus, Jordan prendrait sans doute une douche, puis se changerait avant de revenir. Elle devait se montrer plus fine que son agresseur.

— C'est toi qui me harcèles, Oscar?

— Qu'est-ce que tu racontes?

La main du proxénète descendit plus bas, caressa le ventre de Valérie, qui se raidit.

— Quelqu'un me menace depuis des semaines... Est-ce toi? As-tu tué Janine?

Oscar s'immobilisa. Il la lâcha, puis recula pour la regarder.

— Je ne pourrais jamais faire de mal à une nonne! Tu me prends pour un cinglé?

— Dans ce cas, que fais-tu ici? Pourquoi t'es-tu introduit dans ma chambre?

Valérie tenait son peignoir fermé d'une main, tout en s'efforçant d'imaginer un moyen de s'échapper.

— Comment es-tu entré ? insista-t-elle.

— Aucune serrure ne résiste à Oscar, bébé, tu devrais le savoir.

Il la vit jeter un coup d'œil vers la porte.

— Mais il se trouve que je n'ai pas eu à forcer la serrure. Je suis entré par le balcon.

— À vingt mètres du sol ?

— La chambre d'à côté est libre, Caroline. Le balcon est mitoyen.

Elle s'assit au bord d'une chaise, le cœur battant.

— Qu'est-ce que tu veux, Oscar ?

— Je crois que c'est moi qui devrais te demander ça ! Qu'est-ce que vous me voulez, ce type et toi ? Moi, je m'occupe de mes affaires, mais vous, vous venez rôder devant chez moi ! Alors me voilà. Nous allons pouvoir discuter. Et qu'est-ce que c'est que cette histoire de tueur ?

Ce n'était donc pas lui. Peut-être pouvait-elle réussir à le faire parler, jusqu'à ce que Jordan revienne ?

— Si ce n'est pas toi, je ne vais pas t'ennuyer avec les détails de l'affaire. Mais dis-moi, Oscar, es-tu resté en contact avec les filles de notre groupe ?

— Mes pouliches, tu veux dire, bébé. Bien sûr. Elles étaient à moi.

Valérie commençait à recouvrer son calme.

— J'ai une photo de nous cinq, Anna Swenson, Becky Barfield, Kelly Lott, Amy et moi. Tu sais ce qu'elles sont devenues ?

— Nous savons l'un et l'autre où est Amy, pas vrai ?

— On ne m'a jamais dit où elle était enterrée. Or j'aimerais me recueillir sur sa tombe, avant de quitter La Nouvelle-Orléans.

Oscar agita un index sous son nez.

— J'irai mettre un petit bouquet sur sa tombe à ton intention. Ah, ah, ah !

Le salaud. Valérie avait toujours jugé déplorable qu'Amy n'ait pu reposer en paix, dans un lieu décent. Mais vu qu'Oscar était dépourvu de toute moralité, c'était utopique de penser qu'il lui avait trouvé une sépulture.

— Et Anna ?

— Elle a fait une overdose environ un an après que tu as disparu.

Le proxénète s'allongea sur le lit, croisa les jambes, s'alluma une cigarette.

— Aux dernières nouvelles, elle était en hôpital psychiatrique.

Valérie ne cacha pas son dégoût.

— Tu as un grand cœur, Oscar, n'est-ce pas ?

Il haussa les épaules, souffla la fumée de sa cigarette vers le plafond.

— Eh, bébé, quand on n'est pas capable de se défoncer convenablement, mieux vaut ne rien prendre. À propos de dope, comment tu as fait, toutes ces années ? Je veux dire, tu aimais bien la coke, non ? Qui est-ce qui te fournit, maintenant ?

— J'ai retrouvé mon bon sens le soir où Amy est morte, Oscar. Je regrette que ce ne soit pas arrivé la veille. Elle serait peut-être encore en vie.

Le maquereau haussa à nouveau les épaules.

— Je ne me sens pas coupable, bébé. On est tous responsables de nos actes, et elle s'est fait mettre en cloque. Et quand tu es accro à un truc, ce n'est jamais une bonne idée.

Ce type était ignoble.

— Et Becky Barfield ? s'enquit Valérie d'un ton égal.

— Cette bonne vieille Becky est restée des années avec moi. Mais elle est morte du sida.

Cette nouvelle attrista Valérie. Becky avait été une fille intelligente, drôle, et douée pour le dessin.

— Et Kelly Lott ?

Oscar secoua la cendre de sa cigarette au-dessus du cendrier, sur la table de nuit, puis il prit le verre de thé glacé et en but une longue gorgée.

— Ah, Kelly Lott... Elle a changé de vie. Elle est mariée, mère de famille. Elle habite à Gretna. C'est triste, mais nous avons perdu le contact.

— Vraiment ?

— Mais je ne crois pas qu'elle puisse t'intéresser. Je ne la vois pas tuer, ni traquer quiconque.

Oscar éteignit sa cigarette, se leva lentement du lit, puis dévisagea Valérie, qui s'affola. Il eut un petit sourire sadique, s'approcha. La jeune femme recula pour lui échapper, mais elle heurta le placard.

— Tu ne vas pas faire ça, Oscar !

— Oh que si, Caroline…

Le proxénète tordit le bas du peignoir dans sa main.

— Tu m'es redevable, bébé. Non seulement il ne s'est rien passé entre nous, à l'époque, mais grâce à moi tu vas pouvoir retrouver Kelly.

D'un geste brutal, il lui arracha son peignoir.

Valérie cria et leva son bras pour se protéger, mais Oscar la tenait par les cheveux. Il lui donna un coup de poing sur la pommette. Elle vit trente-six chandelles, vacilla. Il tira sur sa chevelure pour la remettre sur ses pieds.

— Tu vas la fermer maintenant, Caroline ?

Elle le vit porter les mains à sa braguette, horrifiée.

Oscar s'arrêta net en entendant une clé tourner dans la serrure. Il prit ses jambes à son cou, sauta sur le balcon.

— Valérie !

Jordan fit irruption dans la pièce, regarda autour de lui, vit la jeune femme gisant sur le sol.

— Ô Seigneur, non, non…

Il s'agenouilla à son côté.

— Balcon, réussit-elle à articuler.

— Ne bouge pas !

Il alla jeter un coup d'œil sur le balcon. Après quoi, il revint dans la chambre et verrouilla les portes-fenêtres.

— Tout va bien. Il n'y a personne.

Jordan glissa un bras sous sa taille.

— Tu es blessée. Je n'aurais jamais dû te laisser seule !

— Je crois que ça va.

La jeune femme cilla, s'efforçant de retrouver ses esprits.

— Tu saignes. Attends, je reviens !

Jordan l'adossa contre le mur, puis courut à la salle de bains. Il passa un gant de toilette sous l'eau, et s'aperçut que ses mains tremblaient. Il s'empara d'une serviette, revint à la hâte. La colère et la peur le taraudaient.

— C'était Oscar Diaz, dit Valérie, qui tenta de se relever.

— Veux-tu rester tranquille, pour l'amour du Ciel !

Jordan s'accroupit, puis appliqua le gant de toilette mouillé sur sa pommette.

Il lui tâta la mâchoire.

— Ça va, déclara-t-il, rien de cassé.

— Tu trembles comme une feuille, remarqua-t-elle avant de fermer les yeux.

— Ne t'évanouis pas, Valérie !

Elle eut un petit rire.

— Je ne m'évanouis pas, c'est juste que...

Jordan la prit dans ses bras et la berça, accroupi sur le sol.

— C'était Oscar, répéta-t-elle en frissonnant.

— Je sais. J'ai entendu ce que tu as dit.

Jordan caressa les cheveux de Valérie, calant sa tête contre son épaule. Le peignoir en soie, déchiré, ne couvrait plus que ses fesses.

— Est-ce qu'il a...

Jordan déglutit.

— Est-ce qu'il a fait autre chose ?

— Non. Il a failli, mais tu es arrivé.

Elle se blottit contre la poitrine de Jordan, qui la serra plus fort.

— Tu es revenu, grâce à Dieu...

Il lui caressait toujours les cheveux.

Valérie s'aperçut alors qu'elle était nue jusqu'à la taille. Elle tenta de se couvrir avec les lambeaux de son peignoir. Jordan ramassa la serviette de toilette.

— Tiens, dit-il en la lui tendant. Je vais te chercher des vêtements. Dis-moi lesquels tu veux.

Elle remonta la serviette sous ses aisselles.

— Une chemise. J'ai une grande chemise blanche, accrochée dans la penderie.

Jordan alla chercher la chemise, puis aida sa compagne à l'enfiler. Il commença à boutonner le vêtement, mais elle le repoussa.

— Je peux le faire, je t'assure. Ça va mieux, maintenant.

— Tu n'as pas trop mal à la tête ?

— Un peu, mais...

La jeune femme se tut, frissonnant de dégoût au souvenir de cette tentative de viol.

— C'est une brute, Jordan.

— Comment t'a-t-il trouvée ? Et comment est-il entré ?

— La chambre d'à côté n'était pas occupée. Il s'est introduit à l'intérieur, puis il est passé par le balcon. J'étais dans la salle de bains. J'ai cru que c'était toi.

— C'est de ma faute. Il a pu passer par le balcon parce que j'avais laissé les portes-fenêtres ouvertes !

Jordan glissa une main dans ses cheveux.

— J'insiste pour que tu ne prennes aucun risque, mais j'ouvre la voie à ton agresseur... grommela-t-il.

— Ne dis pas de bêtises ! Tu ne lui as pas ouvert la voie, et en plus, tu es rentré juste à temps.

Valérie se leva, fouilla dans sa valise. Elle portait une chemise d'homme, mais ses longues cuisses fuselées et son derrière rebondi n'avaient rien de masculin.

Elle se retourna, un petit morceau de tissu blanc dans la main. Un string ? se demanda-t-il.

— Il faut que j'aille enfiler ça, annonça-t-elle, puis elle disparut dans la salle de bains.

Jordan soupira, submergé par un flot d'émotions. Il la revoyait encore, gisant sur le sol, à moitié nue, le visage en sang... Il avait eu si peur de la perdre !

— Ô mon Dieu ! fit-elle.

Craignant qu'elle ne fût sur le point de s'évanouir, Jordan se précipita dans la salle de bains, oubliant toute pudeur.

— Ça va ?

La jeune femme se tenait devant le miroir.

— Regarde-moi, on dirait une sorcière !

Valérie se pencha vers la glace, examina le bleu sur sa pommette.

— Je vais avoir un œil au beurre noir, demain !
Jordan la serra contre lui.
— Je ne pense pas, non. Mais tu vas avoir un sacré bleu. Ne t'inquiète pas : tu es toujours aussi belle, Valérie…
Elle se retourna, mais n'essaya pas d'échapper à son étreinte.
— Tu dis cela parce que tu te sens coupable. Je sais que je suis horrible à voir !
Jordan n'était pas du tout de cet avis. Même avec un bleu sur la pommette, et les cheveux en bataille, elle restait adorable. Sous le coup d'une impulsion, il embrassa cette joue qui n'allait pas tarder à devenir violette.
— Tu m'as fait une peur affreuse, avoua-t-il.
— J'ai eu moi-même assez peur, remarqua-t-elle.
— À partir de maintenant, je ne te quitte plus d'une semelle !
— Je ferai extrêmement attention, promit Valérie, qui demeura dans les bras de Jordan.
— Il n'est pas question que je dorme dans ma chambre. Je reste avec toi cette nuit, ma chérie.
Ma chérie. Il l'avait appelée « ma chérie »…
— D'accord.
Jordan enfouit le visage dans son cou, embrassa le lobe de son oreille. Elle gémit. Il s'interrompit aussitôt.
— Qu'y a-t-il ?
— Il… Oscar m'a mordue.
Jordan lâcha un juron, souleva les cheveux de sa compagne et découvrit une marque rouge.
— Le salopard ! marmonna-t-il.
— Ç'aurait pu être pire. Mais je vais prendre une autre douche. Je me sens comme salie.
Valérie le repoussa gentiment, se saisit d'un savon, puis d'un gant de toilette propre.
— Il était pareil il y a des années, quand il nous avait toutes sous sa coupe. Il prend plaisir à faire souffrir.
— Je ne bouge pas de la chambre, déclara Jordan, sombre. Prends ton temps.

Tandis que Valérie se douchait, et que Jordan l'attendait sagement, l'assassin dévastait un appartement new-yorkais. Il balançait des livres et autres objets contre les murs. Il déchira un projet d'article qu'il avait volé sur le bureau d'un journaliste de *Panache*. Il repéra une bouteille de whisky sur une table basse, s'en saisit et en but une grande gorgée au goulot.

L'alcool avait toujours un effet apaisant sur lui. Ils avaient essayé diverses méthodes, à l'hôpital : médicaments, psychothérapies diverses, électrochocs. Certaines des thérapeutiques en vigueur se révélaient d'un archaïsme insoutenable. Cependant, l'assassin possédait un quotient intellectuel supérieur à celui des médecins qui l'avaient traité. Ces derniers l'avaient rapidement jugé apte à vivre en société. Il était si facile de les duper, songea-t-il. Si seulement ils avaient su...

L'assassin fulminait au souvenir d'une conversation téléphonique qu'il avait eue avec Oscar, quelques minutes plus tôt.

— Qu'est-ce que tu fabriques ? avait demandé le proxénète.

L'assassin avait allumé une cigarette sans répondre.

— Caroline et le macho qui la suit partout posent des questions à tout le monde, avait repris l'autre. Elle prétend qu'un cinglé est à ses trousses. Qu'est-ce que tu as encore manigancé ?

— Tu connais les règles du jeu, Oscar ? Nous les avons définies ensemble, tu te souviens ? Nous sommes associés, mon vieux ! Nous étions d'accord sur le fait que j'aurais carte blanche, ici. Caroline est dévastée, crois-moi. Elle va nous obéir comme un toutou, quand j'en aurai fini avec...

Oscar l'interrompit en poussant un juron.

— Elle ne m'a pas paru dévastée ! Et puis, j'aimerais que tu me dises que tu n'as rien à voir avec la mort de cette religieuse. Autrement, je vais me retrouver encore une fois en taule !

— Il fallait que je la tue, Oscar.

Le proxénète ne réagit pas immédiatement, choqué par cette nouvelle. Puis il explosa de rage.

— J'y crois pas ! Tu as tué cette vieille ? Mais pourquoi ? Tu ne vois donc pas que des actes pareils pourraient nous attirer de graves ennuis ? Tu vas déchanter, s'ils arrivent à faire le rapport avec toi. Et je décline toute responsabilité là-dedans, tu peux me croire !

L'assassin tira sur sa cigarette, souffla la fumée vers le plafond, très calme.

— Tu as fini ?

— Prends le premier avion, bon Dieu ! On agira quand les choses se seront un peu calmées.

— Et cela prendra combien de temps, Oscar ?

La voix du maquereau se fit menaçante :

— Tu as entendu ce que je t'ai dit ? Ne discute pas, et rapplique vite fait !

Un soupir. Oscar commençait à devenir pénible...

— OK, Oscar, OK, ne balise pas. Je vais rentrer.

Un aller-retour entre New York et La Nouvelle-Orléans ne représenterait qu'un retard insignifiant. Ce contretemps agaçait toutefois l'assassin, car tout se déroulait comme il l'avait souhaité. Cependant, il était plus sage de se plier à la volonté du proxénète. Autrement, celui-ci risquait d'interférer avec le destin.

Or le destin de Caroline était tout tracé.

17

Jordan appuya sur la sonnette des Fontenot.

— J'espère que Kelly ne va pas nous claquer la porte au nez, souffla-t-il.

— On verra bien, murmura Valérie.

Il observa sa compagne, et jugea qu'elle avait masqué ses bleus avec art. Mieux valait en effet que Kelly ne voie pas qu'elle avait été agressée. Car Valérie entendait la mettre en confiance. Et la faire parler.

Une clé tourna dans une serrure, la porte s'entrouvrit, et une femme passa prudemment la tête dans l'entrebâillement.

Valérie la reconnut aussitôt. Elle était plus âgée, elle avait pris quelques kilos, mais ses cheveux étaient restés d'un magnifique blond vénitien. Dans son adolescence, Kelly avait été farouche, et introvertie. Elle toisait à présent ses visiteurs d'un air inquiet.

— Oui ? fit-elle, sans ouvrir davantage sa porte.

— Bonsoir, Kelly, dit gentiment Valérie. Cela fait longtemps…

Kelly Fontenot la dévisagea en plissant les yeux, puis regarda brièvement Jordan.

— Je m'appelle Jordan Case, déclara-t-il, charmeur. Et voici…

— Caroline ? s'exclama Kelly, stupéfaite. C'est vraiment toi ?

Valérie eut un sourire.

— Oui, c'est moi. Pouvons-nous entrer ?

Kelly n'eut pas le loisir de s'effacer pour les laisser passer : une espèce de géant apparut derrière elle.

— Qui est-ce, Kelly ? Qu'est-ce qu'ils veulent ?

L'homme était chauve et bedonnant, ses lunettes de lecture perchées sur le bout de son nez.

— Je... C'est... une surprise, dit-elle.

— Comment cela ? Qui est-ce ?

— Je... C'est quelqu'un que j'ai bien connu à une époque, Perry.

Kelly Fontenot porta une main à sa joue, médusée.

— Mon Dieu, fit-elle.

— J'aurais dû t'appeler avant, Kelly. C'est vraiment impoli de surgir comme cela, sans prévenir. Toutefois, si tu pouvais nous accorder quelques minutes...

— Eh bien... hésita Kelly, tout en jetant un coup d'œil vers l'intérieur de sa maison.

— Attends, intervint Perry.

Il ouvrit complètement la porte. Il avait un journal plié à la main.

— Qui êtes-vous ? interrogea-t-il d'un ton peu aimable. Et qu'est-ce que vous voulez ?

— Perry... dit Kelly en lui touchant le bras, pour le rassurer. Caroline et moi étions amies, dans le passé. Tout va bien.

— Qui est le type qui l'accompagne ? Tu le connais, lui aussi ?

— Je m'appelle Jordan Case, monsieur Fontenot.

Jordan ne tendit pas la main, devinant que Fontenot n'était pas disposé à la lui serrer.

— Je suis un ami de... cette dame. Nous sommes en voyage, et nous avons été victimes d'un incident, à l'hôtel.

Jordan regarda Kelly dans les yeux et précisa :

— On a cité votre nom, madame Fontenot.

— Kelly, souffla-t-elle. Vous pouvez m'appeler Kelly... Entrez, je vous en prie.

— Quel genre d'incident ? demanda Perry, s'interposant.

— Valérie s'est fait agresser. Par Oscar Diaz.

— Valérie ? répéta Kelly sans comprendre.

— C'est mon nouveau prénom, déclara la jeune femme. Pouvons-nous entrer ? J'essaierai de t'expliquer.

Kelly attrapa la manche de son mari, et réussit à le faire bouger, de sorte que Valérie et Jordan purent pénétrer dans la maison. Perry referma la porte, puis actionna l'interrupteur de l'entrée. Ce fut alors que Jordan aperçut le revolver, en partie dissimulé par le journal.

— Peut-être ferions-nous mieux de revenir une autre fois, dit-il en prenant la main de Valérie.

— C'est suite à cet incident, s'enquit Perry en dévisageant Valérie, que vous avez eu le visage tuméfié ?

Il tenait le revolver dans la main droite, le braquant vers le sol.

— Perry, je t'en prie ! gronda Kelly. Range cette arme !

Puis elle se tourna vers son ancienne amie :

— Il s'agit d'Oscar Diaz ?

— Oui. Il s'est introduit dans ma chambre d'hôtel.

Elle porta la main à sa pommette.

— Il m'a frappée, mais Jordan est arrivé, heureusement. Je préfère ne pas penser à la façon dont cela se serait terminé, s'il n'avait pas volé à mon secours. Oscar est resté une brute, Kelly. J'espère qu'il ne t'a pas harcelée.

— Il l'a laissée tranquille jusqu'au mois dernier, intervint Perry.

M. Fontenot ouvrit un placard, posa l'arme sur la plus haute étagère.

— Mais la prochaine fois qu'il se manifeste, je ne vais pas le rater !

— Venez vous asseoir au salon, proposa Kelly. Voudriez-vous boire quelque chose ? J'ai du thé glacé, du soda, mais rien d'alcoolisé, je le crains.

Elle lança un regard entendu à Valérie.

— Je n'ai pas bu une goutte d'alcool depuis des années, expliqua-t-elle.

Un legs d'Oscar, songea Valérie, amère. Elle se demanda combien de femmes il avait traumatisées à vie.

— Rien, Kelly, merci, dit-elle. Nous cherchons juste à en savoir plus sur Oscar. Peut-être pourrais-tu nous renseigner ? J'ai reçu des coups de téléphone menaçants, ces derniers temps. Et l'on s'est introduit chez moi par effraction. À plusieurs reprises.

— Un homme la traque, renchérit Jordan.

— Et vous pensez qu'il s'agit d'Oscar ?

Jordan se frotta la mâchoire.

— Ce n'est pas ce que nous pensions avant de venir à La Nouvelle-Orléans, répondit-il. Mais maintenant...

Perry s'installa dans un fauteuil à dossier inclinable.

— Oscar est capable de tout, assura-t-il. Ne le sous-estimez pas. Il a agressé Kelly, aussi. Il était caché dans le garage, derrière des cartons. Il l'a attaquée devant nos enfants.

— Tu as été blessée ? s'enquit Valérie.

— Nous avons un chien, un berger allemand, que nous laissons dans la cour, poursuivit Perry. Quand il a entendu Kelly crier, il a foncé sur l'agresseur, qui a pris ses jambes à son cou et a regagné sa voiture. Avant de filer, il a tout de même prévenu qu'il ferait du mal aux enfants, si jamais elle parlait à quiconque de cette époque où elle travaillait pour lui... Je croyais que c'était du passé ! De l'histoire ancienne...

Il s'interrompit, comme son épouse venait s'asseoir sur le bras de son fauteuil.

— Et voilà que vous nous interrogez à ce sujet. C'est très étrange !

— Celui qui persécute Valérie sait qu'elle a passé une partie de son adolescence ici, déclara Jordan. Aussi essayons-nous de retrouver les personnes qu'elle fréquentait à cette époque. C'est la seule piste que nous ayons.

— Tu as changé de nom, Caroline ? demanda Kelly.

— Je... Oui. J'avais de bonnes raisons de le faire.

Kelly hocha la tête.

— Je comprends. Moi, si je n'avais pas rencontré Perry...

Elle couva son mari d'un regard adorateur, posa une main sur son bras.

— Mais heureusement, nos chemins se sont croisés. J'ai eu de la chance.

Kelly s'adressa à son amie :

— Je ne sais pas qui te harcèle, mais tous ces événements sont liés, à mon avis. Oscar a resurgi après qu'un article sur la disparition d'Amy Trent a paru dans le journal. Tu te souviens d'Amy, n'est-ce pas ?

— Bien sûr.

— Peu avant la visite d'Oscar, une détective privée est venue me voir, une certaine Angela Leblanc. Elle voulait des renseignements sur Amy, mais aucune d'entre nous ne l'a revue après que vous avez disparu, elle et toi. On n'a jamais su si elle était morte, ou si elle avait été kidnappée. Vous étiez très intimes, toutes les deux. Savais-tu qu'Amy était issue d'une famille de milliardaires ?

— Je ne pense pas qu'elle l'ait dit à qui que ce soit, répliqua Valérie à voix basse.

— Elle était enceinte, poursuivit Kelly, tout en regardant une photo de ses propres enfants, posée sur le rebord de la cheminée. Je me suis souvent interrogée à ce propos. C'est le plus triste dans cette histoire, non ? Son bébé n'avait pas la moindre chance de survivre...

— Ce salaud d'Oscar veut t'intimider, Valérie, remarqua Jordan, qui tentait de se repérer dans La Nouvelle-Orléans.

Il poussa un juron tandis qu'une voiture grillait un feu et l'obligeait à piler net.

— Ils conduisent n'importe comment, ici. Cela me rend fou !

— Mieux vaut ouvrir l'œil, oui, acquiesça-t-elle.

— Oscar a intérêt à ce que tu quittes la ville, déclara Jordan, reprenant le fil de ses pensées. Je ne sais pas pourquoi, mais c'est sa stratégie, à l'évidence.

— Qu'est-ce qui te fait dire cela ? s'enquit Valérie, qui ne pouvait lui donner davantage de précisions sur son passé sans se livrer totalement.

— Il t'a indiqué l'adresse de Kelly pour que tu ailles la voir, et qu'elle te raconte sa mésaventure. Il voulait que tu prennes peur, et que tu cesses de poser des questions.

— Il m'a bien mal jugée, rétorqua la jeune femme. Je partirai quand je l'aurai décidé !

— Bien entendu, mais Oscar l'ignore. Il ne sait pas ce que tu es devenue, depuis toutes ces années. Il a pensé que tu te laisserais impressionner. Quant à moi, je ne peux même pas t'aider, vu que tu ne me dis presque rien sur ton passé... Enfin, peu importe, je suis impliqué dans l'histoire, de toute façon. Tu vas devoir te faire une raison.

— Mais pourquoi, Jordan ? Pourquoi te sens-tu responsable de moi ?

Elle détourna la tête, regarda par la vitre.

— Tu te trompes, reprit-elle. Tu es la seule personne à qui j'aie parlé de mon passé. Et tu sais qu'il n'est pas très... joli. Tu as suffisamment d'éléments pour briser ma carrière. Hal Kurtz me respecte peut-être en tant que journaliste, mais s'il se doutait de ce que j'ai pu faire dans ma jeunesse, il me renverrait sans préavis. Et j'aurais beaucoup de difficultés à me refaire une réputation. Alors, pourquoi prends-tu mon parti ?

Il sourit.

— Je dois être un peu cinglé.

— Tu te moques de moi ?

— Tu es la seule à avoir le droit de répondre aux questions par des pirouettes ?

— Pourquoi fais-tu cela, Jordan ? insista-t-elle.

Il pénétra dans le parking de l'hôtel, puis arrêta la voiture. Un employé se dirigeait vers eux, mais Jordan l'ignora. Valérie avait déjà ouvert la portière quand il déclara :

— Je fais cela parce que je suis amoureux de toi.

Cet aveu laissa la jeune femme sans voix. Elle le dévisagea, stupéfaite.

Or il était tout aussi médusé qu'elle par ses propres paroles. *Je suis amoureux de toi.* Un sentiment de panique le gagna. Il avait prononcé ces mots pour la dernière fois, dix-sept ans plus tôt. Il détourna les yeux, se frotta la nuque.

L'employé, qui se tenait devant la portière, attira son attention. Jordan entreprit de sortir de la voiture, mais Valérie posa une main sur son bras.

— Non, attends, dit-elle.

Elle referma sa portière.

— Fais demi-tour !

Il la considéra avec perplexité.

— Je vais te montrer quelque chose, précisa-t-elle.

— Quoi donc ?

— Tu veux bien arrêter de poser des questions ? Fais ce que je te demande, et tu en sauras déjà un peu plus sur moi.

Jordan fit signe à l'employé qu'ils repartaient. Lorsqu'il sortit du parking, il demanda à Valérie quelle direction emprunter.

— Tourne à gauche. Et puis tout droit jusqu'à Basin Street. Nous allons dans un cimetière.

Il la dévisagea, bouche bée.

— Un cimetière ? Mais pourquoi ?

— Tu verras.

Valérie n'aurait jamais pensé remettre les pieds dans le cimetière de la ville. Ce lieu était une curiosité touristique, car nombre de célébrités y étaient enterrées. Et l'endroit paraissait encore plus irréel au soleil couchant.

La jeune femme longea des sentiers défoncés, Jordan sur ses talons. Ils passèrent devant des caveaux tarabiscotés, en partie écroulés, découvrirent des tombes anciennes, envahies par le jasmin et le myrte.

— Marie Laveau est enterrée là, déclara-t-elle en montrant un monument funéraire sur lequel s'entassaient divers objets.

— La grande prêtresse vaudou ?

— Oui. Ses admirateurs défilent devant sa tombe à longueur de journée, et par tous les temps. Ils laissent des talismans. Ce rituel a pour eux une signification particulière.

— Qu'espèrent-ils obtenir ?

— Qui sait... la libération ?

Valérie sentit que son compagnon lui adressait un bref regard. Il ne devait plus rien comprendre, songea-t-elle. Ce qui paraissait naturel. En effet, combien de femmes entraînaient un homme dans un cimetière, en réponse à une déclaration d'amour ? Elle aurait tant aimé confier ses secrets à Jordan... Mais elle craignait de le faire fuir.

Elle ralentit le pas, chercha un endroit précis, au fond du cimetière. Puis elle reconnut le sépulcre. Il était étrange qu'elle l'eût retrouvé aussi facilement, vu qu'elle ne s'était rendue là qu'une seule fois, et de nuit.

Elle s'approcha de la pierre tombale, la gorge nouée. Du lierre avait en partie masqué le tombeau, mais l'inscription demeurait visible.

— Valérie Olivier, lut Jordan à haute voix.

Il fronça les sourcils en déchiffrant les dates.

— C'est une parente ?

— Non. C'est moi.

Il tourna lentement les yeux vers sa compagne.

— Tu as pris le nom d'une enfant décédée...

— J'avais besoin d'une nouvelle identité, et je l'ai trouvée ici. C'était immoral d'agir de la sorte. Mais j'avais des raisons de le faire. Je regrette d'avoir dû profiter de la mort d'autrui. Mais... j'étais dans une situation désespérée.

Jordan dévisageait Valérie comme s'il ne l'avait jamais vue de sa vie. Piquée, la jeune femme se redressa et lui fit face.

— Tu m'as demandé qui j'étais, Jordan. Eh bien tu le sais, maintenant ! Je m'appelle Valérie Olivier-Long, même si je ne portais pas ce nom à ma naissance.

Une calèche passa derrière les murs du cimetière. Elle écouta le bruit des sabots des chevaux sur la chaussée, et fut catapultée dans le passé. Il lui était difficile de savoir ce que pensait Jordan.

— Il aurait fallu que tu sois à ma place, à cette époque, pour comprendre, ajouta-t-elle.

Percevait-il ses regrets, son sentiment de culpabilité ?

— Et Caroline ? articula-t-il. Personne ne s'est inquiété de sa disparition ? On a recherché Amy Trent. On la recherche toujours, d'ailleurs... Pourquoi a-t-on laissé Caroline en paix ?

— Oh si, on m'a recherchée ! répondit-elle. Mais heureusement, on n'a jamais retrouvé ma trace. J'imagine ce que tu peux penser. Il n'est pas très louable d'emprunter le nom d'une petite fille morte, mais je devais commencer une nouvelle vie. Je me suis juré de ne jamais salir son nom, et je crois y être parvenue... Tu peux t'estimer heureux, Jordan, de ne t'être jamais trouvé dans une situation qui t'oblige à prendre des mesures désespérées !

— Et si tu m'en disais plus, Val ?

— Non.

Jordan considérait la jeune femme d'un air trop suspicieux pour qu'elle se confie davantage. Et puis elle lisait autre chose, sur son visage. De la déception, sans doute.

— Je ne te dirai plus rien sur mon passé, déclara-t-elle.

Le soleil avait glissé derrière l'horizon, et les ombres envahissaient peu à peu le cimetière. Jordan affichait une expression sinistre. Valérie était déprimée à l'idée d'avoir gâché ce bref moment d'intimité, de confiance. Elle se retourna, s'engagea dans l'allée.

— Juste une dernière question, lança Jordan qui la rattrapa.

Elle continua à marcher vers la sortie.

— Je ne te promets pas d'y répondre.

— Tu étais proche d'Amy, m'as-tu dit, alors tu as dû t'inquiéter, après sa disparition.

— M'inquiéter ?

— Tu ne t'es jamais demandé, comme l'a fait Kelly, ce qui était arrivé à son bébé ?

Valérie garda le silence.

Angela Leblanc jubilait, car la chance tournait en sa faveur. Elle reprenait espoir, alors qu'elle avait toujours pensé être née sous une mauvaise étoile.

La détective privée se renversa dans le fauteuil en cuir qu'elle s'était offert avec l'avance d'Emily Trent, et souffla la fumée de sa cigarette au plafond. Elle essayait de réduire sa dose quotidienne de whisky, ne buvant plus qu'à partir de quatre heures de l'après-midi. Car depuis cinq ans Angela commençait dès le matin. Or elle tirait un bénéfice certain de sa sobriété toute neuve : ses cellules grises, que l'alcool avait longtemps rendues inopérantes, lui soufflaient à présent des solutions.

Après maintes recherches et cogitations, elle avait découvert l'histoire de Janine Livaudais, une ancienne religieuse du couvent Saint-Francis. Oscar Diaz avait contribué à cette découverte, et livré nombre de renseignements essentiels sur Amy Trent. Il gardait une vive rancœur envers Amy, et s'était plu à en dresser un portrait peu flatteur. Angela avait deviné que la jeune fille s'était prostituée pour lui, avant de tomber enceinte. À en croire ce salopard, le fait qu'Amy se fût retrouvée dans cet état avait été une épreuve plus dure pour lui que pour elle !

La détective avait pensé qu'Amy avait pu s'enfuir parce qu'il la terrifiait. La question était de savoir à quel endroit aurait pu se réfugier, à La Nouvelle-Orléans, une gamine de seize ans, enceinte, sans argent, sans amis et sans famille – car elle avait coupé les ponts avec les Trent. Au couvent Saint-Francis, sans doute, vu que les nonnes de cet ordre continuaient, encore aujourd'hui, à sillonner le Vieux Carré à la recherche d'âmes égarées.

Angela s'était rendue chez les religieuses, et avait découvert l'histoire de Janine Livaudais : sœur Frank – pourquoi certaines religieuses portaient-elles des prénoms masculins ? – s'était fait un plaisir de la lui relater. À l'époque où Amy Trent avait disparu, Janine Livaudais s'était prise d'affection pour une adolescente famélique, qui cachait un bébé. Après quoi, la religieuse avait rompu ses vœux et quitté La Nouvelle-

Orléans. Avec Amy Trent, en avait déduit Angela. Elle avait ensuite retrouvé la trace de Janine Livaudais à Rose Haven, une institution de New York.

Et, ô surprise ! il s'était avéré que l'adolescente qui avait cherché de l'aide auprès de sœur Janine n'était pas Amy Trent, mais une certaine Caroline – on ignorait son nom de famille. Cette mystérieuse jeune fille n'était autre que Valérie Olivier-Long, rédactrice en chef du magazine *Panache*. Angela avait de la peine à y croire ! Elle devait avoir élevé l'enfant d'Amy. Parce que Caroline n'était pas enceinte au moment de sa disparition, selon Kelly Fontenot.

La détective privée se trouvait confrontée à un dilemme. Allait-elle annoncer tout de go à Emily Trent qu'elle avait une petite-fille ou un petit-fils en vie ? Non. Mieux valait d'abord lui soutirer de l'argent, le plus d'argent possible. Et s'attaquer ensuite à sa seconde victime, Valérie Olivier-Long. Ou bien, Angela devait-elle s'adresser en premier lieu à Valérie ? Car cette dernière avait tout à perdre, et serait disposée à payer une fortune en échange de son silence...

Elle remit la résolution de ce problème à plus tard. Dérogeant aux règles qu'elle s'était imposées, elle se servit un double whisky. Elle n'eut cependant pas le loisir d'y goûter, car le téléphone sonna.

— AB Enquêtes, répondit-elle.

— AB Enquêtes ! ricana la personne à l'autre bout du fil. Eh bien, Angela, il semblerait que les affaires reprennent !

La détective s'éclaircit la voix.

— Le tarif des consultations téléphoniques est de trois cents dollars de l'heure. Qui êtes-vous ?

— Quelqu'un d'assez malin pour ne pas te payer un centime, ni au téléphone, ni en d'autres circonstances, Angie.

— Dans ce cas, pourquoi me faire perdre mon temps ?

Son correspondant – ou sa correspondante, elle n'aurait su le dire – se mit à rire de façon méprisante.

— On raconte que tu soutires un max à la veuve Trent…

Angela bondit de son siège, folle d'inquiétude à présent.

— Qui est-ce qui vous a dit ça !

— Écoute-moi bien, espèce de bourrique ! Si tu veux rester en vie et profiter de ta future retraite, oublie Emily Trent. Et laisse Valérie Olivier-Long tranquille. Tu piges ?

La voix, au bout du fil, se fit encore plus menaçante.

— Je te le répète : ne te mêle plus de l'affaire Trent, Angela !

— Valérie comment ? s'enquit la détective, comme si elle ignorait ce nom.

— Tu as entendu ce que je t'ai dit, Angie ?

— En fait, je…

On coupa la communication. Angela raccrocha avec fracas et poussa un juron. Quelqu'un d'autre espérait profiter de son filon ! Elle se mit à arpenter le bureau, folle de rage. Elle se reprocha de n'avoir pas enregistré la conversation téléphonique.

Ainsi, quelqu'un avait découvert qu'il y avait de l'argent à gagner dans cette histoire. Beaucoup d'argent…

Angela saurait s'arranger de cet imprévu. Elle changerait de tactique. Peut-être retournerait-elle voir Emily, et s'assurerait-elle qu'on n'était pas en train de la harceler.

Elle se saisit de son verre de whisky, le but d'une seule traite, puis s'affala dans son fauteuil ergonomique en cuir. Après quoi elle s'alluma une cigarette, et réfléchit à la meilleure façon de tirer son épingle du jeu.

18

Valérie était accoudée au balcon de sa chambre. On avait dressé des tables dans la cour intérieure de l'hôtel. Deux sexagénaires, vêtues de pantalons à pattes d'éléphant et de chemises hawaïennes, firent signe au serveur qu'elles désiraient reprendre la même chose – leur consommation était servie dans un demi-ananas frais. À une autre table, un homme seul lisait son journal, un cocktail à portée de main. Il marquait le rythme de la musique avec son pied, tandis qu'un orchestre de jazz jouait divers standards, à l'ombre d'un bananier. À quelques mètres de là, assis face à face, un jeune homme et une jeune fille d'une vingtaine d'années s'embrassaient, tout en se tenant les mains. Elle avait ôté ses sandales, et posé ses pieds sur ceux du garçon. Des jeunes mariés, en déduisit Valérie, qui pensa aussitôt à Sara et Charlie. Elle se sentit soulagée à l'idée que ce dernier veillât sur sa fille.

Elle entendit Jordan refermer le minibar. Il l'avait emmenée dîner, mais elle avait à peine touché à sa nourriture. L'épisode du cimetière, qui aurait dû les rapprocher, n'avait pas eu l'effet escompté, se dit-elle avec amertume.

— Tu as réussi à louer la chambre mitoyenne avec celle-ci, remarqua-t-elle. Aussi, ne te sens pas obligé de rester.

— Je ne vais pas te lâcher, Valérie ! Je crois que tu as tendance à mésestimer Diaz. Or il n'a qu'une envie : que tu quittes La Nouvelle-Orléans, et il est prêt à tout pour te convaincre de partir, d'après moi. À quelle heure est ton avion, demain ?

— J'ai pris un billet open. Je ne savais pas combien de temps j'allais rester... Et toi ?

— Je n'ai pas de réservation non plus.

Il s'assit sur une chaise, but une gorgée de son verre.

— Il faut encore que nous voyions Angela Leblanc, déclara-t-il.

— Tu n'as pas à voir qui que ce soit, Jordan. C'est mon problème, pas le tien. Je...

— N'insiste pas, Val, l'interrompit-il. Je ne sais pas ce qui se passe, mais s'il devait t'arriver malheur parce que j'aurais accepté de te laisser seule, je ne me le pardonnerais jamais !

Il but une nouvelle gorgée.

— Je commence à te connaître. J'aurais à peine le dos tourné, que tu te précipiterais chez cette femme !

— À t'entendre, on pourrait croire que je suis une ingrate, déclara Valérie. Je sais que je t'ai choqué en t'apprenant l'origine de mon nom. Et que mon passé de droguée te dégoûte. Tu dois t'interroger sur mon sens moral, te demander comment j'ai survécu dans la rue...

Jordan se leva de sa chaise et se dirigea vers le balcon. Il s'accouda à la rambarde, termina son verre. L'orchestre, en contrebas, jouait un air de blues. Mais il n'y paraissait pas sensible : il toisait Valérie d'un air peu amène.

— Je comprends, assura-t-elle d'une voix triste. Tu préférerais ne jamais avoir entendu parler de moi, mais ta nature chevaleresque t'oblige à intervenir. Je te répète que tu n'as pas à...

Elle se tut comme Jordan revenait dans la chambre au pas de charge, claquant la porte-fenêtre derrière lui.

— Arrête ! Tu veux bien ?

Il était furieux. Ou plutôt à bout de patience. La jeune femme porta une main à sa gorge.

— Qu'est-ce que...

— Tu ne comprends rien, Valérie ! lâcha-t-il d'une voix rauque. Tu m'en dis juste assez sur toi pour m'affoler et m'intriguer tout à la fois, et tu prétends savoir ce que je pense ? Et là-dessus tu me conseilles, d'un ton parfaitement détaché, de me laver les mains de cette histoire !

— Je... Ce n'est pas ce que j'ai dit.

— Mais c'est ce que tu pensais !

Valérie se détourna et serra ses bras autour d'elle, prise au piège. Elle ne pouvait quitter l'hôtel, car elle redoutait les foudres d'Oscar. Par ailleurs, elle craignait de rester avec Jordan Case, même si son attirance pour lui n'avait fait que grandir, ces dernières semaines. D'autant plus qu'il ne se décourageait pas, alors qu'il aurait eu tous les motifs de fuir.

— Tourne-toi et regarde-moi, bon Dieu ! cracha-t-il.

Il avait les bras tendus le long du corps, les poings serrés.

— Je ne te juge pas, Valérie, j'essaie de découvrir qui tu es, et j'y mets du cœur, tu ne peux pas me retirer ça ! Je ne parle pas de ton nom. Caroline ou Valérie, quelle importance ? C'est la suite qui m'intéresse. Tu te rends compte que j'ai l'intention de te faire l'amour cette nuit, et que je ne sais presque rien de toi ? Et puis, tu as vu dans quel état tu me mets ? Non seulement j'ignore à qui j'ai affaire, mais en plus, je ne me reconnais pas ! Tu voudrais entamer une relation avec quelqu'un dans ces conditions, toi ?

Durant de longues secondes, Valérie garda le silence.

— Moi je le veux, oui, murmura-t-elle enfin. Si tu es d'accord...

Jordan plissa les yeux.

— Tu es sérieuse ?

— Ce pourrait être...

Il n'attendit pas que la jeune femme précise sa pensée : il l'attrapa par les bras, écrasa sa bouche sur la sienne et l'embrassa passionnément. Il y avait quelque chose de sombre dans son désir, de sauvage. Le cœur de Valérie battit la chamade, tandis que Jordan arrachait les vêtements qui le séparaient de sa proie.

Elle n'eut pas le temps de se demander s'il se montrait habituellement plus raffiné, et d'ailleurs elle n'en avait cure. Elle se pendit à son cou, se colla à lui, folle de désir.

Il interrompit leur baiser, prit son visage entre ses mains.

— Tu ferais mieux de m'arrêter tout de suite, chérie, si c'est ce que tu souhaites, parce que dans trente secondes il sera trop tard !

Il était déjà trop tard. Jordan s'appropria à nouveau sa bouche. Valérie était à bout de souffle, cependant qu'il finissait de la déshabiller avec fébrilité et la poussait vers le lit. Elle se retrouva étendue sur le dos, nue, le visage empourpré. Il se dévêtit à la hâte.

— Mais qu'est-ce qui nous a pris, Jordan ? C'est complètement fou !

Il la couva d'un regard lascif, puis se coucha sur elle.

— Non, ma chérie. C'est la chose la plus sensée que nous ayons faite depuis que nous nous connaissons !

Il l'embrassa dans le cou, lui lécha les seins, le ventre, le nombril, puis s'aventura plus avant.

Valérie cria son nom, puis se mit à geindre, ce qui ne fit que redoubler les ardeurs de son compagnon. Jordan voyait qu'elle avait perdu toute retenue, toute modération, ce qui lui procurait une merveilleuse sensation de puissance.

La jeune femme se cambra vers lui, tremblant de plaisir. Elle eut un premier orgasme d'une extrême violence. Son amant enfouit le visage contre son ventre, alors qu'elle reprenait peu à peu son souffle.

Ensuite il se redressa, empoigna ses hanches, les souleva. Il guetta sa réaction comme il s'enfonçait en elle. Valérie ouvrit grands les yeux, tandis qu'il ressentait un plaisir intense. Elle se resserra instinctivement autour de lui, l'attirant plus profondément en elle. Jordan émit un bruit animal. Les amants s'agrippèrent l'un à l'autre, adoptèrent un rythme effréné. Elle sentit la jouissance monter, feula, cria, puis sanglota entre les bras de son compagnon. Jordan l'étreignit, pressant son visage contre sa gorge, avant de s'abandonner au déferlement de volupté.

— Nous n'avons pas utilisé de préservatif.

— Je sais, dit Jordan, qui avait roulé sur le dos et contemplait le plafond de la chambre. C'est de ma faute. Je... Généralement, je maîtrise mieux la situation. Je ne sais pas ce qui s'est passé... En fait si, je le sais. Cela fait des semaines que j'ai envie de toi !

Il se tourna vers Valérie. Elle était couchée sur le côté, sa tête reposant sur son bras replié, et elle le regardait. Elle avait remonté le drap jusque sous son menton, pudique. Dommage, se dit-il. Il aurait aimé se repaître du spectacle de ses courbes sensuelles.

— J'ai un peu brusqué les choses, n'est-ce pas ?

La jeune femme jeta un coup d'œil au radio-réveil.

— Cela n'a pas pris bien longtemps, effectivement, se moqua-t-elle.

Jordan soupira, puis il s'assit au bord du lit.

— Je me suis conduit comme un malappris. Je m'excuse, Valérie. Dis-moi que ce n'est pas une période critique de ton cycle...

— À vrai dire, je n'en suis pas sûre. Il faudra qu'on attende pour savoir.

— Je suis vraiment désolé !

— Nous sommes deux à partager cette responsabilité, Jordan. Et puis je plaisantais, au sujet de ta brusquerie.

Il se détendit un peu.

— Je ne respecte même pas les conseils que je donne à mon fils...

— Oh, mais je suis sûre que tu te conduis de façon adulte. La plupart du temps.

Jordan se retourna, la regarda.

— Oui.

Puis il poussa un juron.

— Je m'exprime mal. On dirait que je collectionne les aventures ! Ce qui n'est pas du tout le cas. J'ai quarante-deux ans, Valérie. Or cela fait des années que je n'ai pas eu une liaison sérieuse. Je suis très difficile à cet égard.

— Ah oui, vraiment ?

Il émit un profond soupir.

— Excuse-moi. J'essaie de me rattraper et j'aggrave mon cas ! Je me conduis comme un goujat. Je devrais m'occuper de toi, or je te parle de ma vie sexuelle ! Tu dois me reprocher ma précipitation. Mais j'avais perdu tout contrôle...

— J'en avais autant envie que toi, Jordan.

Il se pencha vers elle.

— Je n'aurais pas parié là-dessus.

— Pourquoi ? J'ai manqué de répondant ?

— Oh non ! Non, pas du tout. Mais tu m'as semblé... J'ai eu l'impression que tu étais plutôt inexpérimentée. Alors que tu as, quoi ? trente-huit ans. Que tu as été mariée, que tu as eu un enfant...

— En dehors des liens du mariage, lui rappela-t-elle avec ironie.

— ... et que tu as une liaison avec ce type, le docteur, euh...

— Coulter. Wayne Coulter.

— Oui. J'imagine qu'ensemble, vous ne faites pas...

— Des choses aussi folles ? le coupa Valérie.

— Aussi passionnées.

— Wayne et moi avons conservé des relations platoniques, Jordan.

— Mais pourquoi ? demanda-t-il, curieux. Il est homo, ou quoi ?

— Je n'en avais pas envie, c'est tout.

Étrange, songea Jordan.

— Et M. Long, ton ex ?

— Andrew ?

La jeune femme se redressa, maintenant le drap contre sa poitrine.

— Il n'a jamais eu beaucoup d'imagination, si ce n'est en matière d'investissements, bien sûr...

Elle se pencha vers le sol, tenta de ramasser sa chemise. Elle n'y parvint pas, car le vêtement se trouvait trop loin du lit. Comme elle se rallongeait, Jordan sourit. Il avait entr'aperçu son joli derrière. Il s'étonna du fait qu'elle se montrât prude avec lui, alors qu'il avait embrassé son corps entier et l'avait prise avec fougue.

— Un gentleman se lèverait, et me donnerait cette chemise...

— Désolé. Tu aurais dû me le demander.

Il bondit hors du lit, totalement nu, s'interrogeant sur la façon dont elle allait réagir. Elle lui lança un regard à la dérobée, puis détourna les yeux et rougit.

— Tu ne te rhabilles pas ? s'enquit-elle.

— Tout à l'heure.

Jordan lui tendit la chemise, amusé à l'idée qu'elle allait devoir baisser le drap pour l'enfiler. Il gloussa comme elle glissait gauchement ses bras dans les manches, et se pencha pour embrasser sa nuque. La jeune femme frémit. Il l'attira contre lui. Elle devint lascive, tandis qu'il lui léchait l'oreille. Elle sentait bon, elle était délicieusement chaude...

— Je suis désolé d'avoir été bref la première fois, chérie, mais j'ai toute la nuit pour arranger ça...

Valérie passa un bras autour de son cou, colla son visage contre sa poitrine. Dans le grand miroir, face au lit, il aperçut le tableau qu'ils formaient, ainsi enlacés. Il ressentit une vive excitation à la vue de la jeune femme presque nue, sa chemise ouverte, ses seins pointés vers lui. Et ses grandes mains bronzées sur la peau si blanche de sa compagne...

— C'est bizarre, Jordan, souffla-t-elle. Je n'ai jamais rien fait d'aussi...

Le téléphone sonna. Il poussa un juron, déposa un baiser appuyé sur sa bouche.

— C'est ta chambre, chérie. C'est à toi de répondre.

Encore étourdie par le désir, elle décrocha le combiné.

— Allô ?

— Salut, Caroline. Tu apprécies de revoir La Nouvelle-Orléans ?

Elle reconnut aussitôt la voix.

— Comment m'avez-vous trouvée ? Qu'est-ce que vous voulez ?

Jordan, qui enfilait son pantalon, leva la tête, en alerte.

— Qui est-ce ?

Valérie lui fit comprendre qu'il s'agissait de la personne qui la traquait. Il s'approcha, colla son oreille contre l'écouteur.

— Ah, ah, tu as de la compagnie, Caroline... Qui est-ce ? Jordan Case ? Pas Oscar, hein ? Je ne te vois pas au lit avec Oscar, mais qui sait ? Les gens changent...

La voix, au bout du fil, se fit dure :

— Mais il y a des choses qui ne changent jamais, n'est-ce pas, Caroline ?

— Qu'est-ce que vous me voulez ? cria la jeune femme, hystérique.

Jordan lui entoura la taille d'un bras protecteur.

— Que tu rembourses ta dette, salope ! Combien de fois faudra-t-il que je te le répète ?

Valérie s'efforça au calme. Elle s'appuya contre Jordan, dont le contact la rassura, et prit une profonde inspiration.

— On peut se rencontrer ? Ne serait-il pas mieux que vous me racontiez tout de vive voix ? Que vous me disiez de quoi il s'agit ?

— Question idiote, Caroline. Il s'agit d'Amy, bien sûr.

— Mais Amy est morte ! Que puis-je y faire ?

Il y eut un bruit d'aspiration, comme si l'on tirait sur une cigarette.

— Tu le sauras le moment venu. Mais pas avant que j'aie accompli ma tâche.

— Quelle tâche ?

Silence. Valérie comprit qu'elle n'obtiendrait rien de plus.

— Qui êtes-vous ? insista-t-elle.

— Le fantôme d'Amy.

Il y eut un rire diabolique.

— Oui, c'est tout à fait ça. Pense à moi comme au fantôme d'Amy !

Là-dessus, la communication fut coupée.

19

Jordan et Valérie se rendirent à l'aéroport le lendemain midi, espérant trouver deux places sur un vol pour New York.

— Tu crois que nous avons des chances ? s'enquit la jeune femme, tandis qu'ils consultaient le tableau des départs.

— Ce n'est pas un lundi, ni un vendredi, ni une période de vacances. Alors oui, je pense que nous aurons des places sur le prochain vol. Il ne sera peut-être pas direct, mais nous arriverons à New York à temps pour que tu passes au journal, et que tu convoques tout le monde à une réunion, demain. J'y assisterai, afin de m'assurer que tu maîtrises la situation.

Valérie allait protester, mais elle comprit que Jordan la taquinait.

— Heureusement que tu plaisantes ! s'exclama-t-elle en lui donnant un coup d'épaule.

Ils se tenaient la main depuis qu'ils étaient descendus de la navette qui les avait déposés à l'aéroport. En fait, cela faisait vingt-quatre heures qu'ils ne se quittaient plus.

Ils s'assirent dans la salle d'embarquement, et observèrent les voyageurs autour d'eux. Valérie se sentait totalement étrangère à cette foule, mais en osmose avec Jordan – elle devinait qu'il éprouvait les mêmes sentiments. Car elle était amoureuse, ce qui lui paraissait incroyable ! Cependant, elle ne pourrait lui faire l'aveu de sa passion – même si elle l'espérait partagée – tant qu'elle ne lui aurait pas confié tous les détails macabres concernant son passé.

La jeune femme lâcha sa main à regret, pour consulter les messages sur son téléphone portable. Il y en avait peu. Elle n'était pas impatiente de reprendre son travail. Et cela, bien qu'elle eût quitté New York depuis trois jours. Était-ce dû au fait qu'elle éprouvait une attirance extraordinaire pour Jordan, ou craignait-elle d'être traquée à nouveau par son persécuteur ?

— Regrettes-tu que nous n'ayons pu voir Angela Leblanc ? s'enquit Jordan.

Ils s'étaient rendus chez la détective dans la matinée, mais ils n'avaient trouvé personne. L'appartement d'Angela lui servait à la fois d'habitation et de bureau. Une vieille voisine avait ouvert sa porte, et déclaré qu'Angela se trouvait actuellement dans le nord du pays, et qu'elle travaillait pour un gros client.

Ne voyant aucune raison de s'attarder à La Nouvelle-Orléans, Valérie et Jordan avaient téléphoné à la compagnie aérienne, et attendaient à présent qu'on leur octroie deux places sur un avion à destination de New York.

— Tu crois que ça pourrait être Angela ? demanda Valérie, tout en observant une jeune mère qui courait après un bambin.

— La personne qui te traque ?

Jordan avait sorti son téléphone portable. Il appuyait sur diverses touches, afin de vérifier ses messages.

— C'est possible, mais cela m'étonnerait, conclut-il.

— Pourquoi ?

— Angela s'intéresse de près à l'affaire Trent, et son client doit être Emily Trent. Cela dit, elle ne l'aura contactée qu'après la parution de l'article dans le *Picayune*. Il est probable que la personne qui te traque ait tué Janine. Or Angela est trop finaude pour commettre un acte aussi insensé.

Jordan porta le téléphone à son oreille, écouta ses messages.

— Quel serait son mobile ? reprit-il au bout de deux minutes.

— Je suis la dernière personne qui pourrait le savoir, répliqua Valérie, l'air songeur. Et Oscar ?

— Il est assez ignoble pour cela, admit Jordan en remettant son téléphone dans sa poche. Et il a joué un rôle dans l'histoire. Mais il est du genre à confier ses sales besognes à d'autres.

— Pas lorsqu'il s'agit de moi, remarqua Valérie.

— Certes, et j'entends bien lui faire payer cela. Il reste encore un certain nombre de choses à régler. Il faudrait déjà trouver l'identité de l'assassin.

— Cela veut-il dire que nous allons revenir à La Nouvelle-Orléans ?

Jordan accrocha le regard de l'hôtesse, qui se tenait derrière le comptoir d'embarquement.

— Tu ne pourras pas vivre normalement tant que ce cinglé rôdera autour de toi, Val. Penses-y. C'est une menace d'une extrême gravité. Il est possible qu'il en veuille à ta vie. Et puis, Sara est probablement en danger.

— Qu'aurions-nous pu faire de plus, d'après toi ?

— Nous aurions pu aller voir les flics. Mais c'était trop risqué. Tu es la dernière personne à avoir vu Amy vivante. Ils t'auraient interrogée.

Jordan serra sa main dans la sienne.

— Ne t'inquiète pas, chérie. Je ne trahirai pas ton secret. Mais moi, par contre, je peux me renseigner. D'autant plus que je travaille dans les médias. Je demanderai à consulter le dossier de l'affaire Trent.

Il hocha la tête à l'adresse de l'hôtesse, quitta son siège, puis aida Valérie à se lever.

— Viens. Il semble qu'ils aient de la place pour nous sur ce vol.

Tous les fauteuils de première classe étant occupés, on leur proposa deux places à l'arrière de l'appareil. Jordan laissa sa compagne s'installer près du hublot, et elle lui confia son sac de voyage. Il ouvrit plusieurs caissons, qui malheureusement étaient tous pleins. Il s'éloigna vers l'avant de l'appareil, à la recherche d'un espace libre dans lequel glisser le bagage.

Une hôtesse fit signe à la jeune femme d'attacher sa ceinture, puis lui offrit un magazine. Valérie accepta la revue, tout en réprimant un rire, car il s'agissait du dernier numéro de *Panache*.

Deux minutes plus tard, elle releva les yeux du mensuel, intriguée par le fait que Jordan n'eût pas reparu. Les moteurs de l'avion vrombirent ; l'appareil se préparait à avancer sur la piste. Elle défit sa ceinture, se leva de son siège. Pas de Jordan en vue. Le pilote s'adressait au personnel de bord, le priant d'effectuer les derniers préparatifs avant le décollage.

— Votre ceinture, madame, dit une autre hôtesse. Vous devez l'attacher !

— Qu'est-il arrivé à mon ami ?

— Je vous demande pardon ?

— Le monsieur qui m'accompagne. Il cherchait un endroit où placer mon bagage à main. Où est-il ? Nous allons bientôt décoller, n'est-ce pas ?

— Oui, et je vous prie d'attacher votre ceinture de sécurité.

Valérie s'exécuta.

— Et mon ami ? Est-il aux toilettes ?

— Oh, je me souviens de lui, déclara l'hôtesse avec un léger haussement d'épaules. Il a dit qu'il avait reçu un coup de téléphone urgent, et il a pu quitter l'appareil in extremis.

— Il est *parti* ? s'exclama Valérie, incrédule.

— Je le crains, oui.

L'hôtesse s'éloigna, puis s'assit sur un strapontin comme l'avion s'apprêtait à décoller.

Jordan l'avait quittée ! Il avait inventé un prétexte pour ne pas s'asseoir immédiatement, puis s'était éclipsé au dernier moment, afin que Valérie ne pût le suivre. Et sans doute pensait-il avoir agi pour son bien. À l'heure qu'il était, il louait probablement une voiture, décidé à enquêter sur son passé. La jeune femme avait baissé sa garde, comme une idiote, et à présent elle risquait de le perdre...

— C'est génial comme revue, vous ne trouvez pas ?

— Excusez-moi... ?

La passagère assise de l'autre côté de la travée la regardait en souriant.

— *Panache*. Vous n'aimez pas ce magazine ?

Valérie réussit à adresser un sourire poli à son interlocutrice.

— Si, mais tenez ! J'ai fini de le lire.

Jordan détonnait dans le quartier d'Algiers, avec sa Mercedes de location. Trois heures après avoir quitté l'aéroport, il se retrouva enfin face à Oscar Diaz, cela grâce aux gamins qui l'avaient renseigné sur les activités du proxénète, le jour où il était venu avec Valérie. Les enfants l'avaient repéré alors qu'il roulait au ralenti sous les fenêtres d'Oscar, et avaient proposé de l'appeler sur son téléphone portable quand ce dernier serait rentré. Cela pour cent dollars – dont cinquante d'avance. Lorsque Jordan avait payé, les garçons lui avaient demandé cent dollars de plus pour surveiller sa voiture, tandis qu'il s'entretiendrait avec Diaz. Cette fois-ci, Jordan avait marchandé, et réussi à ne leur donner que vingt dollars chacun.

— Qu'est-ce que tu veux, mec ? cracha Oscar en ouvrant sa porte.

Le proxénète portait une chemise en satin beige sur un pantalon en cuir noir moulant, et un diamant à l'oreille droite.

— Oscar Diaz ?

— Qui le demande ?

— Je suis un ami de Caroline.

Diaz ne sembla pas le reconnaître. L'homme n'avait donc pas suivi Valérie, vu que Jordan n'avait plus quitté la jeune femme d'une semelle depuis son agression.

Oscar parcourut la rue du regard, repéra la voiture de location haut de gamme. Il s'avança sur le seuil de l'appartement et posa les mains sur ses hanches, écartant les pans de sa chemise. Ainsi son visiteur put-il voir la crosse du pistolet glissé sous sa ceinture.

— Comment tu m'as trouvé, mec ?

— Votre conseiller pénitentiaire s'est montré très coopératif, mentit l'ancien journaliste, sachant qu'un homme en liberté surveillée n'était pas censé être armé.

Cependant, la possession illégale d'armes à feu n'était qu'une broutille, pour un criminel de son acabit. Jordan le savait, mais il tenait avant tout à détourner son attention des gamins. Il préférait ne pas imaginer de quelle façon le proxénète pouvait punir un indicateur, même âgé de douze ans. Oscar était manifestement d'une grande force physique, si l'on en jugeait par les ecchymoses qu'il avait laissées sur le visage de Valérie.

— Vous êtes le mec de New York ?

— Oui, je suis de New York.

Espèce d'ordure, pensa Jordan.

— Caroline et vous êtes très liés, pas vrai ?

— Nous sommes amis.

— Plus qu'amis, mec, ça se voit.

Oscar feignit d'examiner ses ongles.

— L'amour, c'est mon business, mec. Tu vois ce que je veux dire ?

— La prostitution ?

Oscar sourit.

— J'ai l'impression que le passé de notre chère Caroline te pose un problème. Mais elle est forte, on ne peut pas lui enlever ça. Elle a fui la ville, s'est inventé une famille. Tu imagines, mec ? Elle a suivi des études, afin de faire carrière dans le journalisme. Et enfin, comme si cela ne suffisait pas, elle a changé de nom !

Le proxénète parlait d'une voix aimable, mais son regard froid démentait le ton de son discours.

— Voilà une nana qui en a, mec.

Jordan posa les yeux sur le petit diamant, fiché dans le lobe d'oreille de Diaz, en songeant combien il aurait aimé le lui arracher.

— Elle a fait preuve d'un courage extraordinaire pour échapper à cette vie, approuva-t-il.

Le maquereau croisa les bras sur sa poitrine d'athlète.

— Nous avons toujours eu un problème à cet égard, Caroline et moi. Elle a jamais su rester à sa place, mec.

— Ce qui veut dire ?

— Elle était indomptable. Et elle aurait volé au secours de n'importe quelle âme égarée. Elle me causait des tas d'ennuis.

— Je ne vois pas en quoi le fait d'aider les autres peut être ennuyeux.

— Dans la mesure où cela gênait mon commerce, c'était très agaçant, mec. Autrement, elle était bien comme les autres : toujours prête à se défoncer !

Oscar Diaz lui lança un regard acéré, puis reporta son attention sur ses ongles.

— Il y a une chose qu'elle faisait très bien, c'était vendre de la came. J'ai été furieux de la perdre. Elle me rapportait gros. Quand elle a filé, Caroline m'était redevable...

Jordan glissa les mains dans les poches de son jean, afin de résister à l'envie de saisir ce sale type au collet.

— Vous avez attendu longtemps avant de lui réclamer sa dette, remarqua-t-il.

Oscar sourit.

— Ah, tu veux parler de notre rencontre à l'hôtel ? C'est pour cela que tu es venu, mec ? Pour me demander des comptes ?

L'idée semblait l'amuser. Il ajouta :

— Ça m'a déplu qu'on m'interrompe à ce moment-là, tu vois ce que je veux dire ?

Il fallait qu'une fugueuse fût vraiment désespérée, pour rechercher l'aide d'un homme comme Diaz, pensa Jordan. Avait-il des relations sexuelles avec chacune des pauvres jeunes filles qui se retrouvaient sous sa coupe ? Amy Trent avait dû subir ses assauts, à l'évidence, mais cela avait-il également été le cas de Valérie ? Cet être ignoble était-il le père de Sara ? À cette idée, Jordan ressentit une bouffée de haine.

— Vous lui avez fait vraiment peur, siffla-t-il entre ses dents.

— Elle ne sait pas ce qu'est la peur, mec. Cette petite visite était presque sympathique.

— Que croyez-vous qu'elle vous doive ?

Les yeux noirs d'Oscar se firent cruels.

— Caroline avait pour habitude de semer la zizanie. Elle montait mes filles contre moi.

Le proxénète cracha sur les marches, manquant le pied de Jordan d'un millimètre.

— Eh, mec, elle aurait fini par créer un syndicat !
— Aussi, le fait de la violer était une façon de rétablir l'équilibre ?
— Elle t'a dit que je l'avais violée ?
— Elle m'a dit que vous aviez essayé.
— Mais je l'ai épargnée.
— Votre grandeur d'âme m'impressionne, Oscar.
— Je ne cherche pas à t'impressionner, mec.
Diaz s'interrompit quelques instants.
— Quant à Caroline, nous savons tous les deux qui elle est.
Jordan détourna les yeux. Le maquereau était armé : inutile de jouer les justiciers.
— Parlons un peu d'Amy Trent, dit-il.
Oscar émit un grognement dégoûté.
— C'est du passé, mec.
— D'accord, mais Caroline n'est pas responsable de sa disparition, n'est-ce pas ?
— C'est ce qu'elle t'a dit ?
— C'est ce que je vous demande, Oscar. Elle s'était liée d'amitié avec la jeune fille, mais personne ne semble savoir ce qu'il est advenu d'Amy. Elle a disparu subitement, paraît-il.
— Si Caroline t'a parlé d'Amy, alors tu sais qu'elle est responsable de sa mort.
— Vous l'accusez d'avoir une part de responsabilité dans le décès d'Amy ? s'exclama Jordan, médusé.
— Je dis que leur fameuse amitié n'était que du vent, mec. Ta chérie a regardé Amy mourir, et elle n'a rien fait pour la sauver. Mais elle ne s'en est pas vantée auprès de toi, j'imagine.
— C'est une accusation grave, Oscar. En avez-vous parlé à la police, ou à quiconque ?
Le proxénète ricana.
— Pour m'attirer des ennuis ? Tu divagues !
— Il y a autre chose dont personne ne semble vouloir parler, dit Jordan comme Diaz reculait vers sa porte, prêt à interrompre la conversation. Qu'est-il advenu du bébé d'Amy ?
Oscar le dévisagea, narquois.

— Toi qui es si proche de Caroline, mec, pourquoi tu lui demandes pas ?

Oscar rentra chez lui, referma sa porte. Quelqu'un avait écouté la conversation, depuis la cuisine. Le proxénète regarda Jordan monter dans sa Mercedes de location.

— J'espère que l'un de ces petits salopards lui aura crevé ses pneus, grommela-t-il. Après lui avoir soutiré cent dollars pour surveiller sa voiture !

Mais Jordan démarra, et disparut.

— Tu as conscience de ce qui vient de se passer, Oscar ? lui reprocha-t-on d'une voix méprisante.

— Qu'est-ce que tu racontes ? grogna-t-il.

Le proxénète retira le pistolet qu'il portait à la ceinture, le posa sur la table de la cuisine.

— Jordan Case vient te soutirer des informations, et tu lui parles !

— Et alors ? fit Oscar en haussant les épaules. Il sera obligé de se taire, sinon Caroline peut dire adieu à sa vie de privilégiée. Et puis il couche avec elle. Aussi doit-il en savoir plus que moi.

La personne parut songeuse.

— Je n'en jurerais pas. Caroline est quelqu'un de très secret. Même si elle l'a pris comme amant – et rien ne le prouve, pour le moment –, il est peu probable qu'elle lui avoue sa véritable identité.

— Et alors ? répéta Oscar. La situation est bloquée : elle est obligée de vivre dans le mensonge, et lui est obligé de la croire.

— Il va continuer à creuser, Oscar. Je le connais.

Diaz prit la mouche.

— On a intérêt à garder un profil bas quelque temps. Si tu fais quoi que ce soit pour l'effrayer avant que l'argent soit rentré, tu vas te retrouver au fond du bayou, avec une grosse pierre au cou. Est-ce que je me fais bien comprendre ?

— Oui, Oscar.

Le maquereau alla chercher une bière dans le réfrigérateur.

— Je ne sais pas si, toi, tu me comprends, lui dit-on. Moi, par contre, je t'ai toujours compris.

— Arrête ces conneries, marmonna Diaz en levant les yeux au ciel.

Le proxénète poussa un juron, tout en écartant diverses denrées sur les clayettes du réfrigérateur.

— Où sont passées les six bières que j'ai mises au frais hier soir ? beugla-t-il. Tu exagères, tu...

Oscar fit volte-face, vit le pistolet qu'on braquait sur lui.

— Mais qu'est-ce que tu...

La première balle lui troua la gorge et fit exploser les vertèbres cervicales, le tuant sur le coup. Une seconde balle, tirée entre les deux yeux, pulvérisa l'arrière de son crâne.

L'assassin effaça méthodiquement les empreintes digitales sur l'arme, puis sur diverses surfaces. Il sortit, sans la moindre émotion, et referma la porte au moyen d'un mouchoir, afin de ne laisser aucun indice.

20

— Alors, comment était ce voyage ? s'enquit Éric, qui posa une tasse de café fumant sur le bureau de Valérie. Il se dirigea ensuite vers une table basse, sur laquelle trônait une composition florale du plus bel effet.

— J'imagine que Jordan a réussi à… euh… entrer en contact avec toi, quand il est arrivé à La Nouvelle-Orléans ?

La rédactrice en chef de *Panache* lança un regard noir à son assistant, tout en laissant tomber des comprimés de saccharine dans son café.

— Je suis contente que tu évoques la question, Éric. C'est la première chose dont j'avais l'intention de te parler, ce matin.

— Je croyais que la conférence de rédaction était ta priorité…

— Cela vient en deuxième position. Mon voyage était une affaire privée, qui ne regardait personne d'autre !

Éric parut inquiet. Il serra son bloc de sténo contre sa poitrine, puis s'assit à l'extrême bord d'un siège, les genoux serrés.

— Je t'écoute, Valérie.

La jeune femme soupira, se faisant l'effet de maltraiter un chiot sans défense.

— Quand je t'ai dit que ma destination était secrète, Éric, j'entendais que personne ne soit mis dans la confidence, pas même Jordan… Mais je vais essayer de comprendre pourquoi tu as mal interprété mes instructions. Me suis-je montrée trop vague ?

— Pas exactement, mais…

— Ou trop exigeante ?

— Euh…

— Ou t'es-tu laissé séduire par un homme prêt à tout pour parvenir à ses fins ?

— Eh bien, tu connais mes faiblesses, Val, geignit l'assistant, dont les frêles épaules se haussèrent imperceptiblement.

— Tu exagères ! tonna Valérie, qui reposa sa tasse de café avec fureur, éclaboussant son bureau. Ce voyage était censé rester confidentiel !

Éric bondit de sa chaise, se mit à éponger le café. Valérie souleva son agenda avant que le liquide ne le tache.

— Si je ne peux pas compter sur toi pour respecter mes instructions, peut-être ferais-je mieux de chercher un assistant fiable.

— Tu veux dire que tu me renverrais ?

— Parfaitement !

Le dessus du bureau étant nettoyé, Éric se laissa retomber sur son siège.

— C'est ce que Jordan m'a menacé de faire, remarqua-t-il.

— Et tu l'as cru ?

— Eh bien, fit le jeune homme en lui jetant un coup d'œil furtif. Je l'ai cru à peu près autant que je te crois…

Elle se rembrunit.

— Qu'entends-tu par là, exactement ?

Il soupira.

— C'est une discussion sans objet que nous avons là, Valérie. Tu sais bien que je donnerais ma vie pour toi ! J'irais en prison à ta place. Je mentirais, je volerais, si tu me le demandais ! Je…

— Oh, Éric, je t'en prie, l'interrompit-elle sèchement. Mais est-ce que tu t'opposerais à Jordan pour respecter ma volonté ?

Éric sourit.

— Là, c'est un peu trop demander, avoua-t-il.

Il rit en voyant son expression de dépit.

— Ce serait trop dur. Mets-toi à ma place. Il est tellement sexy, Val ! Je le dévorerais tout cru s'il me laissait faire, tu vois ce que je veux dire ?

La jeune femme voyait, oui. Elle n'avait toutefois pas pardonné à Jordan de s'être éclipsé comme un voleur. Elle pivota dans son fauteuil, contempla les arums qu'on avait livrés le matin même. La carte était signée d'un simple « J ». Une façon pour Jordan de lui présenter ses excuses, sans doute. Mais elle n'allait pas se laisser amadouer. Non seulement son amant n'était pas rentré à New York, mais il s'était abstenu de lui répondre, chaque fois qu'elle avait tenté de le joindre sur son téléphone portable.

— Il a appelé ce matin.

Valérie considéra son assistant, bouche bée.

— Quoi, ici ? Il t'a téléphoné ? Quand ça ? Qu'a-t-il dit ?

— Mon Dieu, que de passion ! commenta Éric. Il voulait s'assurer que tu allais bien. Il a téléphoné au service de sécurité de ton immeuble, hier soir, en exigeant qu'on poste un agent à ton étage. Il a procédé de même avec l'agence de surveillance du journal. Il...

— Il t'a raconté tout cela ?

— Il s'inquiète pour toi, Val. À propos de sécurité, cet imbécile de Ted Carpenter est revenu. Il voulait absolument te parler.

La jeune femme poussa un profond soupir.

— Cet homme est dangereux. Je n'ai rien à lui dire.

— Tu as raison, acquiesça Éric qui frissonna malgré lui. Il menace toujours de faire un procès.

— Laissons-le mariner dans son jus. Je suis convaincue qu'il a tué sa femme, sur cette piste de ski.

Valérie consulta son planning. Elle avait des rendez-vous toute la journée. Ce qu'elle jugeait préférable, vu qu'elle s'exposait ensuite à rentrer, seule, dans un appartement vide.

— Il a dit quand il allait revenir ?

— Jordan ?

Éric jouait de nouveau avec les fleurs.

— Il est resté vague, mais courage, Val : un homme qui envoie de telles fleurs à une femme ne risque pas de la laisser longtemps seule.

— De telles fleurs ? répéta-t-elle sans comprendre.

Éric saisit entre deux doigts l'énorme pistil de l'un des arums, qui se dressait au centre d'une corolle rouge vif. Il adressa un sourire narquois à Val.

— Des fleurs phalliques, ma chérie…

Valérie baissa les yeux sur son emploi du temps, tandis qu'il ricanait.

— Tout est prêt pour la réunion ? demanda-t-elle d'une voix qui manquait de fermeté.

Éric, qui riait toujours, se calma.

— Une dernière chose, dit-il.

Elle leva les yeux.

— Oui ?

— Roxanne ne va pas bien. Je ne lui ai pas posé de questions, parce qu'elle ne me dirait rien. Elle s'est remise à fumer.

Éric se dirigea vers la porte.

— Peut-être qu'elle acceptera de te parler, ajouta-t-il avant de sortir.

Valérie retrouva ses collaborateurs dans la salle de conférences à neuf heures. Les lève-tôt, comme Éric, s'avéraient attentifs et primesautiers. Les oiseaux de nuit bâillaient et avaient de la difficulté à se concentrer. Jenny Bloom, la nouvelle secrétaire de rédaction, paraissait parfaitement réveillée. Greg regardait fixement l'écran de son ordinateur portable. Denise, pour sa part, semblait très contente d'elle. Le fait d'avoir usé de ses charmes pour obtenir ce poste de rédactrice en chef adjointe n'allait pas lui attirer la sympathie de l'équipe. Valérie espérait que Hal se lasserait d'elle rapidement. Elle pourrait alors diriger son magazine comme elle l'entendait.

Roxanne apparut à la dernière minute, son énorme portfolio sous le bras. Elle s'affala sur une chaise en réprimant un bâillement. Valérie, qui gardait en tête les propos d'Éric, l'observa avec attention.

— Que t'arrive-t-il, Rox ?

— J'ai mal dormi, répondit la photographe en ouvrant son portfolio d'une main tremblante.

Éric avait raison : quelque chose n'allait pas. Roxanne avait des cernes noirs sous les yeux, et paraissait flotter dans son grand chandail. Or la photographe n'était pas anorexique ; elle ne consommait pas de drogues, elle buvait peu. Quelle était donc la raison de cette vulnérabilité soudaine ?

Roxanne sortit une série de photos qu'elle posa sur la table. Elle était au bord des larmes.

Valérie se leva et contourna la longue table.

— J'aimerais te voir deux minutes en particulier, Rox. Tu veux bien venir dans mon bureau ?

Docile, la photographe la suivit.

— Nous n'en avons pas pour longtemps, annonça Valérie aux journalistes.

— Que se passe-t-il, ma belle ? s'enquit Valérie dès qu'elles furent seules dans son bureau.

— Je suis une idiote, sanglota la jeune femme.

Valérie lui tendit une boîte de mouchoirs en papier. Roxanne en prit un, s'essuya les yeux.

— Je suis… C'est… c'est A.J.

— Qui ?

— La femme avec qui je sors.

Valérie lui fit signe de s'asseoir sur le canapé. La photographe s'exécuta, ôta ses chaussures, puis glissa ses pieds sous ses fesses. Elle était désespérée, ce qui ne lui ressemblait pas. Roxanne avait eu maintes relations amoureuses. Et souvent avec des hommes. Certains l'avaient traitée comme une reine, d'autres comme une esclave, d'autres encore l'avaient demandée en mariage. Quant à ses liaisons avec des femmes, elles n'avaient jamais paru très sérieuses à Valérie. Jusqu'à aujourd'hui.

La rédactrice en chef approcha une chaise du canapé, puis s'assit face à son amie. Les genoux des deux femmes se touchaient presque.

— Quel est le problème, Rox ? Tu m'as paru si heureuse, la dernière fois que tu m'as parlé d'elle !

La jeune artiste contempla tristement le mouchoir humide et froissé qu'elle tenait dans sa main.

— Cela me semble si loin, Val. Et ça s'est terminé si vite ! C'est incroyable, je...

Elle se remit à sangloter. Valérie posa la boîte de mouchoirs à côté d'elle, sur le canapé. Roxanne se tamponna les yeux.

— Je savais qu'elle finirait par me quitter, mais je ne pensais pas que cela surviendrait aussi vite... et de cette façon-là.

— De quelle façon, Roxanne ? Qu'est-il arrivé ?

La photographe haussa les épaules.

— Elle est partie, c'est tout. Quand je suis rentrée à la maison, hier, elle n'était plus là. Toutes ses affaires avaient disparu. Comme si elle n'avait jamais existé !

— Vous vous étiez disputées ?

Roxanne eut un petit rire amer.

— Nous nous disputions constamment, Val. Mais durant les rares moments où nous étions en harmonie, c'était si... si... exaltant, si fort !

Valérie ne pouvait comprendre qu'une femme s'éprît d'une autre femme. En revanche, elle avait déjà souffert à cause d'un être cher.

— Que puis-je faire pour t'aider ? s'enquit-elle.

— Rien, répondit Roxanne, pitoyable. Ne me renvoie pas avant que je m'en sois remise, c'est tout.

— Comment peux-tu dire ça, Rox ? Tu sais bien que je ne ferais jamais une chose pareille ! Tu as pris du retard dans ton travail ? Veux-tu t'absenter quelques jours ?

— Non. L'appartement est affreusement vide, sans elle. Quant aux photos pour l'article sur Ted Carpenter, je les aurai toutes développées en fin de journée. Demain midi au plus tard.

La photographe se leva, lissa son pull-over.

— Je suis horrible à voir, n'est-ce pas ?

— Tu es si belle que, même déprimée, tu restes somptueuse, Roxanne !

Cette dernière s'efforça de sourire. Elle prit la main de Valérie, la serra entre les siennes.

— Merci, Val. Tu es adorable.

Plusieurs journalistes lancèrent de drôles de regards aux deux femmes quand elles regagnèrent la salle de conférences. Valérie se rassit.

— Merci à tous d'avoir fait tourner la boutique en mon absence. J'essaierai de ne pas vous laisser seuls trop souvent. Maintenant, commençons.

La rédactrice en chef regarda ses collaborateurs l'un après l'autre.

— Tout d'abord, avons-nous été victimes de nouveaux actes de sabotage ?

Il y eut des murmures. La plupart des reporters secouèrent la tête en signe de dénégation.

— Personne n'a vu ses notes ou ses idées d'articles disparaître comme par enchantement ? reprit Valérie.

On lui répondit à nouveau par la négative.

— Bien, me voilà rassurée sur ce point.

Quoiqu'on eût averti Ted Carpenter du projet d'article le concernant, et que la direction du journal n'eût pas identifié l'auteur de l'indiscrétion, il se pouvait que les autres incidents ne fussent qu'une série de coïncidences. Du moins l'espérait-elle.

Greg s'éclaircit la voix.

— Ce pourrait être sans importance, Valérie, mais j'aimerais que tu voies ça...

Le chef de la maquette poussa son ordinateur portable vers elle. La jeune femme découvrit une publicité qui vantait un article sur l'effet de serre, à paraître dans un magazine concurrent. Le mensuel en question serait dans les kiosques huit jours plus tard ; or *Panache* avait un reportage en préparation sur le même sujet. Diverses personnes se raclèrent la gorge et s'agitèrent sur leurs chaises.

— Est-ce que quelqu'un peut expliquer le phénomène ? s'enquit Valérie, agacée.

Les personnes présentes firent non de la tête.

— Je vous ai posé la question il y a cinq minutes ! gronda-t-elle. C'est le deuxième sujet qu'on nous vole, en quinze jours !

Roxanne, qui restait pâle et triste, était en train de lire la publicité du magazine sur l'ordinateur.

— Il s'agit peut-être d'une série de coïncidences malheureuses, déclara Jenny Bloom. Je ne vois pas qui, dans cette équipe, pourrait se rendre coupable d'actes aussi déloyaux.

— À moins que quelqu'un ne cherche à couler *Panache* ! rétorqua Valérie avec irritation.

— Ces attaques semblent dirigées vers une seule et même personne, intervint Éric. Il me paraît évident que quelqu'un veut briser ta carrière, Val.

— Excusez-moi, dit Roxanne, qui se leva brusquement. Il faut que j'aille aux toilettes...

Valérie s'apprêtait à l'accompagner, mais Jenny s'interposa.

— Ne bouge pas, Val. J'y vais !

Denise n'avait pas ouvert la bouche depuis le début de la réunion. Sa promotion ne lui avait pas attiré l'estime de ses collègues, et la maîtresse de Hal savait fort bien ce qu'ils pensaient d'elle.

— Et Liz Chopin ? suggéra-t-elle. Tout le monde sait qu'on l'a renvoyée sans préavis. Cela suffit à rendre une femme amère. Et puis, elle a encore des amis dans la place.

Tous les regards se tournèrent vers Denise.

— Enfin, je ne voulais pas être maladroite, s'empressa-t-elle d'ajouter. Je veux dire : est-ce que cela pourrait être Liz ?

— Ce n'est pas Liz, assura Valérie, qui lança un regard inquiet vers la porte derrière laquelle Roxanne avait disparu.

— Sans vouloir t'offenser, Val, intervint Greg, ce pourrait être n'importe qui. Il conviendrait d'aviser tous les employés de *Panache* de ce qui se passe. Les gens parlent boutique à l'heure du déjeuner. Ils bavardent au téléphone avec d'anciens collègues, qui à présent travaillent pour des magazines concurrents. En tout cas, nous ne pourrons agir tant que nous ne saurons pas de quoi il retourne.

Greg avait raison, songea Valérie. Elle s'efforça d'oublier les problèmes de Roxanne, dont elle ne pouvait se préoccuper pour le moment. Une personne maléfique s'était insinuée dans sa vie et multipliait les actes malveillants à son endroit. Allait-elle laisser cet inconnu la déstabiliser totalement ? Peut-être Jordan aurait-il une stratégie à lui souffler. Elle pourrait en parler avec lui quand…

— Je vais convoquer tout le personnel, décréta-t-elle.

Il lui paraissait tout à coup risqué de se confier à Jordan, de solliciter son avis.

— Tu veux bien te charger d'organiser cette réunion, Éric ?

— Je m'en occupe, assura ce dernier en griffonnant quelque chose sur son bloc. Nous sommes vendredi. Réunissons tout le monde à seize heures, d'accord ?

— Il se pourrait que j'aie une bonne nouvelle, annonça Denise, qui sourit à la ronde. Vu que tu étais absente, Val, j'ai obtenu le feu vert de Hal pour travailler sur ce reportage dont nous avons parlé chez lui, pendant cette fête… Tu te souviens ?

Elle posa un dossier sur la table, qu'elle fit glisser vers Valérie.

— Voyons un peu cela, dit la rédactrice en chef, que l'accent traînant de Denise mettait de nouveau au supplice.

Dès qu'elle ouvrit le dossier, Valérie se retrouva face à la photo d'Edward Martindale.

— J'ai pris rendez-vous avec ces trois juges, poursuivait Grantham.

Désireuse de faire partager son enthousiasme à ses camarades, elle étala des photos des magistrats sur la table.

— Valérie connaît le sujet de ce reportage. En bref, il s'agit de raconter la vie et la façon de travailler, très particulière, de ces trois juges. Je suis persuadée que nos lecteurs seront fascinés par ces récits, comme je l'ai été en effectuant mon enquête. Nous avons là un reportage intelligent, original, audacieux. Grâce auquel nous pouvons espérer remporter le prix du meilleur magazine de l'année !

La vanité de Denise créa un sentiment de malaise dans la salle. Aucun journaliste n'osait échanger un regard avec son voisin. Éric pianotait sur son bloc d'un air rêveur. Ce fut finalement lui qui prit la parole :

— Pourquoi t'arrêter au prix du meilleur magazine, Denise ? Tu devrais viser le Pulitzer.

Elle lui lança un regard glacial.

— Tu pourrais peut-être jeter un coup d'œil sur mon projet, Éric, avant de le dénigrer !

L'assistant haussa les épaules.

— Mon opinion compte pour du beurre, chérie. Et puis, à quoi bon polémiquer, puisque le grand Hal Kurtz a donné son accord ? Nous ne pouvons que nous incliner, tous autant que nous sommes.

Denise le toisa d'un air furieux, puis reporta ses efforts sur Valérie.

— Tu as des questions, Val ?

— Quelques-unes, oui. Et une objection, à propos de la date de publication...

La vue de son beau-père, même en photo, lui soulevait le cœur. Elle referma le dossier.

— Ce reportage m'apparaît comme un projet ambitieux, or nous avons déjà un papier de ce genre dans les quatre prochains numéros.

— J'ai pris cela en considération, rétorqua Denise. Il me faudra interviewer tous les juges, et certains de leurs proches : leurs collègues, leurs femmes, leurs enfants... Cela va me prendre un certain temps. J'ai déjà commencé, en fait.

— Quelle employée zélée ! ironisa Éric.

— Lors de la réception chez Hal, tu n'as pas su nous dire qui t'avait soufflé cette idée, Denise, lui rappela Valérie. Tu as expliqué à Jordan qu'elle t'avait été communiquée par mail, mais que tu t'étais trouvée dans l'impossibilité de répondre à ton mystérieux correspondant. C'est bien cela ?

Denise parut perplexe.

— Quelle importance, Val ? Je ne suis même pas sûre d'avoir trouvé l'idée par mail, mais peut-être en surfant sur le Net...

Roxanne était revenue. Elle semblait avoir retrouvé son aplomb, bien qu'elle fût encore très pâle.

— Qu'est-ce que tu racontes, Denise ? A.J. t'a suggéré de traiter ce sujet il y a trois semaines. C'est elle qui est tombée dessus en surfant sur Internet !

Denise haussa les épaules.

— Peut-être, mais je ne vois vraiment pas où est le problème. On m'a soumis un embryon d'idée : je l'ai développé, c'est tout !

Valérie fronça les sourcils. Elle n'avait jamais cru qu'on eût soufflé à Denise l'idée d'un reportage impliquant Martindale par hasard. Quelqu'un tirait les ficelles en coulisses... Mais pouvait-il s'agir de l'amie de Roxanne ? Pour la première fois, elle regretta de ne pas avoir pris le temps d'écouter la photographe, chaque fois qu'elle avait tenté de lui parler de cette jeune femme. C'était trop tard, à présent, puisque celle-ci avait quitté Roxanne. Martindale aurait-il donné le sujet à A.J. ? Était-ce lui qui traquait Valérie, si invraisemblable que cela parût ? Sans doute pas, songea-t-elle. Il n'aurait pas employé des moyens aussi détournés s'il avait voulu briser sa carrière – et sa vie. Ou bien, en était-il capable ? Mais pourquoi avoir attendu aussi longtemps pour lui nuire ?

Autre hypothèse : devenait-elle paranoïaque au point de voir la trahison et la méchanceté chez tout le monde, amis comme ennemis ?

Le plus inquiétant était qu'elle allait devoir publier cet article, vu que Denise avait convaincu Hal Kurtz de son bien-fondé. Edward Martindale resurgissait dans sa vie.

— Les juges sont des gens plutôt ennuyeux, remarqua Roxanne. C'est ce que j'ai dit à A.J. quand elle m'a parlé de ce sujet, la première fois. Qu'est-ce qui va intéresser le lecteur, dans un reportage comme celui-là ?

— Mais des choses très fortes, Roxanne ! Tout est là : la misère, la souffrance, le triomphe sur l'adversité !

La photographe ne parut pas impressionnée.

— Prends Martindale, par exemple, poursuivit Denise qui s'enflammait pour son sujet. Excuse-moi, Val, tu connais déjà tous ces détails, et je sais combien ton temps est précieux...

— Cette réunion est faite pour qu'on expose ses idées, rétorqua Valérie.

La rédactrice en chef se leva, puis se dirigea vers la machine à café.

— La fille de Martindale, Caroline, a disparu un soir à l'âge de quinze ans. Personne n'a jamais su si elle avait fugué, si on l'avait kidnappée ou tuée. Ses parents étaient effondrés, comme tu peux l'imaginer. Ils ne l'ont jamais retrouvée. Après quoi, la femme de Martindale est morte tragiquement. Ce magistrat a dû surmonter tant d'épreuves, dans sa vie, qu'il est devenu une espèce de figure emblématique pour son courage, sa force de caractère. Il s'agit plus d'un tribut à un homme exceptionnel que d'un sujet sur le fonctionnement de la justice. Quoique... cela aussi a son importance, et peut se traiter de manière inattendue, comme tu le verras, Rox.

Valérie revint à la table tandis que Denise concluait son exposé :

— J'ai déjà pris rendez-vous avec lui. Il sera le premier que j'interviewerai, mais les autres sont très intéressants aussi.

— Qui sera le premier ? demanda Valérie d'un ton sec.

— Martindale. Il est à New York pour affaires. Nous nous voyons demain.

Denise lui adressa un sourire rayonnant.

— Il a insisté pour te rencontrer, Val. Il a beaucoup d'admiration pour toi !

Les heures qui suivirent s'avérèrent éprouvantes pour Valérie. Elle tenta de tempérer l'enthousiasme de Hal Kurtz pour le reportage sur les magistrats, mais ce dernier n'en démordit pas. Roxanne disparut, et ne put donc trancher sur le choix des photographies qui illustreraient l'article sur le prince William.

Pour finir, Wayne Coulter apparut sans s'annoncer, et voulut emmener Valérie dîner. Sans doute n'était-ce pas le moment idéal pour rompre... La jeune femme décida toutefois de lui annoncer qu'elle ne souhaitait pas le revoir. La réaction du médecin la stupéfia : il avait manifestement considéré leur relation comme sérieuse. Il exprima son dépit, sa colère, son impuissance de manière agaçante. Valérie se demanda comment elle avait pu ne pas s'apercevoir plus tôt de son côté pompeux. Jamais Jordan n'aurait...

Oh, qu'il aille au diable, celui-là ! songea-t-elle. Pourquoi fallait-il qu'il occupe ses pensées en permanence ? Elle ne lui avait pas pardonné de lui avoir faussé compagnie, mais elle ne pouvait nier le fait que sa présence dans sa vie, son intérêt pour elle la réconfortaient. Comment allait-elle se résoudre à lui avouer tous ses secrets ? Comment pourrait-elle conserver son estime, lorsqu'il aurait tout appris sur son passé ?

La journée était terminée, les membres de la rédaction avaient quitté le journal. Valérie avait réussi à congédier Éric, bien qu'il eût insisté pour rester avec elle. Il n'avait cessé de l'observer à la dérobée, depuis que Denise avait annoncé son intention d'interviewer Martindale, mais il ne pouvait deviner la cause de sa préoccupation. Préoccupation ! Un bien faible mot : la jeune femme n'était pas préoccupée, mais terrorisée à l'idée de devoir affronter le monstre qui avait hanté son adolescence.

La sonnerie du téléphone la fit sursauter. Elle décrocha le combiné d'une main tremblante, espérant que c'était Jordan.

— Allô ?

— Valérie Olivier-Long ?

Une femme. Elle ravala sa déception.

— Oui. Qui êtes-vous ?

— Je suis une détective privée, madame Long.

Il arrivait que des personnes de cette profession contactent Valérie, proposant de lui livrer le matériau d'un reportage sensationnel – contre de l'argent.

— Je vais vous donner les coordonnées de mon assistant. Vous pourrez l'appeler dès demain matin. Je...

— Je ne pense pas que vous souhaitiez informer votre assistant du motif de mon appel, madame Long.

Était-ce la personne qui la traquait ? Non. Valérie aurait reconnu sa voix.

— Mon coup de téléphone est en rapport avec votre passé, madame Long. Ou dois-je vous appeler Caroline ?

Valérie serra les dents, tentant de maîtriser sa rage.

— Qui êtes-vous ? demanda-t-elle d'un ton sec.

— Avant d'entrer dans les détails, madame Long, sachez que je travaille pour Emily Trent.

— Emily Trent ?

— La maman d'Amy, précisa la femme.

La voix se fit mielleuse :

— Amy Trent, ma chère... Avons-nous le temps de parler ?

— De quoi voulez-vous me parler ?

Il y eut un petit rire à l'autre bout du fil.

— De quoi ? Comment pourrais-je me montrer plus claire ? Je veux parler de votre relation avec Amy Trent, et de l'imposture dont vous vous êtes rendue coupable envers le monde et envers Emily Trent, Caroline !

— L'imposture ?

Valérie regarda autour d'elle, affolée à l'idée que quelqu'un pût entendre.

— Bien, je vois que vous m'accordez toute votre attention... Alors voilà l'accord que je veux conclure avec vous, Valérie. Je peux vous appeler Valérie, n'est-ce pas ? Peu de gens vous connaissent aussi bien que moi, après tout.

— Qu'est-ce que vous voulez ?

— Tout d'abord, je tiens à dire que je ne suis ni orgueilleuse ni loyale. Emily Trent m'a versé une grosse avance, mais vu que je ne pourrai pas retrouver sa fille – et nous savons toutes les deux pourquoi –, cette manne risque de se tarir assez vite. Il me paraît plus malin d'investir sur vous, Valérie.

La rédactrice en chef posa son coude sur le bureau, se frotta le front.

— Continuez.

— Bravo, Valérie! Vous êtes une femme réaliste, mais vous avez toujours eu les pieds sur terre, n'est-ce pas? Vous avez compris que vous n'aviez aucun avenir auprès d'Oscar Diaz, par exemple, alors vous avez décampé.

— Le fait que j'aie connu Oscar n'a rien de confidentiel. De plus, c'est de l'histoire ancienne.

— Cet épisode de votre passé est secret, Valérie. Combien de personnes le connaissent, à part moi?

La femme marqua une pause, puis énuméra:

— Oscar, Kelly Lott... et, bien entendu, votre détective privé, Roy Bergeron.

— Dans ce cas, ce n'est pas un secret! rétorqua Valérie.

Sa peur se dissipant, la fureur la gagnait.

— Vous êtes détective privée, dites-vous? Je sais qu'une femme enquête, à La Nouvelle-Orléans. Une dénommée Angela Leblanc. Est-ce vous?

— Réaliste et intelligente, approuva Angela en ricanant. C'est moi, effectivement. Et, sans vouloir me flatter, j'ai effectué un travail de recherches impressionnant sur cette affaire.

Valérie entendit des glaçons s'entrechoquer, alors que sa correspondante vidait son verre.

— Je sais que vous êtes venue à La Nouvelle-Orléans, Valérie. Je regrette que nous n'ayons pas eu l'occasion de nous rencontrer, mais je n'étais pas en ville à ce moment-là.

— Vous appelez de La Nouvelle-Orléans?

— Non. Je suis à New York, dans un hôtel, et vu les tarifs qu'ils pratiquent ici, je ne vais pas pouvoir rester longtemps.

Valérie devina qu'elle se resservait à boire.

— Mais, étant donné que nous avons fait les présentations, autant que je dise honnêtement ce que j'attends de vous, Valérie.

— Honnêtement ! Qu'est-ce que l'honnêteté aurait à voir là-dedans, Angela ? Vous avez soutiré de l'argent à la pauvre Emily et j'imagine qu'à présent, c'est moi que vous avez l'intention de solliciter !

Les lèvres de Valérie tremblaient, et elle marqua une pause avant d'ajouter :

— Mais je ne me laisserai pas faire aussi facilement qu'Emily Trent !

— Le seul problème, c'est que je détiens tous les atouts, ma chère.

— Quels atouts ? s'enquit Valérie d'un ton dégoûté. Si mes erreurs de jeunesse devaient apparaître au grand jour, ce serait gênant, mais je m'en remettrais. Je ne suis pas la seule femme qui ait connu une adolescence mouvementée. Nombre de gamines fuguent, puis reprennent leur vie en main. C'est ce que j'ai fait, et c'est quelque chose dont on n'a pas à rougir !

— Vous ne rougissez pas non plus d'avoir volé le bébé d'Amy, Valérie ?

Le cœur de la jeune femme manqua un battement. Elle chercha frénétiquement une parade à cette accusation, un moyen d'émerger de ce cauchemar...

— Hello ? Vous êtes toujours là, Valérie ?

Elle hocha bêtement la tête, comme si Angela pouvait la voir.

— Je suis là, oui, réussit-elle à articuler. Je me demande simplement comment vous osez formuler une telle accusation.

— J'ai des preuves de ce que j'avance, expliqua Angela en s'allumant une cigarette.

Elle inhala la fumée, la souffla.

— La naissance de Sara n'a jamais été déclarée à La Nouvelle-Orléans. Aussi le certificat de naissance que vous avez utilisé, durant toutes ces années, est-il forcément un faux.

La détective but une gorgée de son verre, puis tira une bouffée de tabac.

— Nous savons l'une et l'autre que vous n'avez jamais eu d'enfant, Valérie. Que vous n'avez jamais été enceinte.

— Et vous pouvez prouver cela ? demanda la journaliste sur un ton ironique.

— Les preuves dont je dispose ne seraient peut-être pas utilisables devant un tribunal, mais du moins sèmeraient-elles le trouble dans l'esprit des jurés.

— Et cela servirait à quoi ?

Angela laissa tomber d'autres glaçons dans son verre.

— Cela servirait à faire naître une foule d'interrogations dans l'esprit de Sara.

— Vous iriez raconter tout cela à Sara ? s'insurgea Valérie. Vous détruiriez les illusions d'une jeune fille, pour le simple plaisir de me tourmenter ?

— Pour le plaisir de vous tourmenter ? Oh non, ma chère ! Je ferais cela pour l'argent. Pour pouvoir prendre ma retraite.

— Combien ?

— Eh bien, vous devez gagner dans les trois cent mille dollars par an. Vous devez posséder un bon paquet d'actions, et des économies substantielles, autrement vous n'auriez pas pu acheter ce bel appartement dans l'Upper East Side, ni envoyer Sara à la faculté de Boston et Janine à Rose Haven. Qu'elle repose en paix. Alors, si vous voulez continuer à mener cette vie de rêve, et protéger les illusions de Sara, vous allez devoir partager une partie de votre fortune avec moi, chère Valérie.

— Vous savez ce qui est arrivé à Janine ?

— J'ai mis un temps fou à retrouver sa trace, mais j'y suis parvenue. Je...

— Vous avez pénétré dans mon appartement à plusieurs reprises ?

— Si j'ai pénétré...

— Et vous avez tué Janine ! hurla Valérie, qui bondit de sa chaise. C'est vous, l'assassin ! C'est vous !

— Eh, attendez ! Je n'ai tué personne ! protesta la détective privée, qui paraissait choquée. Ce n'est pas mon style. Et je n'ai pas pénétré chez vous par effraction. Cela non plus, ce n'est pas mon genre.

— Comment pourrais-je en être sûre ?

— Je me trouvais à cinq mille kilomètres de Rose Haven, quand le drame s'est produit ! Vous pouvez vérifier mes affirmations auprès de sœur Frank, du couvent Saint-Francis. J'ai passé toute la matinée avec elle, ce jour-là.

— Vous lui avez arraché des renseignements sur moi, déclara Valérie avec amertume.

— Je n'ai rien contre vous. J'interroge les gens, c'est mon métier. Je regrette que Janine ait connu une mort aussi horrible, mais cela ne change rien au fait que vous avez des secrets à cacher. Et dans la mesure où nous parvenons à nous entendre, je ne les divulguerai pas.

Valérie se rassit dans son fauteuil.

— Il faut que j'y réfléchisse.

Elle ne pouvait qu'essayer de gagner du temps.

— Voilà ce côté réaliste qui resurgit, remarqua Angela, qui s'alluma une autre cigarette. Voyons un peu quel délai je vais vous accorder. Disons, euh... jusqu'à demain midi pour réunir l'argent en liquide.

— Quelle somme ?

— Vingt mille dollars, pour commencer. Je ne veux pas me montrer trop gourmande.

Après avoir raccroché, Valérie demeura immobile sur son siège, le regard fixe, le cœur battant. Non seulement on la traquait, non seulement elle allait revoir Martindale, mais voilà qu'elle était victime d'un maître chanteur ! Comment allait-elle faire front ? Car Angela Leblanc était cupide, et elle ne pouvait savoir jusqu'où iraient ses exigences. Cela dit, ce n'était pas elle l'assassin. Cependant, quelqu'un agissait dans l'ombre, dans le but de briser sa carrière, de ternir sa réputation, et de la priver du respect de sa fille. Voire de lui prendre Sara.

Des images de celle-ci, enfant, puis adolescente, lui revinrent en mémoire. Sa plus grande inquiétude n'avait jamais été que Sara apprît qu'elle n'était pas sa mère biologique, mais qu'elle découvrît le mystère qui entourait sa naissance. La jeune fille pourrait lui reprocher de lui avoir caché l'existence des Trent. Il était possible qu'Amy eût menti, et que son père n'eût pas abusé d'elle. Valérie avait peut-être privé Sara de grands-parents merveilleux. Comment réagirait celle-ci en l'apprenant ?

Elle alla se placer derrière la baie vitrée de son bureau. Il faisait nuit, à présent, quoique des centaines de fenêtres fussent éclairées dans les gratte-ciel. Son regard s'attarda sur une fenêtre, en face de l'immeuble de *Panache*... Janine était morte ; un homme avait remplacé Valérie dans le cœur de Sara ; la jeune femme craignait de révéler son passé à Jordan. Restait-il quelqu'un, dans sa vie, vers qui se tourner ? Roxanne avait ses propres problèmes à résoudre. Et elle avait rompu avec Wayne Coulter.

Valérie choisit d'oublier sa mallette, dans laquelle elle avait glissé des brouillons d'articles, et enfila son manteau. Elle était épuisée, déprimée, terrifiée. Cela dit, elle affronterait ses ennemis. L'un après l'autre. Il convenait de s'arranger d'Edward Martindale. Et il paraissait stupide de sacrifier aux exigences d'un maître chanteur. Elle se promit de rencontrer Angela Leblanc et de lui annoncer qu'elle ne comptait pas satisfaire sa demande.

Quand elle aurait réglé ces deux problèmes, elle se retrouverait confrontée à son persécuteur.

21

Pour la deuxième fois en quinze jours, Jordan se rendit dans une institution catholique. La religieuse âgée qui le reçut à Saint-Francis portait l'habit traditionnel. Elle lui reprocha de se présenter sans rendez-vous.

— Les convenances exigent que l'on téléphone à l'avance, lorsqu'on souhaite s'entretenir avec la mère supérieure.

— Pardonnez-moi. Je vous promets de ne pas abuser de son temps.

Jordan n'avait pas eu l'intention de passer une nuit de plus à La Nouvelle-Orléans. Cependant, il n'avait pu effectuer cette visite la veille : le couvent fermait ses portes à dix-sept heures, et il n'avait quitté Oscar qu'en début de soirée. Il avait rejoint sa chambre d'hôtel, et tenté d'établir une synthèse des informations qu'il avait obtenues sur Valérie. Or il restait encore de nombreux points d'interrogation.

Il sortit une enveloppe de sa poche intérieure.

— J'ai une lettre d'introduction du diocèse de New York, ma sœur. C'est le père Alphonse qui me l'a donnée. Vous le connaissez ?

— Très peu, monsieur. Ce sont les jeunes nonnes qui voyagent, en général.

— Je vois, répondit Jordan, qui remit sa lettre dans sa poche.

La religieuse le précéda dans un long couloir, puis s'arrêta à l'entrée d'une petite pièce. Elle s'effaça pour laisser le visiteur entrer. Il prit place sur un siège inconfortable.

— Je ne sais pas comment vous avez pu penser qu'on vous laisserait voir sœur Mary Abbott. Elle prend ses rendez-vous des semaines à l'avance. Mais sœur Evelyn va vous recevoir. Il y a de la lecture sur cette petite table.

Une bible, et deux psautiers, remarqua Jordan. Espérons que sœur Evelyn ne tardera pas trop, grâce à Dieu, songea-t-il.

— Attendez, dit-il comme la nonne refermait la porte. Est-ce que sœur Evelyn est ici depuis longtemps ?

— Depuis environ six mois. C'est une novice.

La vieille religieuse croisa les bras sur sa poitrine.

— Théoriquement, vous auriez dû voir sœur Frank, mais elle a eu une crise de foie la nuit dernière, et elle n'est pas en état de vous rencontrer.

Une novice ne pouvait fournir de renseignements utiles à Jordan. Il lui fallait parler à quelqu'un qui avait connu sœur Janine, à l'époque où elle s'était prise d'amitié pour Valérie.

— Êtes-vous née à La Nouvelle-Orléans ? demanda-t-il, espérant gagner du temps avant de trouver un moyen de parler à sœur Mary Abbott.

— Non, à Saint-Francisville, répondit la religieuse, qui demeurait près de la porte, patiente.

— Ce couvent porte le nom de votre ville de naissance ?

— Non. Celui de saint François d'Assise.

— Oh, je comprends...

Jordan lui adressa son plus beau sourire.

— Je ne suis pas de confession catholique, ma sœur. Sans doute l'avez-vous deviné.

— Effectivement.

Il se leva, tendit la main.

— Jordan Case, ma sœur.

Cette dernière ne lui serra pas la main, mais parut perdre un peu de sa raideur.

— Je suis sœur Anne.

— Je suis heureux de vous rencontrer.

— Merci. Nous n'avons pas beaucoup de visiteurs comme vous.

Elle remit un napperon en place sur la table ancienne où se trouvaient les textes religieux. La pièce était haute de plafond ; les murs extérieurs recouverts de lierre.

— Je suis allée à Boston il y a trois ans, déclara sœur Anne, timidement. Pour assister à une conférence. C'est une ville historique.

— Comme La Nouvelle-Orléans.

— Mais il y fait bien plus froid !

Jordan désigna d'un geste la chaise inoccupée, de l'autre côté de la table basse.

— Voulez-vous me tenir compagnie quelques minutes, ma sœur ?

La religieuse regarda le siège, puis Jordan.

— Eh bien…

Il sourit, charmeur. Sœur Anne, qui appartenait à la même génération que Janine, serait sans doute une meilleure source d'informations que sœur Mary Abbott.

La nonne se percha sur le bord de la chaise.

— Juste une minute, alors.

— Très bien, acquiesça Jordan, qui se rassit. Depuis combien de temps êtes-vous à Saint-Francis ?

— Trente-deux ans. Je suis arrivée ici comme novice, et je ne suis jamais repartie. J'ai visité Boston, comme je vous l'ai dit, mais…

— Boston, fit-il, songeur. Il y avait une religieuse originaire de Boston dans ce couvent, il y a longtemps… Sœur Janine Livaudais. L'avez-vous connue ?

— Oui.

Sœur Anne murmura une prière.

— Je la connaissais très bien. Sa mort m'a beaucoup attristée.

— Comment avez-vous appris qu'elle est décédée ?

— Ils ont parlé de sa disparition dans la rubrique nécrologique du bulletin paroissial.

— Oh, je vois, fit Jordan en hochant la tête. Vous vous souvenez de la raison pour laquelle Janine a quitté La Nouvelle-Orléans ?

— Comme si c'était hier, monsieur. Elle n'a pas seulement quitté notre couvent. Elle a rompu ses vœux.

— Cela a dû être une décision très difficile à prendre.

— Seule une religieuse peut comprendre à quel point une telle chose est difficile, monsieur. Qui renonce à ses engagements envers Dieu encourt la damnation.

D'une main tremblante, sœur Anne se tamponna délicatement la bouche avec un mouchoir bordé de dentelle.

— Cela a été l'une des pires choses qui soient arrivées depuis que je suis à Saint-Francis.

— Vous étiez proches, sœur Janine et vous ?

— Oh, oui !

La nonne eut un sourire triste :

— Comme des sœurs...

Jordan demeura silencieux, de crainte que son interlocutrice ne se taise s'il la poussait à parler.

— C'était à cause de cette jeune fille, reprit-elle après avoir glissé son mouchoir dans le revers de sa manche. Je me suis longtemps demandé ce qu'elle était devenue. Je l'ai haïe pendant des années, Dieu me pardonne. Car je pensais que sœur Janine avait rompu ses vœux par sa faute. Cependant, on voit les choses différemment, avec le temps. Sœur Janine s'interrogeait sur la sincérité de son engagement, à l'époque. Elle m'avait fait part de ses doutes, mais je n'avais pas mesuré l'ampleur de son désarroi.

— Et l'adolescente ? Janine vous avait parlé d'elle ?

Sœur Anne le dévisagea. Peut-être prenait-elle conscience du fait qu'elle en avait trop dit.

— Pourrais-je voir cette lettre d'introduction, s'il vous plaît ?

Il la lui tendit et retint sa respiration pendant que la religieuse lisait. Elle garda la lettre.

— Pourquoi toutes ces questions à propos de Janine ? s'enquit-elle.

— Vous étiez liée avec sœur Janine. Je suis lié avec l'adolescente que vous avez évoquée, qui est aujourd'hui une femme. Vous vous demandiez ce qu'elle était devenue. Eh bien, grâce à Janine, elle a mis de l'ordre dans sa vie. Elle a changé de nom, elle a repris des études – ce qui a dû s'avérer difficile, étant donné les circonstances, même avec le soutien de Janine. Aujourd'hui, elle occupe un poste important dans la presse, à New York.

La nonne lui rendit enfin la lettre.

— Janine était comme une mère pour elle, ajouta-t-il.

Sœur Anne contemplait le jardin. À moins qu'elle ne fût replongée dans le passé, songea Jordan.

— La façon dont elle est morte nous a toutes choquées, déclara-t-elle.

— Valérie a été effondrée. Sara aussi.

— Valérie ? Est-ce le nom que cette jeune fille s'est choisi ?

— Oui. Et elle a appelé le bébé Sara.

Sœur Anne considéra son visiteur d'un air perplexe.

— Je ne savais pas qu'il y avait un enfant...

Jordan hésita.

— Janine ne vous avait pas dit que l'adolescente était enceinte ?

— Non. Elle n'était pas enceinte ! Elle avait fui la maison familiale, et elle avait de bonnes raisons d'échapper à ce méchant homme...

— Oscar Diaz.

— Oui. Je me demande combien d'adolescentes il a éloignées du droit chemin. Janine était décidée à sauver cette jeune fille. La fugueuse l'avait sollicitée alors qu'elle attendait un signe du Ciel. Elle a pensé qu'en rompant ses vœux, elle obéissait à la volonté de notre Seigneur.

— Vous connaissez le nom de la jeune fille ?

— Oui. Janine me l'avait dit, quoique en confidence...

— Je crois que vous pouvez trahir ce secret, à présent.

— L'adolescente s'appelait Amy Trent.

Jordan arriva dans la salle d'embarquement tandis qu'on lançait un dernier appel aux passagers du vol pour New York. Mille interrogations le hantaient. Se pouvait-il que Valérie s'appelât en réalité Amy Trent ?

Une fois à l'intérieur de l'appareil, il se laissa tomber dans son fauteuil de classe affaires. Il accepta machinalement le journal que lui tendait l'hôtesse. Celle-ci, souriante, lui demanda s'il désirait boire quelque chose. Il la pria de lui apporter un whisky, qu'il avala d'une traite. Comme il attendait un deuxième verre, il parcourut le *Times Picayune* d'un œil distrait.

Un titre attira son attention. Il se raidit.

Oscar Diaz, un ancien repris de justice de quarante-huit ans, a été abattu de plusieurs coups de feu hier, chez lui, au…

Jordan appuya sa nuque contre le repose-tête, s'efforçant d'endiguer le flot de pensées qui affluaient dans son esprit…

22

Sara se préparait à sortir Curly. Elle enfila son manteau, son chapeau et ses gants, puis se munit de la laisse du chien. Elle s'arrêta à l'entrée de la petite pièce qui servait de bureau à Charlie.

— Je vais marcher un quart d'heure avec Curly, annonça-t-elle. Je m'arrêterai au Delicatessen, et je prendrai quelque chose pour le déjeuner, d'accord ?

— Hmm, fit Charlie qui étudiait le texte affiché sur l'écran de son ordinateur.

Dès que Curly vit la laisse, il se mit à sautiller sur place, tout excité. Le yorkshire adorait les promenades, aussi bien par des températures caniculaires que par un temps glacial. Sara avait voulu lui acheter un petit manteau d'hiver, mais Charlie avait poussé les hauts cris. Il avait attribué sa sensiblerie au fait qu'elle eût été élevée par des femmes. Elle songea qu'il avait peut-être raison. Toutefois, il faisait un froid de canard, et Curly était si petit !

Une fois dehors, la jeune fille s'arrêta sur la première marche de l'escalier. Elle frissonnait de la tête aux pieds. Le chien tirait sur la laisse, impatient d'aller courir dans la neige.

Elle s'apprêtait à descendre les marches, lorsque la porte d'entrée se rouvrit à la volée. Charlie apparut. Sara lui lança un regard stupéfait. Il n'avait même pas terminé d'enfiler son manteau ! Elle l'aida à mettre la deuxième manche.

— Qu'est-ce qui te prend ? grommela-t-elle. Où sont tes gants ? Il gèle, Charlie ! J'ai oublié quelque chose ?

Il enfonça une casquette de base-ball sur sa tête.

— J'ai décidé de t'accompagner, c'est tout. Un peu d'air frais me fera le plus grand bien.

— Charlie, dit-elle en fronçant les sourcils. Trouve autre chose. Tu faisais des recherches sur Internet !

— Effectivement. Mais je suis resté plongé là-dedans des heures. Une pause sera la bienvenue.

— Parfait.

Ces explications n'avaient pas convaincu Sara, mais elle le connaissait assez pour savoir qu'il valait mieux ne pas insister. Curly sautait sur place et jappait, impatient de se promener.

Elle prit Charlie par le bras.

— Tes motifs m'indiffèrent, avoua-t-elle. Parce qu'il est bien plus amusant de sortir le chien tous les deux.

Le jeune homme lança un regard préoccupé à sa compagne.

— Tu n'es pas sortie toute seule aujourd'hui, n'est-ce pas ?

Sara se rembrunit.

— C'est agaçant, ce côté protecteur, Charlie ! Je suis une grande fille. Je suis capable de retrouver le chemin de la maison. Même si je vais au parc ou au Delicatessen. Et jusqu'à présent, je me suis rendue à mon travail sans escorte !

— Il fait trop froid pour s'aventurer dehors.

— J'ai un manteau, des gants et un chapeau. Veux-tu me dire ce qui se passe, Charlie ? Tu me suis à la trace, depuis quelque temps !

— Une nouvelle lubie, déclara-t-il, mais il ne la regardait pas en face.

Sara s'arrêta.

— Tu sais, mon chéri, tu ferais bien de mettre tous ces instincts protecteurs en réserve, parce que j'en aurai davantage besoin d'ici à quelques mois...

— Tu devrais te montrer d'autant plus vigilante, décréta-t-il en se plaçant devant elle pour la protéger du vent.

— Une femme n'a pas besoin qu'on soit aux petits soins pour elle dès le début de sa grossesse.

— Eh bien moi, j'ai envie de m'occuper de toi !

— Il y a autre chose, Charlie. Sois honnête avec moi, je t'en prie. On s'était promis de tout se dire...

Le jeune homme caressa sa joue, et elle perçut sa chaleur, même à travers les gants. Charlie était si vivant, si fort, si viril ! Elle l'aimait de tout son être.

— Ta mère a passé trois jours à La Nouvelle-Orléans, cette semaine, annonça-t-il.

Sara le considéra, perplexe.

— Quel rapport cela a-t-il avec ton souci exagéré de ma santé ? Maman voyage beaucoup. Cela ne m'inquiète pas.

Elle sourit, embrassa les doigts de Charlie à travers l'épaisseur de laine.

— Je me préoccupe moins qu'avant de ses allées et venues, tu sais. J'ai des choses plus intéressantes en tête, à présent.

— Bien, alors comment te sens-tu ?

— Ça va très bien, Charlie. Si cela n'allait pas, tu serais le premier à le savoir.

La jeune fille le regarda d'un air inquisiteur.

— Tu fais exprès de changer de sujet ? Revenons à ma mère. Elle est allée à La Nouvelle-Orléans, et... ?

— Je ne voulais pas te parler de cela, mais si tu persistes à...

— Me parler de quoi ?

— Il y a quelqu'un qui... euh... harcèle Valérie. Or elle est partie là-bas toute seule, dans l'idée de tirer les choses au clair.

— Quelqu'un la harcèle ? Comment cela ?

— Mon père ne m'a pas donné de détails mais, étant donné que Janine a été assassinée, mieux vaudrait identifier cette personne. Papa ne sait pas s'il s'agit d'un homme ou d'une femme.

Curly tira sur sa laisse, mécontent qu'on l'oblige à rester sur place.

— Tu es en train de me dire que quelqu'un traque ma mère ? Que cet inconnu et l'assassin de Janine pourraient être une seule et même personne ?

Charlie prit le visage de Sara entre ses mains.

— Ta mère s'est simplement demandé si les deux choses étaient liées. On ne le saura pas tant qu'on ne connaîtra pas l'identité de cet individu. Mais papa – enfin, ta mère et papa – préfèrent ne rien laisser au hasard. Et c'est pourquoi nous avons pensé...

— Nous? Tu étais de mèche avec eux? Et tu ne m'as rien dit?

— Je ne voulais pas t'alarmer.

— Tu as préféré me cacher que le cinglé qui a tué ma grand-mère risquait de s'attaquer également à ma mère?

— Je préférais prendre cela sur moi, Sara, répliqua-t-il en détournant les yeux.

La jeune fille le fusillait du regard, or il n'aimait pas la contrarier. Il y avait eu suffisamment de drames et de tensions dans leur relation.

— Tu m'as menti.

Sur ces mots, elle tourna les talons, puis s'en fut d'un pas rapide, Curly trottinant devant elle.

Charlie courut après elle.

— Nous essayons seulement de te protéger, Sara!

— En me dissimulant des faits graves? se moqua-t-elle.

Elle accéléra le pas, à la grande joie de Curly.

— Tu es enceinte, bon Dieu!

Elle s'arrêta, fit volte-face et dévisagea Charlie d'un air furieux.

— J'ai été la première à avoir conscience de cette réalité, me semble-t-il. Et maintenant que nous en parlons, j'espère que tu n'as pas confié cette nouvelle à ton père ou à ma mère...

Cette remarque bouleversa le jeune homme.

— Je ne ferais jamais une chose pareille!

— Je suis ta femme, à présent, et non quelque adolescente stupide à qui tu promets la lune!

Il soupira.

— On en revient toujours à cela, n'est-ce pas?

— Tu me traites comme une adulte ou comme une gamine? Réponds-moi!

— Je t'ai dit des milliers de fois que j'avais eu tort de te laisser tomber après ta fausse couche, Sara. Je ne pourrai jamais me le pardonner. Je m'efforce de te prouver que je t'aime de mille manières. Or un homme tient à protéger la femme qu'il aime : est-ce tellement difficile à comprendre ?

— Mais pourquoi aurais-je besoin qu'on me protège, Charlie ?

Le jeune homme détourna la tête, surveillant un camion qui arrivait dans leur direction.

— Imagine que le type qui traque ta mère soit l'assassin de Janine. Ce genre de cinglé prend plaisir à tourmenter ses victimes. Et s'il avait tué Janine uniquement pour faire souffrir ta mère ? Tu serais une cible désignée, chérie !

Sara le regardait, bouche bée.

Charlie prit sa main et la posa sur son cœur.

— Je ne peux pas laisser une telle chose se produire, mon amour. Je mourrais, s'il t'arrivait quelque chose. C'est mon rôle de veiller à ce que ce type ne puisse pas t'approcher.

Elle cligna des yeux.

— Je... je ne sais pas quoi dire. Tu ne crois pas réellement que...

— Je ne sais que croire, Sara, avoua-t-il en l'enlaçant. Mais je ne veux pas prendre le moindre risque.

— D'accord, dit-elle, acquiesçant d'un hochement de tête.

— Il se peut que nous noircissions le tableau. J'espère qu'ils auront découvert quelque chose à La Nouvelle-Orléans.

— Ton père a donc accompagné maman ?

— Oui. Elle ne voulait pas qu'il vienne. En fait, elle est partie sans le lui dire, et cela lui a vivement déplu, crois-moi !

Charlie poussa un soupir.

— Tu as dû hériter de son sens de l'indépendance, remarqua-t-il.

— Mais enfin, Charlie, il était naturel qu'elle parte sans le lui dire ! Pourquoi aurait-elle dû l'aviser du fait qu'un homme la harcèle ? Ils ne savent rien à notre sujet, outre le fait que nous vivons ensemble. Ils ne savent pas que nous sommes mariés. Que je suis enceinte.

Il imprima une pression sur sa main.

— Non. Mais je ne crois pas que son attitude ait un quelconque rapport avec nous. J'ai le sentiment que Jordan est amoureux de ta mère, mais qu'il n'en a pas conscience.

— Tu plaisantes ?

— Il y a des signes qui ne trompent pas, Sara…

La jeune fille ne répondit pas, mais tira sur la laisse pour empêcher le chien de se jeter sur un chat de gouttière, qui faisait sa toilette au soleil, entre deux poubelles.

— Du calme, Curly !

Le chat siffla et montra les crocs, au lieu d'aller se mettre à l'abri. Curly bondit dans sa direction, échappant à Sara. Le chat détala, et le chien lui courut après, sa laisse traînant derrière lui. Sara lui ordonna de revenir, puis partit vers la rue à grandes enjambées, avant que Charlie pût l'arrêter.

Il y avait très peu de circulation, mais une voiture, garée en double file devant l'épicerie, démarra en trombe. Sara, les yeux braqués sur Curly, ne la vit pas. Le chien et le chat firent demi-tour comme le véhicule approchait, et continuèrent leur course sur le trottoir. Sans réfléchir, Charlie se jeta sur Sara pour l'empêcher d'aller plus loin. Ils basculèrent tous les deux sur la chaussée. Le jeune homme songea qu'elle avait dû se faire mal en tombant.

Ce fut sa dernière pensée.

23

Valérie déverrouilla la porte de son appartement, jeta un coup d'œil à l'intérieur, puis rassura d'un geste le portier qui l'avait accompagnée sur son palier.

Elle demeura quelques instants immobile dans l'entrée. La maison était si calme qu'elle semblait retenir son souffle. Ou peut-être était-ce la jeune femme qui n'osait pas respirer normalement. Elle poussa un soupir, posa son sac sur une chaise. Avant qu'un étranger n'eût commencé à pénétrer ici en son absence, elle avait aimé regagner ce havre de paix à la fin d'une longue journée. Car elle pouvait débrancher le téléphone, se protéger du monde extérieur et de ses tracasseries.

Valérie écouta ses messages téléphoniques, sans quitter son manteau. Elle avait reçu six appels ; à deux reprises, le correspondant avait raccroché sans laisser son nom. S'agissait-il du tueur, d'Edward Martindale, d'Angela Leblanc ?

Jordan n'avait pas donné signe de vie, ce qui la vexa. Son amant devait se douter qu'elle était furieuse après lui, mais il aurait pu avoir la décence de se manifester. La nuit qu'ils avaient passée ensemble n'avait-elle donc aucun prix à ses yeux ? Cette pensée était insupportable.

Elle ôta son manteau, le rangea dans le placard. Elle n'avait pas déjeuné, hormis un yaourt qu'Éric l'avait forcée à avaler. Elle se dirigea vers la cuisine sans grand enthousiasme, ouvrit le réfrigérateur, examina son contenu. Seuls les yaourts restaient consommables. Valérie en prit un, le posa sur le comptoir.

Elle s'était pourtant promis, au début de l'année, de faire des courses régulièrement, et d'avoir toujours quelque chose de frais à manger.

— Tu ne préférerais pas un plat chinois ?

La jeune femme fit volte-face, affolée, renversant le pot de yaourt sur le sol. Jordan se tenait dans l'embrasure de la porte, deux sacs en papier kraft à la main. Le laitage, qui ne s'était pas ouvert, roula à ses pieds. Il avait les traits tirés, ses vêtements étaient froissés, sa barbe avait poussé. Le simple fait de le voir rappela des moments intenses à Valérie. Elle résista à l'envie de se jeter dans ses bras.

— Comment es-tu entré ?

Il posa les sacs sur la table, brandit une clé.

— Tu as oublié que tu me l'avais laissée ?

Effectivement, Valérie n'y avait plus songé. Sur le moment, il lui avait paru sensé de confier un double de sa clé à Jordan. Elle recevait des coups de téléphone anonymes, on s'introduisait chez elle en son absence...

— Tu as reçu les fleurs ? demanda-t-il.

— Oui.

— Tu ne m'as pas encore pardonné, n'est-ce pas ?

Valérie répondit à sa question par une autre question.

— Cela valait-il la peine de me fausser compagnie ? As-tu appris tout ce que tu voulais savoir ?

— C'est bien là le problème. Mes découvertes ne font que soulever d'autres interrogations.

Ils se regardèrent un moment en silence. Dans la pénombre, il paraissait encore plus grand, plus impressionnant.

Il ouvrit les sacs, jeta un coup d'œil à l'intérieur.

— Qu'est-ce qui te ferait plaisir ? Des crevettes sauce piquante, du poulet aux amandes, du bœuf cinq parfums ?

— Pourquoi ? Qu'as-tu découvert ?

Jordan se dirigea vers le placard, sortit deux assiettes.

— Généralement, je mange directement dans le carton, mais j'imagine que ce n'est pas ton style...

Il posa les assiettes sur la table, ouvrit plusieurs tiroirs, finit par trouver des couverts.

— J'ai pris de la bière chinoise, et du thé vert pour toi. Mais si tu préfères de l'eau minérale ou...

— Tu vas me répondre, à la fin ! Qu'as-tu fait, là-bas ? Pourquoi ne m'as-tu pas appelée ?

Jordan la considéra d'un air grave.

— Parce que je ne le voulais pas.

— Et tu ne t'es pas douté que j'étais folle d'inquiétude ?

Il plaça les couverts sur la table assez bruyamment.

— Vraiment ? Alors qu'est-ce que ça fait, de s'inquiéter pour quelqu'un ?

— Tu veux dire que tu as refusé de m'appeler pour me punir ?

— J'étais tellement déboussolé que j'ai préféré ne pas téléphoner, Valérie. Mais j'ai demandé à Charlie de veiller sur Sara, et prié Éric de surveiller tes faits et gestes.

— Je ne parle pas de ton besoin maladif de me surprotéger, Jordan, mais du fait que tu fouilles dans mon passé, que tu cherches à obtenir des informations sur des choses qui ne te concernent pas !

Il avança d'un pas vers la jeune femme, lui lança un regard noir.

— Cela me concerne, au contraire ! Figure-toi que je viens de passer deux jours à me dire que tu étais Amy Trent !

Elle recula.

— Tu as cru que j'étais Amy Trent ?

— Janine a secouru une adolescente avec un bébé, qui fuyait Oscar Diaz. Et tu as admis que Diaz pouvait être le père de Sara. C'était donc plausible, vu qu'on n'a jamais retrouvé la trace d'Amy.

Valérie secoua la tête, incrédule.

— Non, ce n'était pas... C'est impossible, protesta-t-elle. Amy est morte. Tu te souviens qu'on m'appelait Caroline, à cette époque. Tu as entendu Kelly m'appeler Caroline.

— Peut-être.

Jordan s'éloigna de quelques pas.

— J'ai su que je me trompais quand j'ai vu les photos d'Amy, chez Emily Trent. Elle ne te ressemble pas du tout.

— Tu es allé voir les parents d'Amy, dans le Connecticut ?

— Pourquoi ? Cela t'ennuie ?

Il se passa une main dans les cheveux.

— Après La Nouvelle-Orléans, les Trent étaient une étape obligée. Tu savais que le père d'Amy était mort ?

— Non.

— C'est curieux, parce qu'il n'y avait pas une seule photo de lui dans le salon, et si je ne m'étais pas inquiété de son mari, Emily Trent n'aurait pas éprouvé le besoin de me dire qu'il était décédé.

— Amy prétendait que son père abusait d'elle, marmonna Valérie.

Elle avait encore de la peine à croire que Jordan eût rendu visite à Emily Trent.

— Lui as-tu dit que j'étais avec Amy, à La Nouvelle-Orléans ? demanda-t-elle.

— Non, Valérie. Je ne trahirais pas tes secrets.

Il ôta sa veste, la jeta sur une chaise.

— Du moins, le peu de choses que tu as bien voulu m'avouer, ajouta-t-il, cynique.

Il eut un petit rire désabusé.

— Les hommes sont censés avoir des difficultés à se confier. Or tu pourrais en remontrer à bien des méfiants, à bien des introvertis, Valérie...

— Je sais que cela peut paraître étrange, concéda-t-elle.

Après tout, elle était responsable du fait qu'il eût une mauvaise opinion d'elle. Pourquoi n'avait-elle pu se résoudre à lui parler de Martindale ou de Sara ?

Jordan, qui avait arpenté la cuisine tandis qu'elle réfléchissait, s'arrêta brusquement et la dévisagea.

— Tu as vécu des choses horribles, je te l'accorde, mais pourquoi cacher ces événements à ceux qui t'aiment ? Cela leur fait encourir des risques inutiles. Je sais que tu n'as pas envie d'entendre ce genre de reproches, mais avant de protester, sache qu'Oscar Diaz est mort. Assassiné.

Valérie plaqua une main sur sa bouche.

— Ne me demande rien, je n'ai aucun détail, précisa-t-il. Selon ce que j'ai lu dans le journal, il a dû se faire tuer quelques minutes après que je l'ai quitté.

Elle le regardait fixement.

— Oscar est mort ? Et tu l'as vu ? Que t'a-t-il dit ? Il a admis m'avoir agressée dans ma chambre d'hôtel ?

— Oui. Il s'en est même vanté. Et il a fait en sorte que je voie le pistolet qu'il portait à la ceinture, au cas où j'aurais voulu en venir aux mains et venger ton honneur sur-le-champ.

— Ô mon Dieu ! souffla Valérie, qui se détourna.

— Ce n'était qu'une ordure, il méritait ce qui lui est arrivé. On ne saura jamais combien de jeunes filles innocentes il a forcées à se prostituer. Dommage que personne ne l'ait tué plus tôt.

— Tu ne vois pas qui aurait pu l'éliminer ?

— Non. Mais il serait utile de savoir où se trouvait le cinglé qui te traque.

— Il aurait tué Oscar ? Mais pourquoi ?

Jordan l'observa.

— J'espérais que tu pourrais me le dire.

Il guettait la moindre des réactions de la jeune femme. Valérie se sentait très mal à l'aise et ne savait que dire. Par chance, le téléphone sonna, ce qui lui épargna d'avoir à répondre à des questions embarrassantes.

Le répondeur se mit en marche avant qu'elle pût décrocher.

— Maman, maman, c'est Sara ! Tu es là ?

La jeune fille paraissait au bord de la crise de nerfs.

— Maman, décroche, je t'en prie ! Charlie est blessé !

Valérie arracha le combiné de son support, devançant Jordan.

— Quoi ? Que se passe-t-il ?

— C'est Charlie, maman. Il est en réanimation. Il est blessé, et c'est de ma faute !

— Blessé ? C'est-à-dire ?

Elle écarta légèrement le combiné de son oreille, afin que Jordan pût entendre ce que disait Sara.

— Il s'est fait renverser par une voiture, qui a pris la fuite. Je t'expliquerai tout, dès que tu seras là. J'ai besoin de te voir tout de suite, maman. Le père de Charlie ne serait pas...

— Il est là. Il est avec moi, Sara. Essaie de rester calme. Nous partons immédiatement.

— Oh ! fit Sara, qui eut un petit hoquet. Je suis tellement soulagée. Je croyais qu'il était à La Nouvelle-Orléans. Nous...

— Quel hôpital ? demanda Jordan, qui attrapa le combiné.

Valérie ne le quitta pas des yeux, tandis qu'il écoutait la réponse de Sara. Il était blême. Un sentiment de panique la gagna lorsqu'il dit :

— Ce ne peut être aussi grave !

Elle prit la main de Jordan, la serra dans la sienne.

— Ils ne peuvent pas faire quelque chose ? aboya-t-il. À quoi servent les progrès de la médecine ?

Il se tut, attendit.

— Bien, bien, fit-il. Je comprends. Nous serons là dans... je ne peux pas te dire exactement dans combien de temps, mais nous faisons au plus vite.

Jordan hocha la tête, libéra sa main, puis fit signe à Valérie de lui donner un stylo. La jeune femme lui tendit de quoi écrire.

— Bien. Comment s'appelle le médecin ?

Il griffonna son nom sur le bloc.

— Tu es sûre ? Il est compétent ? D'accord, d'accord... Merci, Sara.

Il raccrocha.

— Alors, s'enquit aussitôt Valérie, ce n'est pas trop grave ?

— Charlie est inconscient. Ils sont en train de lui faire un scanner, répondit Jordan, bouleversé. Le médecin dit qu'il a un traumatisme crânien, mais qu'il faut attendre les résultats de l'examen pour savoir si c'est sérieux. Il pourrait y avoir des dommages au cerveau.

Dès qu'ils arrivèrent en vue de l'hôpital, Jordan tendit un billet de dix dollars au chauffeur de taxi. Il sauta de la voiture avant qu'elle soit totalement à l'arrêt, et se précipita vers les urgences. Il ouvrit les portes battantes d'un coup d'épaule. Valérie avait de la peine à le suivre. Il courut jusqu'au service de réanimation et s'apprêtait à entrer, mais un infirmier lui bloqua le passage.

— Seul le personnel médical est autorisé à pénétrer dans cette salle, monsieur.

— Je veux voir mon fils !

— Comment s'appelle-t-il ?

— Charlie. Charles Walker Case.

— Un moment, monsieur, je vais me renseigner.

L'homme s'éloigna, entra dans une pièce au bout du couloir.

Valérie glissa un bras autour de la taille de Jordan, qui se détendit un peu. Il lui prit la main, la pressa très fort dans la sienne. Ils attendirent deux minutes en silence, puis l'infirmier reparut.

— Votre fils passe un scanner, monsieur. Mais il ne devrait plus tarder à sortir.

— Puis-je dire un mot au médecin qui l'a examiné ?

— C'est le Dr Flynn. Il est dans la salle de radio. Votre fils bénéficie des meilleurs soins, monsieur Case. Vous pouvez…

— Maman ! Oh, maman, tu es là !

Sara se rua vers Valérie.

— C'est affreux, maman. Il est si pâle… J'ai eu si peur ! Il ne se réveille pas, et les médecins ne savent pas combien de temps se passera avant qu'il… qu'il…

Elle se jeta dans les bras de sa mère.

— Chut… ça va s'arranger, chérie, murmura Valérie d'un ton apaisant.

Comme elle frottait le dos de sa fille d'une main, son regard croisa celui de Jordan.

— On vient de nous dire qu'il allait sortir d'une minute à l'autre, expliqua-t-elle à Sara.

— Le voilà, annonça l'infirmier.

Charlie était étendu sur une civière, que poussait une infirmière.

— Eh ! Il a l'air réveillé, remarqua l'infirmier.

Le jeune homme était aussi blanc que les draps qui le couvraient jusqu'au cou. Ses bras étaient attachés à la civière par des bracelets. Un petit appareil électronique, posé entre ses jambes, enregistrait son rythme cardiaque. Les yeux de Sara se remplirent de larmes, elle émit une espèce de sanglot étouffé. Valérie entoura ses épaules d'un bras protecteur.

Le jeune homme paraissait étourdi et perplexe alors que l'infirmier lui parlait, s'efforçant de le faire complètement émerger.

— Dis-moi, Charlie, quel jour sommes-nous ?

Jordan avait la gorge affreusement sèche, tandis que Charlie marmonnait quelque chose d'incompréhensible.

— Allons, Charlie... Qui est le président des États-Unis ?

— Clinton, murmura le jeune homme.

— Presque, répondit l'infirmier en souriant à Jordan. C'est bon signe. Il reprend conscience...

Comme il ouvrait les yeux, Charlie vit plusieurs visages qui l'observaient, inquiets.

— Eh, qu'est-ce que... Laissez-moi partir, bon Dieu !

Il se redressa sur sa couche, tenta de libérer ses bras des attaches.

— Doucement, doucement, Charlie, dit l'infirmier, qui l'obligea gentiment à se rallonger. Nous sommes là pour t'aider.

Il se tourna vers Jordan pour expliquer :

— C'est une réaction typique après un traumatisme crânien. Le cerveau a manqué d'oxygène pendant un court instant, ce qui génère une certaine agressivité chez le patient. Mais il a trois côtes cassées, alors il ne risque pas de s'agiter, à mon avis. On va lui laisser deux minutes pour reprendre ses esprits.

— Où est ma femme ? s'enquit Charlie en cherchant Sara des yeux. Est-ce qu'elle va bien ?

Comme Jordan et Valérie restaient bouche bée, Sara prit la main de Charlie entre les siennes, en caressa doucement la paume.

— Je suis là, Charlie. Je vais très bien !

Il parut soulagé.

— Et le bébé ?

Les deux parents échangèrent un regard, médusés. Sara sourit, puis se pencha pour l'embrasser.

— Le bébé va très bien ! C'est toi qui m'inquiètes. Alors reste tranquille, et laisse ces gens s'occuper de toi. Tu nous as fait une peur bleue, à ton père et à moi !

— Papa est là ? demanda Charlie, qui se contorsionna pour tenter de l'apercevoir.

Dès qu'il vit Jordan, son visage s'illumina.

— Papa. Il faut que je te...

— Ne bouge pas, fiston ! s'écria Jordan. Tu as trois côtes cassées.

— Ouais, il semblerait...

Jordan posa une main sur la poitrine de son fils, autant pour le calmer que pour se rassurer.

— Cela peut attendre. Nous parlerons de ce qui s'est passé dès que tu te sentiras un peu mieux.

Charlie ferma les yeux. Il souffrait, manifestement.

— La voiture, c'était une Toyota Camry bleue, neuve, réussit-il à articuler.

Il paraissait déterminé à parler. Jordan renonça à lui imposer le silence.

— Avec des vitres teintées, ajouta-t-il.

— Et le conducteur ? s'enquit Jordan.

— Je n'ai pas pu le voir. Il était garé devant le Delicatessen. Demande-leur. Il se peut qu'il y ait des témoins. Il voulait tuer Sara.

Le médecin intervint :

— Il vaudrait mieux qu'il n'essaie pas de se souvenir de ce qui s'est passé. C'est trop tôt. Il a besoin de repos... Cela ne peut-il pas attendre ?

Jordan fit un pas en arrière.
— Nous en parlerons plus tard, Charlie.

À minuit, Valérie était toujours à l'hôpital au chevet de Charlie, avec Jordan et Sara. Le jeune homme avait voulu rentrer chez lui, mais le médecin le lui avait interdit. Il avait alors exigé que l'on installât un lit dans sa chambre, pour Sara. Il tenait à l'avoir près de lui.

Un inspecteur de police attendait de pouvoir interroger le blessé depuis plus d'une heure. Voyant qu'il avait repris connaissance, et qu'il parlait avec sa famille, le policier insista pour lui poser quelques questions. Le médecin et Jordan voulurent s'y opposer, mais Charlie acquiesça.

— J'ai des côtes cassées et un affreux mal de tête, mais je ne souffre pas d'amnésie ! Le fait de réagir vite pourrait nous permettre d'arrêter ce salopard.

On introduisit le flic dans la chambre.

— Que voulez-vous savoir, inspecteur ? s'enquit Charlie.

— Tout ce dont vous vous souvenez, répondit Dan Sorenson, une espèce de géant blond aux yeux bleus. Décrivez-moi le véhicule, le conducteur, et la façon dont s'est produit l'accident.

Charlie répéta au policier ce qu'il avait dit à Jordan.

— Je n'ai pas eu la présence d'esprit de relever le numéro d'immatriculation, ajouta-t-il. Quand j'ai vu qu'il fonçait sur Sara, je n'ai songé qu'à la protéger !

— Vous avez eu assez de présence d'esprit pour sauver la vie à votre femme, remarqua Sorensen. Et vous avez retenu plus de détails que bien des gens dans votre situation, monsieur. Le propriétaire du Delicatessen n'a rien vu. Lorsqu'il a compris qu'il y avait eu un accident, le type avait déjà pris la fuite. Quant aux clients, ils ne m'ont rien appris d'intéressant. Les accidents avec délit de fuite sont des affaires très difficiles à résoudre. La plupart du temps, « M. Tout-le-Monde » renverse un piéton, prend peur et s'enfuit. Il arrive qu'ils viennent faire des aveux spontanés, mais certains continuent à vivre comme si rien ne s'était passé.

— Ce n'était pas un accident, inspecteur, affirma Charlie. Mais une tentative de meurtre contre ma femme. On a assassiné la grand-mère de Sara, il y a quinze jours. Un cinglé harcèle sa mère. Je crois que ces trois affaires sont liées.

Valérie se tenait dans un coin de la pièce, consternée. À présent, tous ses secrets allaient apparaître au grand jour.

Le policier se tourna vers elle, sourcils haussés.

— De quoi s'agit-il, madame ?

Jordan ne lui laissa pas le temps de répondre.

— Voyez avec le service des homicides. Il y a une enquête en cours sur l'assassinat de Janine Livaudais. Le meurtre a eu lieu à l'institution Rose Haven. Il pourrait y avoir un lien entre ces trois affaires, mais nous ignorons lequel.

— Pourquoi vous harcèle-t-on, madame ?

— Bonne question, intervint Jordan. C'est exactement ce que nous nous demandons depuis quinze jours, inspecteur.

Une heure plus tard, Valérie et Jordan se trouvaient à la cafétéria de l'hôpital. Ils prirent un café au distributeur automatique. Valérie porta son gobelet à sa bouche, puis le reposa en grimaçant. Ils demeurèrent silencieux.

— Je n'arrive pas à croire qu'ils soient mariés, dit-elle finalement.

— Et Sara est enceinte, renchérit Jordan.

Valérie se massa les tempes.

— Je n'en avais pas la moindre idée... Sara ne m'a rien dit, tu te rends compte ?

— Cela ne devrait pas t'étonner. Elle fait des mystères des choses importantes. Comme sa mère.

Jordan termina son café, puis froissa le gobelet en polystyrène dans sa main.

Valérie se leva d'un bond, piquée. Un vif sentiment de culpabilité la taraudait. L'être diabolique qui voulait briser sa carrière, qui avait tué Janine, avait frappé le mari de Sara.

— Elle n'est pas seule en cause, Jordan. Sara m'a caché son mariage et sa grossesse, mais il semble que ton fils n'a pas été très bavard...

Charlie et Sara ne se fiaient plus à leurs parents. Ces derniers allaient avoir de la difficulté à regagner leur confiance. Jordan en avait conscience.

— Le message est clair, grinça-t-il. Ils veulent nous évincer. Cependant, je ne vois pas comment nous pourrions les abandonner maintenant, alors qu'on a essayé de les tuer. Parce que le chauffard et le type qui te traque ne sont qu'une seule et même personne, Val. Charlie a raison de penser cela. Sans parler du fait que ce cinglé a assassiné Janine.

— Charlie se montre très protecteur envers Sara, tu as remarqué ?

— Oui.

Valérie réussit à sourire.

— Surprotecteur, même. Comme son père.

— C'est mieux que la dissimulation et la duperie !

La jeune femme ne pouvait opposer aucun argument à cela. Elle avait dissimulé une bonne part de son histoire à ses proches, et dupé son entourage. Or c'était la première fois que son imposture lui inspirait un tel sentiment de culpabilité.

En réalité, elle était à l'origine de ces drames. Et elle se considérait par avance comme responsable de tout incident qui pourrait se produire. Depuis vingt ans, elle s'était reproché d'avoir laissé Amy mourir, mais elle n'aurait jamais imaginé que Sara, Charlie, Janine – et même Oscar – paieraient un jour pour ses erreurs.

Elle plaça la bandoulière de son sac sur son épaule, tandis que Jordan se levait. Elle avait encore de la peine à concevoir que Sara et Charlie ne l'aient pas invitée à leur mariage – et Jordan devait se sentir tout aussi humilié. Ils allaient toutefois devoir protéger leurs enfants, et cela tant que la personne qui tentait de les abattre, les uns après les autres, n'aurait pas été arrêtée.

Jordan enfila sa veste.

— Tu veux rentrer ? demanda-t-il.

— Non, je reste.

Elle se refusait à quitter l'hôpital avant lui.

— Je comprends ce que tu ressens, assura-t-elle. Charlie est ton enfant.

— Un enfant de vingt-trois ans, qui a une femme pour lui tenir la main, et qui va bientôt être père, remarqua Jordan d'un ton sec. De plus, j'ai d'autres priorités, à présent que je le sais hors de danger.

— Quelles autres priorités ?

— Toi.

Jordan prit son bras et l'entraîna vers la sortie.

— C'est toi que le tueur cherche à atteindre, Val. Il a tué Janine et Oscar, il s'en est pris à nos enfants, mais son principal objectif, c'est toi...

24

Valérie ne parvenait pas à trouver le sommeil, étendue dans son lit, seule, et affreusement triste. Jordan dormait dans la chambre d'amis. À peine rentré, il avait émis le désir de prendre une douche. Il s'était ensuite muni d'un verre, d'une bouteille de whisky, puis il avait émigré dans l'autre chambre.

La jeune femme, qui n'avait cessé de se retourner dans son lit, finit par allumer la lampe de chevet. Elle contempla la photo de Janine et de Sara, sur sa table de nuit. Ces deux femmes avaient été toute sa vie, jusqu'à présent. Or cela ne lui suffisait plus. Le fait que Jordan fût resté chez elle pour la protéger de l'assassin – et seulement pour cela – s'avérait terriblement frustrant.

Elle repoussa ses couvertures, s'assit sur le bord de son lit. Sara allait avoir un enfant de Charlie, ce qui créait un lien entre Valérie et Jordan pour la vie. Elle aurait préféré que ce fût l'amour – et non l'honneur, ou le devoir – qui les relie. Mais pourrait-il lui pardonner ?

Allongé sur le dos, les bras croisés au-dessus de la tête, Jordan regardait fixement le plafond. Il remuait maintes pensées dans sa tête. Le puzzle que constituait la vie cachée de Valérie se mettait peu à peu en place. Bien que la colère l'animât encore, il ne pouvait s'empêcher d'imaginer la jeune femme étendue sur son lit, dans la chambre d'à côté. De même qu'il ne pouvait nier le trouble qu'il éprouvait à cette idée. Il espérait qu'elle allait s'ouvrir à lui, et tout lui raconter.

Il espérait beaucoup de choses, ces derniers temps ! Il espérait que la police allait retrouver le chauffard. Il espérait que la résolution de ce drame ne signerait pas la fin d'une relation qui commençait à peine. Et il nourrissait l'espoir – insensé – que le cinglé, même s'il devait frapper encore, n'ait plus l'intention de tuer.

Jordan aurait tout aussi bien pu espérer gagner à la loterie !

Il tendit l'oreille, tandis qu'un léger craquement se faisait entendre dans le couloir. Dix secondes plus tard, Valérie apparut dans l'embrasure de la porte. Elle était vêtue d'un peignoir court, comme celui qu'elle avait porté à La Nouvelle-Orléans, quand Oscar l'avait agressée. Jordan s'émut au souvenir de ce qui avait suivi.

— Je t'ai réveillé ?

— Non.

— Je voulais... Je veux dire... j'aimerais te parler une minute.

— Il va falloir que tu t'approches, alors.

Jordan se hissa sur un coude, puis tapota le drap à côté de lui. Valérie entra dans la chambre d'un pas hésitant.

— Je vais allumer la lampe...

— Non !

Elle attendit que Jordan se rallonge, puis s'assit au bord du lit, face à lui, une jambe repliée sous les fesses.

La pendule du salon sonna discrètement trois coups. Valérie se frotta les bras, comme si elle avait froid.

— Tu veux venir sous les couvertures ? proposa-t-il. Je vais...

Elle lui toucha la main.

— Non, dit-elle. Je suis nerveuse, c'est tout.

Il acquiesça.

— Cela ne m'étonne pas. Mais tu aurais tort de t'inquiéter pour Sara. Charlie veille sur elle. Ta fille est entre de bonnes mains.

— Je sais.

Jordan crut percevoir un soupçon d'ironie dans sa voix. Elle ajouta :

— Les hommes font de bons gardes du corps, dans la famille Case…

— Que voulais-tu me dire, Val ?

— Je sais que tu me rends responsable de ce qui est arrivé à Charlie. Je le comprends. Je…

— Je n'ai jamais dit cela !

— Non, mais c'est ce que tu penses, à l'évidence. Et tu es furieux. Je ne peux pas te le reprocher. À ta place, je serais très fâchée aussi.

Il soupira.

— Je me sens seulement impuissant, Val. Un assassin se balade dans les parages et risque de s'attaquer à toi, mais il n'y a pas moyen de savoir où ni quand il va frapper. C'est un peu comme si je voulais terminer un puzzle, alors qu'il manque des pièces maîtresses.

— Et tu estimes que c'est moi qui détiens ces pièces ? Eh bien, tu te trompes, Jordan. C'est ce que je tenais à te dire. Toutefois, il y a des faits que j'ai… omis.

— Tels que… ?

— Des choses sur Sara.

Valérie se détourna, incapable d'affronter le regard de son amant. Elle contempla ses mains, s'efforça de trouver le courage de parler.

— Sara est… commença-t-elle.

Jordan se taisait, attendant qu'elle parle.

— C'est difficile, avoua-t-elle.

— Peut-être puis-je t'aider.

Il repoussa les draps, plaça deux oreillers contre la tête du lit et s'assit. Il tendit ensuite la main à Valérie, qui se nicha, heureuse et soulagée, sur son épaule. Elle s'aperçut alors qu'il était nu.

— Je crois savoir ce que tu essaies de me dire, souffla-t-il contre sa tempe.

Elle secoua la tête.

— Non, tu ne peux pas…

— Sara est la fille d'Amy Trent.

La jeune femme se figea. Son cœur se mit à battre plus fort, ses yeux se remplirent de larmes. Si Jordan connaissait la vérité, pourquoi ne l'avait-il pas dit ? Et puis, comment avait-il découvert ce secret ?

Il lui caressait le bras. Son menton reposait sur la tête de Valérie. Il semblait attendre qu'elle lui confiât ses derniers secrets. La jeune femme songea qu'elle n'avait qu'à s'exécuter. Après quoi, elle pourrait s'abandonner à lui sans arrière-pensées.

— Tu te demandes comment j'ai pu découvrir cela, n'est-ce pas ?

— Je... Oui, fit-elle en essuyant ses larmes d'un revers de main.

— C'était la seule explication logique, Val. Toutes les personnes que nous avons interrogées savaient qu'Amy était enceinte. Mais pas une seule d'entre elles n'a dit que tu attendais un enfant. Il y a trois ans, Sara m'a confié qu'elle était née à La Nouvelle-Orléans. Or tu as quitté cette ville quelques jours après la mort d'Amy. J'ai pensé que tu avais sauvé son bébé, puisque Oscar voulait s'en débarrasser.

— C'est effectivement ce qu'il comptait faire, murmura Valérie. C'était un être immonde ! Dénué de toute humanité.

— Oscar était le père ?

Elle agrippa le bord du drap.

— Personne ne le sait. Amy disait qu'elle n'en était pas sûre. Il avait la peau basanée, les yeux noirs, or Sara ne lui ressemble pas. Qu'en penses-tu ?

— Effectivement. Elle est blonde, comme toi. Elle pourrait être ta fille, en fait...

— Mais elle *est* ma fille !

Jordan la serra contre lui, embrassa le sommet de sa tête.

— Je sais, chérie...

— Oscar obligeait Amy à se prostituer. Le père était sans doute l'un de ses clients.

— Probablement.

— Je ne me suis jamais prostituée, précisa Valérie avec force. Oscar a tout fait pour cela, mais je n'ai jamais été assez désespérée pour lui céder !

Jordan la prit dans ses bras.

— Je crois que je l'avais également deviné. Il est difficile de feindre l'inexpérience. Quand nous avons fait l'amour, tu ne t'es pas comportée en belle de nuit.

Il y avait de la tendresse dans sa voix, mais la jeune femme sanglotait à nouveau.

— J'ai fait des choses, durant cette période, dont je ne suis pas fière… Cependant j'ai pu sauver Sara, et je ne regrette rien.

Valérie épongea ses larmes avec le coin du drap.

— Il n'en reste pas moins que ces souvenirs me hantent. Et puis, je voulais te dire à quel point je suis navrée que Charlie soit à l'hôpital par ma faute.

— Tu penses savoir quelque chose qui aurait pu empêcher cela ?

— Non !

— Dans ce cas, il est inutile de te sentir coupable.

— Mais je me sens responsable, Jordan ! C'est moi qu'on cherche à atteindre, à travers mes proches ! Or l'assassin est une personne de mon entourage. Peut-être un employé du journal. Sinon, comment expliquer ces actes de sabotage ?

— Je crois que tu as raison.

Elle frissonna.

— C'est terrifiant. Je n'ai aucun moyen de savoir qui cela peut être. Je ne dispose d'aucune arme pour me défendre. Je me sens tellement vulnérable, tellement impuissante, Jordan !

Ce dernier devina que Valérie avait réellement peur. Où était passée la femme volontaire et orgueilleuse qu'il connaissait si bien ? Il lui caressa les cheveux, la nuque, la joue.

— Tu sais forcément quelque chose, chérie. Mais tu n'accordes pas à cette information toute l'importance qu'elle a.

Jordan la sentit se raidir entre ses bras. Il avait tenu à la libérer de son sentiment de culpabilité à l'égard de Charlie, de la honte que lui inspirait son passé. Il restait cependant persuadé qu'elle détenait la clé du mystère. Si seulement elle avait le courage d'en parler – si elle acceptait de se confier…

— Qu'est-ce que je pourrais savoir, d'après toi ? s'enquit-elle.

Il cueillit son visage entre ses mains, la regarda dans les yeux.

— À toi de le trouver, ma chérie. Tôt ou tard, il va falloir que tu exhumes les zones d'ombre de ton passé. Si pénible que cela soit.

Elle secoua la tête.

— Je ne sais rien. Rien du tout !

Jordan se pencha pour déposer un petit baiser sur sa tempe.

— Cela te reviendra, Val. Fais-moi confiance.

Comme il reposait sa tête sur l'oreiller, il songea que Valérie lui cachait encore des bribes de son histoire, quoiqu'elle eût franchi un grand pas, ce soir. Cela dit, il voulait être autre chose pour elle qu'un simple protecteur.

— Tu veux bien me faire l'amour ? demanda-t-elle en posant une main sur sa poitrine.

Elle pressa son corps chaud contre le sien. Il entendait bien lui faire oublier son passé, exorciser ses peurs. Or il n'y avait pas meilleur remède à cela que le plaisir.

Jordan gémit comme elle couvrait son torse de baisers. Elle suçota l'un de ses mamelons, et il s'abandonna à sa langue. La jeune femme continua à le caresser lentement. Elle enserra sa virilité dans sa main.

Il frissonna de la tête aux pieds. Elle était douce, sensuelle, imaginative. Son audace toute nouvelle était aussi excitante que le savoir-faire d'une courtisane. Le désir montait en lui. Trop fort.

Jordan émit un bruit animal, puis attira Valérie contre lui, l'embrassant avec passion. Il ouvrit son peignoir, le lui enleva, fébrile, découvrant ses longues jambes et ses seins. Il palpa ces deux fruits tendres, en pinça les bouts, érigés et sensibles. Valérie s'agita. Elle attrapa la main de son amant et la guida entre ses cuisses.

— C'est ça que tu veux, chérie ?

Il introduisit deux doigts dans le sexe de sa compagne, qui se cabra, puis se mit à haleter. Elle jouit vite, fort, puis se laissa tomber contre lui de tout son poids.

Jordan ne put attendre. Il la chevaucha, s'enfonça en elle. Il se mit à aller et venir dans son corps, tout en songeant qu'il n'avait jamais connu une telle volupté. Toutefois, son bonheur ne pourrait être complet tant qu'il n'aurait pas conquis le cœur de Valérie. Et gagné sa confiance.

Jordan était endormi depuis plus d'une demi-heure, et Valérie se lovait contre lui. Elle aimait le contact de sa peau, elle aimait sa chaleur. La jeune femme avait souhaité ce corps-à-corps sauvage, mais elle avait encore de la peine à croire qu'elle eût pris l'initiative. Elle n'avait pas avoué tous ses secrets à Jordan. Du moins pouvaient-ils vivre cette passion, et s'apporter un réconfort mutuel.

Elle regarda son amant dormir. Sans doute allait-elle devoir, à un moment ou un autre, lui dévoiler les derniers mystères de son passé. Pour l'heure, elle baignait dans la douce euphorie du désir assouvi.

25

— Quel est ton programme, aujourd'hui ? s'enquit Jordan en appuyant sur le bouton d'appel de l'ascenseur.

Les amants se trouvaient au rez-de-chaussée de *Panache*. Jordan, qui avait demandé au taxi d'attendre, avait insisté pour accompagner Valérie dans son bureau. Il entendait ensuite la confier aux bons soins d'Éric, et cela jusqu'à l'heure du déjeuner.

— Tu ne peux pas continuer à me surveiller comme ça, Jordan ! protesta-t-elle en montant dans la cabine. Tu as une vie, des occupations. Il n'est pas utile de jouer les gardes du corps. J'ai promis d'ouvrir l'œil.

— Je ne joue pas, Valérie. Pas plus que le cinglé qui rôde autour de toi et s'enhardit de jour en jour. Je me refuse à prendre le moindre risque. J'espère que tu resteras vigilante. Ne va nulle part toute seule, même à l'épicerie du coin.

Il sortit son agenda.

— Alors, quel est ton programme ? répéta-t-il.

— C'est très chargé. Nous approchons du bouclage...

— Tu n'as pas oublié le rendez-vous avec le juge Martindale, au moins ? Denise a prévu de le voir à quatorze heures. Elle sait que je t'accompagne.

— Je ne vais pas perdre un temps précieux à flatter l'ego d'un magistrat, Jordan. Si tu te souviens bien, je n'ai jamais voulu publier cet article. Mais tu peux y aller sans moi !

— Il tient à rencontrer la rédactrice en chef du magazine, lui rappela Jordan.

— Quand il saura qui tu es, il ne s'intéressera plus à moi !

Il l'observait avec attention.

— Bien, Valérie. Quel est le problème ? Le sujet, ou Martindale lui-même ?

— Je crois t'avoir donné mon avis sur les idées de Denise. Je les trouve médiocres ! Quand elle nous proposera quelque chose de plus original, je serai la première à applaudir.

L'ascenseur s'était arrêté. Jordan en bloqua les portes d'une main, tandis qu'il retenait Valérie de l'autre.

— Donc, il s'agit de Denise.

Elle soupira.

— J'ai une dure journée devant moi, Jordan. J'aimerais commencer à travailler !

Il la dévisagea un moment, sentant qu'elle lui cachait quelque chose.

— Je ne t'ai jamais rien imposé jusqu'à présent, Valérie, mais je veux que tu m'accompagnes à ce rendez-vous, cet après-midi.

Jordan tenait avant tout à étudier la réaction de la jeune femme.

— Je ne pense pas que je viendrai, rétorqua-t-elle avec un air de défi.

Elle sortit de l'ascenseur.

— Nous en reparlerons tout à l'heure, persista-t-il. Mais prends garde à toi, Valérie. J'ai le sentiment que le tueur perd toute prudence. Il a pris un risque terrible en s'attaquant à nos enfants. Il semble agir au gré de ses impulsions, tout à coup...

— Tu as entendu ce que j'ai dit, Jordan ? Je n'irai pas à ce rendez-vous !

Jordan l'attira contre lui, sans se préoccuper qu'on les vît ou non.

— Ce n'est pas parce que tu as pris l'initiative, cette nuit, que tu peux te croire tout permis !

Là-dessus, il l'embrassa sur la bouche.

— Je passerai te prendre à deux heures moins le quart.

Valérie fit une halte aux toilettes pour se ressaisir. Elle n'avait nulle intention d'assister à l'interview de Denise, car elle entendait rendre une petite visite au juge avant. C'était la seule manière d'exorciser cette partie de son passé. Il se pouvait que Martindale ne se laisse pas impressionner. Cependant, elle n'avait pas le choix. Elle s'arrangerait de Jordan ensuite.

Éric se leva comme elle entrait dans la petite pièce où il travaillait.

— Prépare-toi à affronter le pire, Valérie. Le chaos règne au journal.

Il la suivit dans son bureau.

— C'est-à-dire ?

Éric s'assit.

— Premièrement : on a saccagé la cuisine. On a retrouvé du sucre dans la machine à café, du lait renversé dans le frigo, et tous les petits paquets de ketchup, de mayonnaise et de moutarde écrasés sur le sol. Un joli spectacle, tu peux me croire !

— Qui peut être l'auteur de cette mauvaise plaisanterie ? s'enquit Valérie en faisant la grimace.

— Ce n'est pas une plaisanterie, Val, mais du vandalisme pur et simple ! Je crois qu'il s'agit de la personne qui a détruit les négatifs de Roxanne, dans le labo photo.

Elle prit place à sa table.

— Vous avez alerté la sécurité ?

— Bien sûr, répondit Éric, qui leva les yeux au ciel. Mais cela ne servira à rien.

Il rapprocha son siège du bureau.

— Deuxièmement : Greg flippe.

Valérie se rembrunit.

— Greg ?

— Il est arrivé en avance, ce matin, et il a trouvé Denise devant son ordinateur, en train de lire ses fichiers ! Ils ont failli en venir aux mains. Tu sais combien il est chatouilleux à ce sujet : on a le sentiment que son disque dur contient des secrets d'État. Enfin, j'ai dû m'interposer. Ce n'était pas beau à voir...

— Où est-il ?

— Il a pris une journée de congé pour réfléchir à la situation. Il se peut qu'il nous laisse tomber.

Valérie allait devoir persuader Greg de ne pas démissionner, car il s'était rendu indispensable à la bonne marche du journal. Quant à Denise, elle venait de lui offrir la corde pour la pendre. Il se pouvait que Hal rechigne à la licencier, mais si Jordan appuyait Valérie dans cette démarche, elle avait toutes les chances d'en être définitivement débarrassée.

— Autrement, y a-t-il de bonnes nouvelles ? s'enquit-elle.

— Roxanne est à nouveau rayonnante.

— Oh, son amie est revenue ?

— Sa précieuse A.J. a reparu dans sa vie, oui, ironisa Éric.

D'après Roxanne, c'était A.J. qui avait soufflé l'idée du reportage sur Martindale à Denise... Valérie aurait aimé parler à cette fameuse A.J. Elle se promit d'inviter les deux femmes à déjeuner prochainement.

— Je ne connais pas l'amie de Roxanne, rappela-t-elle à Éric. Si elle se montre, dis-le-moi, d'accord ?

— Oh, elle va se montrer, tu peux en être sûre ! assura-t-il, cynique.

Il se leva, lissa son pantalon.

— Pour se mêler de ce qui ne la regarde pas. Elle est vraiment agaçante !

Valérie réussit à s'éclipser du journal sans encombre. En milieu de matinée, elle envoya Éric chercher des tirages au labo. Dès qu'il fut parti, elle saisit son sac et son manteau, prit l'ascenseur, puis héla un taxi. Vingt minutes plus tard, elle se trouvait à la réception de l'hôtel de Martindale.

Elle fit appeler sa suite, déclara qu'elle appartenait à la rédaction de *Panache*. Le juge accepta de la recevoir sans hésiter, l'invitant à monter dans ses appartements.

Valérie avait les mains glacées et la gorge sèche, lorsqu'elle frappa à la porte. Elle se demandait si son beau-père allait la reconnaître.

Martindale avait vingt ans de plus qu'à l'époque où elle s'était enfuie, mais il était resté séduisant. Il paraissait en forme, malgré des poches sous les yeux. Il fallait connaître son passé de criminel pour percer cette façade impeccable...

Le magistrat eut un sourire charmeur, puis il fit entrer Valérie dans sa suite. Il ne la reconnaissait pas, à l'évidence.

— Je suis Valérie Olivier-Long, annonça-t-elle, guettant ses réactions.

— Je suis ravi de vous rencontrer, assura-t-il en lui tendant la main. Vous êtes encore plus belle qu'à la télévision !

Ainsi, le juge savait à qui il avait affaire, sans toutefois établir le lien avec l'adolescente de quatorze ans qui avait été sa belle-fille. Valérie feignit de ne pas voir sa main tendue, et entra dans la suite. Elle se retourna après avoir fait quelques pas. Edward Martindale la regardait, perplexe.

— Me suis-je trompé d'heure, madame Long ? Ne devions-nous pas nous voir cet après-midi, avec votre reporter ? Comment s'appelle-t-elle, déjà... ?

— Denise Grantham.

— Oui, c'est cela. Et Jordan Case, le vice-président du groupe Kurtz-Whitman.

— Quand vous aurez entendu ce que j'ai à vous dire, monsieur le juge, ce rendez-vous n'aura plus de raison d'être.

— Je ne vous suis pas, avoua le magistrat en fronçant les sourcils.

Il eut un rire gêné et ajouta :

— C'est curieux. J'ai le sentiment de vous connaître... Nous sommes-nous déjà rencontrés ?

— Tu ne me reconnais vraiment pas, Edward ?

L'espace d'une seconde, Martindale parut alarmé, mais il se ressaisit.

— Dans ce cas, tu ferais peut-être mieux de t'asseoir, lui dit Valérie.

Déterminée, elle posa son sac sur un magnifique canapé en cuir fauve. Pourquoi ce type infâme lui avait-il inspiré de la crainte pendant tant d'années ?

— Je suis Caroline Weston.

— Caroline...

Martindale secoua la tête.

— La fille de Hannah, expliqua-t-elle patiemment. L'adolescente rebelle qui t'a vu commettre un meurtre de sang-froid.

Les sourcils épais du juge se rejoignirent. Son cou, puis son visage s'empourprèrent.

— C'est absurde ! cracha-t-il. Caroline a disparu depuis plus de vingt ans. Elle... Nous... nous avons pensé qu'elle était morte.

— Tu veux dire que tu *espérais* que j'étais morte ?

Martindale se redressa avec dignité.

— S'il s'agit d'une plaisanterie, madame, je ne trouve pas ça drôle.

— Cela ne m'a pas beaucoup amusée non plus de me retrouver catapultée dans un monde sans pitié à quatorze ans, Edward. Ni d'être obligée de fuguer et de trouver le moyen de survivre, après que tu as menacé de me tuer. Ce n'est pas une situation idéale pour une adolescente.

— Je n'ai jamais menacé de vous tuer !

— J'ai été le seul témoin de ton crime. Je t'ai vu abattre cet homme, lui tirer dans le dos.

— C'est ridicule ! Je ne vois pas de quoi vous parlez !

Valérie éprouvait à présent une réelle confiance en elle. Les choses étaient plus simples qu'elle ne l'avait imaginé. Et Martindale moins intimidant que dans son souvenir.

— Je crois qu'il s'appelait Stephen Parks. J'ai fait des recherches à son sujet quand j'ai commencé à travailler, après l'université. Un homme d'affaires de Chicago, du nom de Stephen Parks, a disparu en 1976. D'après sa famille, il avait des soucis financiers. On a pensé qu'il s'était suicidé, mais on n'a jamais retrouvé le corps.

Martindale déglutit nerveusement, ce qui fit bouger sa pomme d'Adam.

— Mais nous savons l'un et l'autre qu'il ne s'est pas suicidé, n'est-ce pas, monsieur le juge ? Stephen Parks a été assassiné. Et c'est toi qui l'as tué !

— Je n'ai assassiné personne, mademoiselle !

— Mademoiselle...

Valérie eut un rire amer.

— Tu m'appelais toujours mademoiselle quand nous nous disputions. Mais je n'ai plus quatorze ans, Edward. Je ne me laisse plus impressionner aussi facilement.

Martindale tira sur le col de sa chemise, de plus en plus mal à l'aise.

— Si tu crois me piéger en m'inventant un passé d'assassin, réfléchis-y à deux fois. Je nierai tout en bloc. Et puis, tu n'as pas intérêt à divulguer cette fable, Caroline, parce que tu serais obligée d'avouer que tu vis sous une fausse identité. Je ne pense pas que tes supérieurs hiérarchiques apprécieraient.

— Et moi, je te vois mal survivre au scandale si je révèle ce que je sais, Edward.

La jeune femme se dirigea vers un bureau, sur lequel le juge avait laissé les notes qu'il avait prises en vue de l'interview.

— On peut dévoiler mon passé, Edward, cela ne me fait pas peur. Je n'étais qu'une adolescente terrorisée par son beau-père. Mon histoire éveillerait la compassion. Toi, en revanche, tu es un assassin.

Martindale la dévisageait avec haine.

— Quel est le but de cette petite visite ?

— Pour commencer, je veux savoir si tu m'as harcelée au téléphone, si tu as commis des actes de vandalisme au journal, et pénétré chez moi à plusieurs reprises par effraction. Est-ce toi qui as tué Janine à Rose Haven ?

Edward considéra la jeune femme, éberlué.

— Je n'ai pas la moindre idée de ce que tu veux dire, Caroline ! Qui est Janine ? Qu'est-ce que Rose Haven ?

Valérie ne prit pas la peine de le lui expliquer. Elle n'avait pas pensé sérieusement que Martindale fût son persécuteur.

— Deuxièmement, poursuivit-elle, j'exige que tu reviennes sur ta décision et que tu renonces à être interviewé dans *Panache*.

— Et pourquoi me rendrais-je à ta volonté ?

— Sinon, je dirai à la police que je t'ai vu assassiner Stephen Parks, et que tu as travaillé avec la pègre.

— Qui croirait ces fadaises ? lança Martindale d'un air méprisant.

Il paraissait secoué, cependant.

— Ce ne sont pas des fadaises, Edward, et tu le sais. Je veillerai à ce que tu sois discrédité à jamais.

Valérie récupéra son sac, s'apprêtant à partir. Pourquoi avait-elle attendu toutes ces années pour se venger ?

Lorsqu'elle arriva à la porte, elle se retourna :

— Tu as échappé à la peine de mort, car j'étais trop jeune et trop terrifiée pour raconter la scène dont j'avais été témoin. Mais tu ne me fais plus peur, Edward. Et je parie que tu changeras d'avis à propos de cette interview dans mon magazine !

— Tu vas payer pour ton arrogance ! s'écria le magistrat, enragé. Je vais téléphoner à Hal Kurtz, et voir s'il apprécie que tu te sois présentée à lui sous un faux nom. Parce que si tu as menti sur ton identité, tu as forcément menti à propos d'autres choses !

Valérie perçut du dépit dans la voix du juge, et comprit qu'il fanfaronnait pour sauver la face. Elle avait gagné la partie. Il n'oserait pas contacter Hal. Toutefois, elle tenait à ce que sa victoire fût totale. Elle referma la porte qu'elle avait entrebâillée et fit face à Martindale une dernière fois, décidée à le démonter complètement.

— Cela signifie-t-il que tu refuses d'appeler Denise pour lui annoncer que tu ne veux plus être interviewé dans *Panache* ? s'enquit-elle.

Vaincu, Martindale baissa les yeux.

— Ce magazine n'est qu'un tissu de conneries, de toute façon ! cracha-t-il. Fiche le camp d'ici !

Trois minutes plus tard, Valérie montait dans un taxi. Elle ferma les yeux, respira profondément pour se calmer. Il lui restait à circonvenir son deuxième ennemi. Angela Leblanc.

La vengeance avait cependant un goût amer. Elle s'était toujours imaginé qu'elle sortirait euphorique d'une confrontation avec son beau-père, or l'homme lui avait paru pathétique. Cela dit, c'était une bonne chose qu'il sût que sa belle-fille avait survécu – et occupait un poste important dans la presse. Ainsi vivrait-il dans la crainte de finir en prison, car elle pouvait le dénoncer à tout moment.

La défection de Martindale risquait de mettre Denise hors d'elle. Cela dit, Valérie s'inquiétait davantage de la réaction de Jordan, qui la soupçonnait d'avoir des griefs personnels contre le juge.

La jeune femme se souvint qu'elle avait éteint son portable, afin qu'on ne pût interrompre son entrevue avec le juge. Elle constata qu'elle avait manqué six appels : deux d'Éric, trois de Jordan, et un coup de fil d'un correspondant dont elle ne reconnut pas le numéro. Alors qu'elle se demandait s'il s'agissait de la personne qui la traquait, la sonnerie du téléphone retentit.

— Valérie à l'appareil.

— Je croyais que nous avions passé un accord, Valérie, déclara Angela Leblanc d'un ton de reproche. Je vous ai donné un temps de réflexion, mais vous ne m'avez pas rappelée, comme convenu. Et lorsque j'essaie de vous joindre, vous ne répondez pas. Faut-il que je vienne à votre bureau pour vous convaincre de mes intentions ?

Formidable, se moqua Valérie. Le maître chanteur se manifestait alors qu'elle venait de terrasser son premier ennemi.

— Désolée d'avoir manqué vos appels, Angela, mais j'avais d'autres priorités.

— Je comprends que vous soyez une femme de pouvoir, qui prend des décisions importantes, qui dirige un magazine d'envergure nationale, qui gère tout cet argent, mais…

— Mais quoi ? s'enquit Valérie, craignant le pire.

— J'ai besoin d'être sûre que vous me prenez au sérieux.

— Je vous prends au sérieux, Angela.

— Parce que vous avez beaucoup à perdre…

Valérie attendit la suite.

— Par exemple, il y a ce petit secret à propos de Sara.

— Nous avons déjà parlé de cela, Angela. Il n'est pas utile de renouveler vos menaces. Je vous crois. Et puis, Sara n'est plus une petite fille. Elle est assez forte pour supporter d'apprendre la vérité.

— Oh, oh, on se révolte ! Mais imaginez que je dévoile la vérité à votre sujet. Cela ferait un bon sujet d'article, non ? Cela intéresserait peut-être quelqu'un à *Panache*, vous ne croyez pas ?

— Je comprends votre menace, Angela. Vous briseriez ma carrière, vous priveriez ma fille de ses illusions sur moi sans le moindre scrupule, si je refusais de payer.

Il y eut un silence.

— Eh bien… c'est présenter les choses de façon un peu brutale… remarqua Angela, qui parut déstabilisée.

— Mais n'est-ce pas la vérité ?

Angela poussa un profond soupir.

— Cette discussion ne nous mène nulle part, ma belle. Comme je vous l'ai dit, les hôtels sont hors de prix, ici. Je ne peux me permettre de rester plus longtemps à New York – à moins, bien sûr, de pouvoir disposer de vingt mille dollars. Vous avez l'argent, j'imagine ?

— Je n'ai pas oublié vos exigences, Angela.

— Bien. Très bien ! Alors écoutez, Valérie. Je suis dans un restaurant chinois du côté de Battery Park. Je vais vous donner l'adresse exacte…

Valérie était écœurée. Elle n'avait aucun moyen de faire pression sur Angela, aussi allait-elle devoir souscrire à sa demande, dans un premier temps.

— Vous voyez où se trouve ce restaurant, Valérie ?

— Oui.

Elle promit à la détective de la retrouver sur place, une demi-heure plus tard.

— Comment vous reconnaîtrai-je ? s'enquit-elle.

Angela gloussa.

— Eh bien, je ne vois pas comment je pourrais me procurer un œillet rouge d'ici à dix minutes, ni l'épingler à mon revers, vu que je suis sortie sans veste. Mais j'ai un sac facilement repérable, imitation zèbre. Je le poserai au milieu de ma table. On ne pourra pas se rater, Valérie.

Angela vida son troisième Dry Martini puis rota, ce qui lui attira des regards de mépris de la part du couple installé à la table d'à côté. Elle fit signe au serveur asiatique de lui apporter un quatrième verre, consulta sa montre, et décida qu'elle avait le temps d'aller aux toilettes avant l'arrivée de Valérie.

Elle se saisit de son sac, puis se fraya un passage entre les tables, qui étaient toutes occupées. Comme elle approchait des toilettes, elle songea, fataliste, que sa vessie s'avérait moins résistante qu'autrefois. Elle ne supportait plus le gin, à moins de boire des litres d'eau en même temps.

Comme elle refermait la porte des toilettes, la détective aperçut son reflet dans la glace. Elle avait les yeux rouges, le visage bouffi. Sans doute cela avait-il été une erreur de rester si longtemps au bar de l'hôtel, la veille, mais elle avait voulu célébrer l'événement : pour la première fois de sa vie, elle allait s'offrir des vacances au bout du monde ! Et elle comptait sur la chirurgie esthétique pour la rendre à nouveau attirante. Elle pouvait tabler sur des revenus réguliers, à présent. De gros revenus, des versements de vingt mille dollars par mois et…

Elle entendit quelqu'un entrer dans les toilettes, puis la lumière s'éteignit. Elle se remit debout en grommelant, referma son pantalon, puis tira la chasse d'eau. Tâtonnant dans l'obscurité, elle trouva la poignée de la porte, l'ouvrit.

Il faisait très sombre dans la petite pièce. Angela plissa les yeux, discerna une silhouette près des lavabos.

— Ça donne la chair de poule, hein ? lança-t-elle en ricanant. Ils sont vraiment pingres, ici. Ils se rattrapent sur l'électricité !

— Les propriétaires du restaurant ne sont pas en cause, répondit-on d'une voix sourde. C'est moi qui ai retiré l'ampoule.

— Oh… ?

— Et j'ai bloqué la porte, afin qu'on ne nous dérange pas.

— Vous…

Angela en resta bouche bée.

— Mais qui êtes-vous ?

Les mots suivants furent prononcés sur un ton suave et menaçant.

— Tu as eu tort de fouiner dans le passé de Valérie Olivier-Long, Angela…

Dans un brouillard alcoolisé, la détective privée scruta la forme floue, vêtue d'une chemise et d'un pantalon noirs, portant de grosses bottes et une casquette de base-ball.

— Mais qui êtes-vous, bordel ?

Une main se leva, vive comme l'éclair.

— Tais-toi, Angela ! C'est moi qui fais la conversation, OK ?

La détective esquissa un mouvement vers la porte.

— Vous rêvez ! Vous…

Elle aperçut la lame d'un couteau et s'arrêta net.

— Qu'est-ce qui se passe, ici ? C'est un couteau !

La lame lui piqua les côtes. Angela tressaillit.

— Oui, c'est un couteau ! lança la silhouette, qui se mit à danser d'un pied sur l'autre en agitant son arme, de façon macabre.

— Attendez! Je ne veux pas d'ennuis, moi! piailla Angela, qui recula d'un pas et buta contre la porte fermée des toilettes.

— Valérie est à moi, espèce de grosse hyène!

Le couteau passa à deux centimètres du visage d'Angela.

— Dites-moi ce que je peux faire pour arranger les choses. Je vais oublier jusqu'à son nom, je vous le promets!

— Mais sauras-tu oublier Caroline Weston?

Angela fronça les sourcils.

— Comment ça? Je...

— Ou Amy Trent?

— Amy Trent?

La silhouette inclina la tête.

— Y a-t-il un écho?

Un rire glaçant résonna dans la pièce.

— Et Sara? Cela te dit quelque chose?

Angela sentit la panique la gagner. Qu'allait-elle bien pouvoir dire pour sauver sa peau?

— Écoutez, je ne joue qu'un rôle mineur dans l'affaire. J'ai lu l'histoire dans le journal, bon Dieu! Je suis détective privée. C'est mon métier de fouiner dans la vie des autres. Je vous jure que je vais prendre l'avion pour rentrer chez moi, et tout oublier de cette affaire!

Le couteau repassa sous son nez.

— Oh, tu vas tout oublier, d'accord... admit la voix, ironique. Mais tous ceux qui connaissent le secret de Valérie doivent payer. Tu n'as donc rien soupçonné, quand Oscar est mort? Et Janine? Il fallait qu'ils paient, et toi aussi tu vas payer, Angela, parce que tu t'es mêlée de ce qui ne te regarde pas!

La détective privée devina qu'elle allait mourir. Habituellement, elle portait un revolver à la ceinture, mais elle n'avait pas emporté son arme car elle avait dû passer le détecteur de métaux, à l'aéroport.

— Vous les avez tous tués?

— Je les ai tous tués.

Le coup fut porté si vite qu'Angela ne le vit pas venir. Elle s'y était pourtant attendue, mais elle n'aurait jamais pensé souffrir aussi atrocement. Une douleur cuisante, insupportable, fusa dans son abdomen. Son dernier hoquet fut étouffé par le flot de sang qui envahissait sa gorge. Puis elle s'écroula, glissant lentement contre la porte des toilettes, les yeux fixés sur la silhouette de l'assassin.

Le couteau se planta à nouveau dans sa chair avec une rage meurtrière.

Quoique Angela fût au seuil de la mort, son cerveau continuait à fonctionner. Pourquoi n'avait-elle pas anticipé sa fin, elle qui était si intelligente ? Et qui était cet être diabolique ? L'obscurité le lui cachait. Allumez la lumière ! plaida-t-elle mentalement. Elle allait mourir sans connaître l'identité de son assassin.

Et ce fut cela, au dernier instant, qui la chagrina le plus.

Le trajet dura plus de quarante-cinq minutes. C'était l'heure du déjeuner. De plus, la circulation fut bloquée à deux cents mètres du restaurant : une voiture de police interdisait l'accès à la rue.

Valérie ouvrit la vitre, tendit le cou, et vit que le quartier grouillait de policiers. Éprouvant un curieux pressentiment, elle régla le chauffeur et poursuivit sa route à pied. Comme elle approchait de l'établissement où elle avait rendez-vous avec Angela Leblanc, elle aperçut une ambulance, un camion de pompiers, et deux autres véhicules de police. Une foule de badauds se tenaient à l'entrée du restaurant. Un cordon de plastique jaune les maintenait à distance.

Comme sur le lieu d'un crime.

Valérie observa la foule, mais ne repéra aucune femme portant un sac à main imitation zèbre. Elle s'approcha du groupe de curieux, saisit des bribes de conversation.

— Ils l'ont poignardée...

— C'est arrivé dans les toilettes pour dames et...

— ... en train de manger à une table, et tout à coup une femme revient des toilettes en hurlant.

— ... une blessure à l'arme blanche, ça peut faire des dégâts.

— ... il y avait beaucoup de sang.

Valérie restait figée sur place. Elle devinait ce qui s'était passé, mais attendait une confirmation quelconque à ses craintes. Deux infirmiers finirent par sortir du restaurant, portant une civière où reposait une forme humaine recouverte d'un drap de la tête aux pieds.

— Elle doit être morte, parce qu'on ne voit pas son visage, remarqua un jeune homme, en équilibre sur ses rollers.

Un policier suivit, un sac en plastique transparent à la main.

— Les effets de la victime, marmonna quelqu'un, non loin de Valérie.

Celle-ci frissonna d'horreur en apercevant le sac en zèbre.

26

Valérie entra dans le bureau de son assistant, le regard fixe, hantée par l'image d'Angela, étendue sans vie sur une civière.

— Ça va chauffer, chérie ! lui lança Éric.

Il eut un mouvement de tête en direction du bureau de la rédactrice en chef.

— Jordan est là, souffla-t-il. Il te cherche partout. Il passe des coups de fil à toutes les personnes qui figurent dans ton carnet !

Valérie se saisit du petit tas de feuillets roses, sur lesquels Éric notait ses messages. Ses mains tremblaient ; aussi fourra-t-elle les papiers dans la poche de son manteau.

Il la toisa, inquiet.

— Qu'est-ce qui cloche, Val ? Tu as l'air au bout du rouleau... On t'a encore menacée ?

— Mais non.

Valérie pouvait se permettre de mentir une fois de plus : elle avait passé sa vie à cela. Son rythme cardiaque ne s'était pas encore apaisé. Elle songeait toujours à la terrible fin de la détective.

— C'est le stress occasionné par cette histoire qui te démolit, affirma Éric. Jordan s'imagine que tu prends les menaces du tueur à la légère, mais il se trompe, selon moi. Tu vis dans la peur, Valérie. Et c'est cela qui te perturbe.

— Tu as raison.

— Et puis, tu te fais probablement du souci pour Sara et Charlie...

Et pour toute personne qui pourrait avoir un lien, même très lointain, avec moi, songea la jeune femme, au désespoir.

— Mais pourquoi t'es-tu éclipsée ainsi, sans rien dire à personne ? Jordan était furieux ! Il se fait un sang d'encre à ton sujet.

— Je m'efforcerai de me montrer plus soumise, à l'avenir, plaisanta-t-elle.

Cependant, le cœur n'y était pas. Valérie se sentait réellement terrorisée.

— Il est fou de toi, Val ! Tu ne l'as donc pas remarqué ?

— Il est fou de rage, oui, rectifia-t-elle.

Et il perdrait toute civilité s'il apprenait que la détective privée qui avait tenté de la faire chanter avait été assassinée.

— Avant que j'aille l'affronter, dis-moi s'il y a eu d'autres actes de sabotage en mon absence.

— Non, bien que Roxanne n'ait pas cessé de me cuisiner à ce propos. Et puis, Denise est toute retournée à cause de l'article sur Martindale.

— Martindale ?

La porte s'ouvrit à la volée. Jordan apparut. Il planta les mains sur ses hanches, tel un mâle outré.

— Où étais-tu passée, bon sang ?

Il paraissait peu disposé à l'indulgence. L'espace d'un instant, Valérie éprouva une envie folle de se jeter dans ses bras et d'éclater en sanglots. Elle aurait tant aimé qu'il la rassure !

— On peut parler dans mon bureau, déclara-t-elle d'une voix tremblante, en se faufilant dans l'embrasure de la porte.

— Ne nous passe aucun appel, Éric, cracha Jordan sans quitter Valérie des yeux.

Il suivit la jeune femme dans la pièce, referma la porte derrière eux. Il resta debout, cependant que Valérie posait sa mallette sur une chaise, ôtait son manteau et l'accrochait à une patère. Elle s'assit ensuite à son bureau.

— Je suis désolée que tu te sois fait du souci pour moi, dit-elle en évitant le regard de son amant. Mais j'ai dû m'absenter.

Jordan s'approcha, prit place face à elle.

— Je n'étais pas seulement inquiet, Valérie. Figure-toi que Martindale s'est désisté ! Il a appelé Denise pour annuler l'interview. Lorsqu'elle lui a demandé des explications...

— Il a donc appelé Denise ? le coupa Valérie avec une satisfaction évidente.

— Quand Denise l'a prié de se justifier, poursuivit Jordan sans tenir compte de l'interruption, il a prétendu avoir reconsidéré sa décision. Il a argué du fait qu'un homme de sa stature, exerçant une profession comme la sienne, ne pouvait se permettre de voir sa photo publiée dans un magazine grand public comme *Panache*. Son attitude m'a paru étrange, aussi l'ai-je rappelé. Au cours de la conversation, il a fini par admettre qu'il avait reçu la visite de Mme Olivier-Long. Il a toutefois refusé de me donner des détails à ce sujet. Il a simplement dit qu'il préférait éviter toute publicité douteuse.

— Je me demandais quelle excuse il trouverait, murmura Valérie.

— Tu reconnais donc l'avoir vu, et l'avoir obligé à se désister ?

— Oui. Et cela s'est avéré plus simple que je ne l'aurais pensé.

Jordan la dévisageait comme s'il la voyait pour la première fois.

— Je veux savoir ce que tu lui as dit, Valérie, déclara-t-il avec un calme inquiétant. Que tu m'expliques pourquoi tu es allée le voir de ta propre initiative, avant le rendez-vous prévu cet après-midi. J'exige que tu me dises pour quelles raisons – et ces raisons sont forcément personnelles – tu as pris des mesures aussi radicales à l'endroit de Martindale.

— Je n'ai jamais caché que...

— Bon Dieu ! tonna Jordan, qui bondit de sa chaise. Je veux la vérité, Val. Plus de détours, de faux-semblants, d'atermoiements, s'il te plaît !

La jeune femme posa les mains sur son bureau, les glissant l'une dans l'autre afin que Jordan ne voie pas qu'elles tremblaient.

— Denise a dû être furieuse. Elle va tenter de découvrir qui lui a mis des bâtons dans les roues. Elle va interroger Éric, ou Roxanne. Ou A.J.

Valérie s'interrompit ; elle venait de se souvenir que la fameuse A.J. avait soufflé l'idée du reportage sur les juges à Denise. Jordan, quant à lui, n'avait jamais pu découvrir l'origine du courrier électronique qu'il avait reçu, lui suggérant de publier un article sur Amy Trent. Était-ce A.J. ? Et puis, pourquoi Roxanne s'inquiétait-elle des actes de sabotage au journal ? Se pouvait-il qu'elle soupçonne son amie ?

— C'est tout ? Tu n'as rien d'autre à dire ?

— Quoi ? fit Valérie qui sursauta.

— Si je t'ennuie...

Jordan se tenait devant le bureau, les bras croisés, l'air sombre.

— Non, excuse-moi. Je pensais juste...

— Dans ce cas, j'aimerais que tu m'expliques un certain nombre de choses, Val. Je me demande pourquoi tu es pâle comme un linge. Tu as l'air au bord de l'évanouissement !

Il se pencha en avant, s'appuya sur le bureau des deux mains, puis attendit que Valérie pose les yeux sur lui. Il perçut alors son désespoir.

En l'espace d'une seconde, son attitude changea du tout au tout.

— Qu'est-ce qu'il y a ? Qu'est-ce qui ne va pas ? demanda-t-il, fou d'inquiétude.

— Par où commencer ? murmura-t-elle en secouant la tête.

— Mon Dieu, mais qu'y a-t-il, chérie !

Jordan, dont la colère était retombée, fit le tour du bureau en tirant une chaise derrière lui, et s'assit près de Valérie.

Elle leva les yeux sur lui, prit une profonde inspiration.

— Angela Leblanc a été assassinée.

Consterné, il la dévisagea. Il n'avait pas songé un seul instant que Valérie ait pu se trouver en compagnie de la détective privée.

— Quand ? demanda-t-il, alors qu'une foule de questions affluaient dans son esprit. Comment ?

Une affreuse pensée s'imposa à lui.

— Tu es impliquée dans l'histoire ?

Les lèvres de Valérie étaient agitées de tremblements.

— Je suis impliquée, dans le sens où les gens qui me côtoient et qui connaissent mon passé meurent les uns après les autres, Jordan !

Il se rembrunit, tout en se demandant quel était le lien entre la mort d'Angela Leblanc et le reste de l'énigme.

— Comment l'as-tu appris ?

— Je... Elle m'avait donné rendez-vous dans un restaurant chinois. Lorsque je suis arrivée là-bas, on l'emmenait sur une civière. Quelqu'un a dit qu'elle avait été poignardée dans les toilettes.

— Comment peux-tu savoir qu'elle était morte ?

— Les gens parlaient. Certains étaient sur les lieux quand c'est arrivé. Ils disaient...

La jeune femme frissonna d'horreur.

— ... qu'il y avait beaucoup de sang.

— On peut survivre, même en perdant du sang, protesta-t-il.

— Un drap recouvrait son corps de la tête aux pieds.

Valérie serra ses bras autour d'elle, terrifiée à ce souvenir.

— Elle était morte, Jordan !

— Et tu es sûre qu'il s'agissait d'Angela Leblanc ?

— Je pense, oui. Quand nous avons décidé de nous rencontrer, je lui ai demandé comment je pourrais la reconnaître. Elle m'a dit qu'elle avait un sac en imitation zèbre. Or un policier est sorti du restaurant avec un sachet en plastique transparent, contenant les effets de la victime. Le sac était dedans.

Jordan essaya d'imaginer ce que Valérie avait pu ressentir.

— Pourquoi avais-tu rendez-vous avec Angela ?

Les yeux de la jeune femme se remplirent de larmes. Elle respira profondément.

— Elle avait l'intention de me faire chanter.

— Un chantage ?!

Comme Valérie acquiesçait en silence, il s'appuya contre le dossier de son siège.

— Elle avait découvert la vérité sur Sara ?

— Oui.

Jordan était tiraillé par diverses émotions. Valérie ne lui avait pas demandé son aide, alors qu'elle se trouvait dans une situation désespérée – chose qui le blessait terriblement. Elle s'était préparée à rencontrer seule un maître chanteur. Elle avait pris le risque – inouï – de quitter l'immeuble de *Panache*, alors qu'elle était en danger partout ailleurs.

— Tu avais accepté de lui verser de l'argent, afin que Sara ne découvre pas la vérité sur sa mère ?

— Il n'y a pas que cela, Jordan, répondit Valérie d'un ton mesuré. Tu pourrais bien me fuir, quand tu sauras...

Elle fut interrompue par des éclats de voix, provenant du bureau d'Éric. Ce dernier semblait se quereller avec une femme.

Jordan marmonna un juron, se leva, puis se dirigea vers la porte qu'il ouvrit brusquement.

— Que se passe-t-il, ici ?

— Rien dont je ne saurais m'arranger, Jordan, répliqua Éric, tout en lançant un regard noir à Denise Grantham. Denise insiste pour vous voir, Val et toi. Je lui ai dit que ce n'était pas le moment, mais elle s'apprêtait à forcer la porte !

— Qu'y a-t-il, Denise ? interrogea Jordan avec impatience.

La maîtresse de Hal Kurtz cracha une obscénité à Éric, puis lissa la jupe de son tailleur.

— Il m'a paru invraisemblable que Martindale ait pu changer d'avis, Jordan. Aussi l'ai-je appelé, dans le but de le faire revenir sur sa décision...

— Je crois qu'il ne faut pas insister, Denise. Trouvons quelqu'un d'autre. Il y a d'autres juges intéressants, dans ce pays.

— Heureusement, acquiesça-t-elle, l'œil brillant. Parce que le bon juge est mort !

Valérie bondit de sa chaise, une main sur le cœur. Éric en resta bouche bée.

— Mort ? répéta Jordan en fronçant les sourcils.

— Eh oui, soupira Denise, ravie de son effet. Je n'ai jamais trouvé plausible qu'il fasse marche arrière. Ce projet d'article l'enthousiasmait. Rien ne pouvait le faire changer d'avis, hormis quelque chose de vraiment grave...

La journaliste eut un rire hystérique.

— Or qu'est-ce qui pourrait être plus grave que la mort, d'après toi ? Et attends, ce n'est pas tout ! Il n'a pas succombé à une crise cardiaque. Il a été tué par balles. On lui a tiré dessus !

— Tu étais censé rester calme pendant quarante-huit heures, Charlie !

Sara se précipita, prit la planche des mains de son mari et la posa debout contre le mur. Elle se plaça devant le carton dans lequel Charlie rangeait ses outils, afin de lui en barrer l'accès.

Ce dernier se redressa, chatouilla la jeune femme sous le menton.

— Tu connais ce proverbe selon lequel rien n'égale une épouse silencieuse ?

Sara fit la grimace.

— Non, mais d'après un vieux dicton, un mari est capable d'user la patience d'une sainte... Enfin, Charlie, on installera ces étagères plus tard ! Attends d'avoir récupéré des forces. N'oublie pas que tu as un traumatisme crânien !

Il attrapa Sara par les avant-bras, et l'écarta de son chemin.

— Je me sens très bien ! Je suis resté couché tout l'après-midi, cela suffit. Je vais devenir fou, si je reste sans rien faire.

— Très bien. Alors vas-y ! Mais ne viens pas te plaindre ensuite que tu as mal à la tête et que tu ne peux pas dormir !

Il embrassa sa femme sur la bouche.

— Il y a sans doute mieux à faire dans un lit que de dormir, déclara-t-il en lui adressant un sourire lubrique.

— Des promesses, toujours des promesses...

Sara lui fit un clin d'œil.

— Si tu es décidé à bricoler, dit-elle en se penchant vers la boîte de pièces détachées, laisse-moi au moins t'aider.

Comme elle lui tendait deux équerres métalliques, la sonnette retentit.

— Je parie que c'est ton père, lança-t-elle.

Sara reposa les équerres, puis se dirigea vers la porte.

— Attends, chérie!

Charlie se leva d'un bond, et grimaça, car une vive douleur fusait dans son crâne. Cela se produisait chaque fois qu'il faisait un mouvement brusque. Sans doute n'était-il pas remis de sa chute. Il s'était toutefois gardé de le dire à Sara, afin de ne pas l'inquiéter... Celle-ci arriva à la porte avant lui.

— N'ouvre pas! cria-t-il.

La jeune femme se tenait sur la pointe des pieds, et regardait dans l'œilleton.

— Des fleurs! s'exclama-t-elle en faisant glisser la chaîne de sécurité dans son rail. Quelqu'un t'envoie des fleurs. Je parie que ce sont les parents. Tu avais raison: ces deux-là nous cachent quelque chose!

Charlie se tenait à la droite de Sara, tandis qu'elle ouvrait la porte.

— Oh, des roses. Elles sont magnifiques!

— Charlie Case? fit la femme qui livrait le bouquet.

— C'est moi, oui, répondit le fils de Jordan, en prenant Sara par la taille.

— Puis-je poser les fleurs sur la table? demanda la femme qui indiqua le guéridon de l'entrée, d'un mouvement du menton.

Elle pénétra dans l'appartement et les posa sur la petite table. Après quoi elle recula d'un pas, se tourna vers le jeune couple.

— Elles vont avoir besoin d'eau, remarqua-t-elle.

— Qui est-ce qui nous les envoie? s'enquit Sara en humant les roses.

— Il y a une carte, répondit l'inconnue, qui ôta un bristol épinglé sur le papier transparent et le tendit à Sara.

Charlie, qui observait la scène, éprouva tout à coup une impression de malaise. Il n'aimait pas la façon dont la femme regardait son épouse. Voulant se débarrasser d'elle, il plongea la main dans sa poche, en sortit un billet.

— Nous allons nous en arranger, décréta-t-il en lui tendant l'argent, qu'elle refusa.

— Il n'y a aucun nom sur la carte, s'étonna Sara qui leva les yeux.

— C'est parce que je ne l'ai pas signée, Sara, rétorqua la femme.

Elle lui adressa un sourire glacial.

— Je vous connais ? demanda Sara en scrutant son visage, perplexe.

— Non, mais tu ne vas pas tarder à faire ma connaissance.

La femme ajouta, sans quitter Sara des yeux :

— Ferme la porte, Charlie.

— Fichez le camp ! cracha-t-il.

Le jeune homme sentit la peur lui cisailler les entrailles, tandis qu'elle braquait un revolver sur lui.

27

Dès que Jordan eut congédié Denise, Valérie laissa libre cours à ses émotions.

— Ô mon Dieu... qui est ce criminel ?

Il prit la jeune femme dans ses bras, la serra fort contre lui.

— Essaie de réfléchir, Valérie, puisque toutes les victimes ont un lien avec toi... Jusqu'à présent, nous étions les seuls à le savoir, mais diverses personnes ont pu te voir sortir de l'hôtel de Martindale. Des journalistes t'ont peut-être filmée devant ce restaurant. Il se pourrait que quelqu'un te reconnaisse, et fasse le rapprochement.

Valérie prit peur.

— Tu crois qu'on pourrait me considérer comme suspecte ? La police irait jusqu'à croire que j'ai tué Edward ? Ou Angela ?

— Tu es la dernière personne qui ait vu Martindale vivant. Et Angela se trouvait dans ce restaurant parce qu'elle avait rendez-vous avec toi. Si d'aventure la police découvrait ces faits, elle exigerait des explications.

— Mais c'est l'assassin qui a vu ces personnes vivantes pour la dernière fois ! s'écria-t-elle, horrifiée.

Qui allait la croire, cependant ? Jordan lui-même douterait-il de sa bonne foi ? La pensait-il prête à tuer pour protéger ses secrets ? Cette idée lui était insupportable.

— Tu... tu crois que j'ai tué tous ces gens, Jordan ? demanda-t-elle d'une voix blanche.

— Bien sûr que non !

Il sentit que Valérie tremblait, et lui massa le dos pour la rassurer.

— Au fond de toi, tu sais qui est le tueur, Val. Il faut juste que nous réussissions à l'identifier, parmi toutes les figures de ton passé.

Il en revenait toujours à cette conclusion. Il retournait dans sa tête les éléments dont il disposait, s'efforçant d'établir un lien entre eux, de trouver un point de départ.

Les amants restèrent ainsi quelques minutes, s'étreignant, cherchant une hypothèse plausible. Ils étaient aussi effrayés l'un que l'autre, quoique Jordan cachât ses craintes.

— Je ferais mieux de prévenir Charlie, annonça-t-il. Il faut qu'il suive Sara comme son ombre. Après toi, c'est elle que ce cinglé vise en priorité.

— Elle et Charlie, lui rappela Valérie. Et toi aussi, Jordan…

Parce qu'il faisait partie de sa vie.

— Oui, acquiesça-t-il. Tu as raison.

— Appelle-les tout de suite, je t'en prie !

Jordan sortit son téléphone portable de sa poche, appuya sur une touche, fit défiler des numéros programmés.

— Ils ont mis le répondeur, constata-t-il au bout de quelques secondes.

Il laissa un message, leur enjoignant de ne pas ouvrir leur porte à des étrangers.

— J'aurais dû me montrer plus alarmant, remarqua-t-il après avoir raccroché, et les mettre en garde contre toute personne qui n'appartient pas à leur entourage proche. Puisque le tueur non seulement te harcèle, mais commet des actes de sabotage au journal, c'est forcément quelqu'un qui t'est familier, Valérie.

— Oui… admit la jeune femme en allant se placer à la fenêtre, songeuse. À un moment, j'ai soupçonné A.J., l'amie de Roxanne.

Elle se tourna vers Jordan pour ajouter :

— Tu la connais ?

— Oui. Pourquoi ?

— Eh bien, c'est elle qui a soufflé cette idée d'article sur Martindale à Denise, et je me demande si elle ne t'aurait pas adressé ce mystérieux e-mail, te suggérant de faire un papier sur Amy Trent.

— Il y aurait donc un rapport entre ces deux reportages ?

— Oui. Ils me concernent tous les deux. Tu sais déjà pourquoi Amy fait partie de mon histoire, Jordan...

Valérie regarda son amant, détourna les yeux, et prit une profonde inspiration.

— Edward Martindale était mon beau-père, déclara-t-elle.

— Ton beau-père ? s'exclama-t-il, interloqué.

Il avait envisagé diverses possibilités, mais n'aurait jamais pensé à celle-ci.

— Edward ne se conduisait pas comme un beau-père est censé le faire, avoua-t-elle en se tordant les doigts. Sa mort ne m'attriste pas.

Jordan, qui observait Valérie, crut deviner ce qu'elle lui cachait.

— Amy et toi aviez beaucoup de choses en commun, Val. Vous apparteniez l'une et l'autre à des familles riches, vous étiez toutes les deux fugueuses... Avez-vous subi les mêmes sévices ?

— Edward n'a jamais abusé de moi sexuellement. Il voulait seulement m'éliminer.

— Tu veux en parler ? proposa Jordan, qui ne la quittait plus des yeux.

Elle alla s'asseoir à son bureau.

— C'est une histoire assez sordide...

— J'essaierai de ne pas juger.

— Quand j'avais quatorze ans, Edward avait des accointances avec la pègre, à Chicago. Il s'était acoquiné avec des gangsters pour spolier l'un de ses clients – un honnête homme. Et il l'a ruiné. L'homme d'affaires est venu le voir, un soir, il l'a menacé d'un revolver et a dit qu'il allait le tuer.

Valérie semblait revivre la scène.

— Ils se sont battus. Edward a réussi à prendre le dessus. Il a arraché l'arme des mains de son adversaire. J'ai pensé qu'il allait appeler la police, ou renvoyer son client un peu vertement. Au lieu de quoi, il l'a abattu de sang-froid.

Jordan la dévisageait, stupéfait qu'elle pût raconter l'événement qui avait influé sur sa vie entière avec un tel détachement.

— Tu as tout entendu ? Tu as assisté à la scène ?

— Oui. Je n'étais qu'une gamine, et j'ai été terrorisée.

Elle lui adressa un sourire cynique.

— Edward a entrepris de se débarrasser du corps. Il comptait faire disparaître tout indice de la visite de cet homme. Je me suis disputée avec lui, une fois de plus. « Et la famille de ce monsieur ? me suis-je écriée. Et ton sens de la justice ? » Comme une idiote, je lui ai dit que j'allais avertir la police, que cela lui plaise ou non. C'est alors qu'il a déclaré que j'avais intérêt à me taire, parce que sinon...

Valérie leva les yeux, regarda Jordan.

— Je n'avais que quatorze ans, mais je ne me suis pas méprise sur le sens de cette menace. Edward n'avait jamais voulu de moi, de toute façon. Il avait épousé ma mère, mais il ne faisait que tolérer ma présence. Je savais qu'il ne pouvait prendre le risque de me voir parler. Il fallait qu'il me supprime pour me réduire au silence. Aussi ai-je fui la maison.

Jordan demeura silencieux. Il connaissait la suite. Elle avait échoué chez un proxénète, elle s'était droguée. Elle avait sauvé Sara des griffes d'Oscar Diaz, puis changé d'identité. Il découvrait à présent la raison qui l'avait poussée à fuir sa famille.

Il esquissa un sourire.

— Tu as vécu beaucoup de choses...

La jeune femme haussa les épaules, faussement désinvolte.

— Je ne voulais pas que quiconque l'apprenne.

— Et maintenant, ton passé t'a rattrapée.

Elle acquiesça d'un hochement de tête.

Jordan éprouvait un mépris sans nom pour Edward Martindale, de même qu'il avait haï Oscar Diaz. Valérie était une femme remarquable. Elle avait surmonté de terribles épreuves, avait élevé magnifiquement une fille qui n'était pas la sienne, avait fait carrière dans le journalisme avec brio. Quelqu'un voulait cependant la punir, mais de quoi ? Un tueur pervers tenait à assouvir sa vengeance. Pour quelles raisons ? Qui, dans le passé de Valérie, éprouvait le besoin de la voir payer au point de tuer une personne après l'autre ?

— Tu ne crois pas que ma théorie à propos d'A.J. mérite qu'on l'examine plus avant ? demanda-t-elle.

— Je ne la rejetterai pas, tant que nous n'aurons pas entrepris quelques recherches, promit Jordan.

Il composa le numéro du bureau de Roxanne sur le téléphone.

— Je me demande ce que signifient ces initiales : A.J. ? murmura Valérie, comme son compagnon parlait dans le combiné.

— Roxanne est sortie, annonça-t-il. Elle a dit à son assistante qu'A.J. l'avait appelée et lui avait demandé de venir. Pour une raison urgente, semble-t-il.

Jordan restait songeur. Il cherchait à se rappeler quelque chose à propos d'A.J., mais ne trouvait pas quoi. Valérie regardait par la fenêtre, inquiète.

— Tu disais que Charlie et Sara n'étaient pas chez eux. Penses-tu que ton fils soit en état de sortir ?

— Non. Mais un garçon de vingt-trois ans doit faire un mauvais malade, à mon avis. Il a dû aller prendre l'air.

Il cherchait toujours à se souvenir de ce détail qui lui échappait, et lui paraissait crucial...

— Nous devrions rappeler, décida Valérie, qui tendit la main vers le téléphone.

— A.J. ! s'exclama soudain Jordan, en posant une main sur la sienne pour arrêter son geste. Oh, sans doute n'est-ce qu'une coïncidence, mais les initiales d'Amy Trent étaient A.J.

— Comment as-tu appris cela ? Je l'ignorais.

— J'ai rendu visite à Emily.

— Et... ?

— Sa fille s'appelait Amy Juliana Trent.

Jordan pianotait sur le bureau tout en réfléchissant, l'air sinistre. Ce à quoi il venait de penser était insensé.

Cependant, ils avaient affaire à un être qui avait manifestement perdu la raison.

— Je vais descendre voir l'assistante de Roxanne, annonça-t-il. Reste ici, Val. Je reviens dans deux minutes.

— Quelle est ton hypothèse ? Tu ne crois tout de même pas que Roxanne…

Valérie s'interrompit devant l'expression assombrie de Jordan.

— A.J., dit-elle, bouleversée. Tu crois qu'A.J. se prend pour Amy Trent ?

— Je sais que cela paraît fou, mais c'est une possibilité. Tu dis toi-même que tu ne l'as jamais rencontrée, alors que tous les employés du journal la connaissent. Se pourrait-il qu'elle t'évite, pour quelque raison ?

Valérie porta une main à sa gorge.

— Qu'est-ce que tu essaies de me dire, Jordan ?

— Je ne sais pas, mais surtout reste là. Ne bouge pas, d'accord ?

Il haussa les sourcils, attendant que la jeune femme lui réponde. Elle finit par hocher la tête, avec réticence. Là-dessus, il sortit du bureau.

Valérie arpenta la pièce d'un pas nerveux, s'arrêta devant la fenêtre, contempla le sommet des tours d'en face se découpant sur le ciel bleu. Après quoi, elle se remit à faire les cent pas dans son bureau.

Elle songea que Jordan avait vu juste : une inconnue se prenait pour Amy. Mais pourquoi ? Était-ce cette femme qui la harcelait depuis le début ? Avait-elle tué Janine ? et Oscar ? et Angela ? et Edward Martindale ?

Abasourdie, Valérie faillit ne pas entendre la sonnerie de son téléphone portable. Elle se leva, sortit l'appareil de son sac.

Faites que ce soit Sara ! pria-t-elle.

— Valérie à l'appareil.

— C'est à nouveau moi, annonça une voix aux accents chantants.

Elle se laissa tomber sur une chaise.

— Qui…

Elle s'éclaircit la voix, recommença :

— Qui êtes-vous ?

— Tu ferais mieux de me demander d'où j'appelle, Caroline. Or il se trouve que je suis chez ta fille.

Valérie sentit son cœur cogner dans sa poitrine.

— Vous êtes avec Sara ?

— Cela a toujours été mon but.

C'était clairement une voix de femme, cette fois.

— Si vous êtes vraiment chez Sara, demandez-lui de venir me parler. Je veux entendre sa voix !

— Je n'ai pas le temps d'accéder à tes désirs, Caroline. Je suis dans l'appartement, et je peux te dire que Charlie et Sara sont des hôtes très polis. Il ne manque plus que l'invitée d'honneur. Toi, Caroline. Penses-tu pouvoir venir rapidement ?

Valérie prit le téléphone dans l'autre main et détendit ses doigts, qu'elle avait crispés sur le combiné.

— Et pourquoi ferais-je ce que vous me demandez, alors que je ne suis même pas sûre que vous êtes chez ma fille ? Je ne sais pas si Charlie et Sara se trouvent sur place. Je n'irai nulle part, tant que je n'aurai pas entendu la voix de ma fille, A.J.

— Oh, oh… tu as deviné, n'est-ce pas ?

La femme plaqua une main sur le micro et parla à quelqu'un.

— Voici ta fille chérie ! gloussa-t-elle.

— Ma… maman ? C'est toi ?

— Sara !

Valérie ferma les yeux.

— Est-ce que ça va, Sara ?

— Elle a un revolver, maman. Ne viens pas ! Elle est…

— Je crois que tu vois le tableau, Caroline, dit A.J. en reprenant le téléphone. Alors prends un taxi et rapplique… Immédiatement. Trouve un moyen d'échapper à la vigilance de ton garde du corps. Je n'ai pas besoin de te rappeler que je n'ai rien à perdre. Rien.

— Mais pourquoi faites-vous cela ? s'écria Valérie.

— Parce que tu m'es redevable, Caroline. Je te l'ai déjà dit.

— Redevable de quoi ?

— Je vais attendre qu'on soit face à face pour te le dire, ma chère. Cela promet d'être amusant !

On coupa la communication.

Valérie resta figée sur place. Un sentiment de panique la gagna: ce monstre avait pris Sara et Charlie en otage! Elle aurait aimé demander assistance à Jordan. Mais c'était exclu. A.J. l'avait convoquée, seule. Comment réagirait-elle si Valérie ne respectait pas ses diktats? Elle allait devoir trouver un prétexte pour quitter le journal sans éveiller les soupçons d'Éric...

Elle décrocha son manteau de la patère d'une main tremblante, mais garda le vêtement sur son bras, afin de ne pas attirer l'attention. Elle fourra son téléphone portable dans la poche du manteau, se composa une expression neutre.

Il convenait d'agir avec sang-froid: la vie de Sara en dépendait.

Imogène Dunne, l'assistante de Roxanne, était une petite rousse replète. Elle avait des allures maternelles, et se montrait toujours d'une grande timidité.

Jordan se planta devant son bureau et la toisa de toute sa hauteur.

— Donc, vous ne savez pas où se trouve Roxanne? s'enquit-il.

La secrétaire se tassa sur son siège, affolée.

— Non, monsieur. Je... Voulez-vous que je vous aide à trouver quelque chose?

— Non. C'est Roxanne que je cherche.

— Eh bien...

Jordan recula de quelques pas: il n'obtiendrait d'elle aucun renseignement en l'intimidant.

— Disparaît-elle souvent au milieu de l'après-midi, sans dire où on peut la joindre? Elle ne vous a donné aucune explication?

— Il se peut qu'elle ne revienne pas de la journée.

— Pourquoi? Avait-elle quelque chose de si important à faire?

Imogène remonta ses lunettes sur son nez.

— Le... Elle a reçu un appel d'A.J. Elle répond toujours à la première sonnerie, quand c'est A.J.

Jordan grommela, puis jeta un regard sur la pièce contiguë, qui servait de bureau à Roxanne.

— D'où venait l'appel ? demanda-t-il.

— De son téléphone, monsieur, répliqua Imogène, perplexe.

Il reformula sa question patiemment.

— Je veux dire... était-elle à son bureau, ou est-ce son téléphone portable qui a sonné ?

— Oh, elle était à son bureau, monsieur. Je l'ai vue noter une adresse.

La secrétaire écarquilla les yeux.

— Oh, je me souviens, maintenant ! Elle m'a paru nerveuse, pendant qu'A.J. parlait, parce qu'elle a dû recopier ce qu'elle avait écrit. Elle a jeté le premier papier.

Jordan avait pénétré dans le bureau de Roxanne avant même qu'Imogène ne se lève de sa chaise. Il se saisit de la corbeille, la vida sur le bureau, se mit à fouiller dans les papiers froissés.

— À quoi ressemblait cette note ?

— C'était un Post-it, répondit Imogène.

Elle parcourait du regard le contenu de la corbeille.

— Voilà, c'est ça ! s'exclama-t-elle en brandissant un feuillet plié en deux.

Jordan l'ouvrit, tenta de déchiffrer les gribouillis de Roxanne. La photographe avait rayé plusieurs chiffres, puis elle était repassée dessus, ce qui les rendait presque illisibles. Mais le nom de la rue et le numéro de l'appartement apparaissaient clairement.

Or il s'agissait de l'adresse de Charlie et Sara !

Imogène se dressait sur la pointe des pieds, tentant de lire ce que Roxanne avait écrit.

— On dirait qu'elle a...

Jordan se précipita hors du bureau. A.J. se trouvait chez Sara et Charlie ! Ce qui s'avérait très inquiétant. Le lien qu'avait cette femme avec Valérie devait expliquer les meurtres, le harcèlement, les coups de fil anonymes... Mais quel était-il ? En outre, elle se prenait pour Amy Trent, et montrait une audace insensée. Jordan en eut froid dans le dos.

Il pria Éric d'appeler un taxi.

— Vite, ordonna-t-il. Dis-leur qu'on sera en bas d'ici à trois minutes !

Éric se leva de son siège.

— Où est Valérie ? demanda-t-il.

Jordan, qui s'apprêtait à ouvrir la porte du bureau de la jeune femme, s'arrêta net.

— Elle n'est pas là ?

— Elle m'a dit qu'elle descendait voir la secrétaire de Roxanne, répondit Éric, qui tournait nerveusement un stylo entre deux doigts. Je ne l'ai pas accompagnée, parce que je savais que tu étais en bas...

L'espace d'une seconde, les deux hommes se regardèrent sans mot dire.

— Elle a recommencé, souffla Éric, qui se rassit brusquement comme si le poids du monde tombait sur ses épaules.

— Tu l'as laissée partir ? Elle est sortie, et tu es resté assis sans protester ? s'exclama Jordan, incrédule.

Éric eut un geste vague de la main.

— Je savais que tu étais dans le bureau de Roxanne, geignit-il. C'est pourquoi...

Jordan ne prit pas la peine de masquer son inquiétude.

— A-t-elle reçu un coup de téléphone ? A-t-elle vu quelqu'un après que je suis descendu ? As-tu...

— Non, le coupa Éric. Je n'ai pas la moindre idée de ce qui a pu se passer.

— Elle est partie chez Sara, devina Jordan. Je ne sais pas ce qu'elle a pu découvrir, mais elle s'est précipitée chez sa fille.

— Qu'est-ce que...

Jordan se trouvait déjà sur le palier.

— Appelle-moi un taxi, Éric. Il est peu probable que Val téléphone, mais si jamais tu l'as au bout du fil, dis-lui de ne pas aller chez les enfants. En aucun cas !

— Qu'est-ce qui se passe, Jordan ?

— J'aimerais bien le savoir.

Un locataire de l'immeuble prit l'ascenseur en même temps que Valérie. Elle aurait voulu lui dire qu'une démente retenait sa fille en otage dans l'appartement

4C, et lui demander d'appeler la police. Cependant, elle redoutait une réaction désespérée de la part d'A.J., si d'aventure la police faisait irruption dans les lieux. Tuerait-elle Sara et Charlie, sachant qu'elle n'avait plus rien à perdre ?

Valérie laissa donc le voisin sortir de l'ascenseur au troisième étage. Elle s'appuya contre la paroi de la cabine, terrorisée, quand les portes se furent refermées.

Au quatrième, elle courut vers l'appartement de Sara. Elle priait pour que Jordan comprenne la situation et vole à son secours.

Elle s'arrêta devant la porte, frappa deux fois et attendit qu'on lui ouvre, folle d'angoisse. Une minute plus tard, on tirait le verrou, puis la chaîne de sécurité. La porte s'ouvrit.

— Sara...

Valérie sentit ses jambes flageoler, mais elle se reprit et serra sa fille dans ses bras. Sara avait les yeux rouges, elle paraissait terrifiée ; mais elle était vivante !

— Fais attention à toi, Valérie ! lança Charlie.

Elle aperçut son gendre, assis sur une chaise au milieu du salon, les mains attachées dans le dos avec un scotch épais. D'un mouvement de tête, il indiqua qu'une tierce personne était présente, sur sa gauche.

— Elle a un revolver, et je crois qu'elle n'hésiterait pas à s'en servir, ajouta-t-il.

La jeune femme fit un pas dans l'entrée, tout en gardant une main sur la porte, qu'elle n'avait pas complètement refermée.

— Bien, Caroline.

Une petite blonde apparut au bout du vestibule. Elle braqua un revolver sur Valérie et Sara.

— Ferme à clé, Sara !

Sans un mot, celle-ci referma le verrou, puis remit la chaîne de sécurité en place.

— Bien, ma fille, dit la blonde.

Là-dessus, elle ouvrit les bras à Valérie, tout en la couvant d'un regard exalté.

— Surprise ! s'exclama-t-elle.

C'était Amy Trent.

28

— Mon Dieu, souffla Valérie, incrédule. Amy... ? C'est toi ? Je pensais... Je n'aurais jamais cru...

— Ouais, je ne suis pas morte. Désolée.

Amy haussa les épaules avec désinvolture, puis son sourire s'envola et une expression amère le remplaça.

— Non pas que tu aies pris la peine de t'en assurer...

Valérie ne parvenait pas à en croire ses yeux. Amy Trent avait succombé à une hémorragie après avoir accouché, vingt plus tôt ! Comment était-il possible qu'elle fût là, sous ses yeux ?

— A.J. et Amy Trent ne sont qu'une seule et même personne ?

— Il semblerait, oui.

Revolver au poing, Amy fit signe à Valérie de s'asseoir sur une chaise dans le living, en face de Charlie, puis elle prit place entre eux.

— Je me suis tellement amusée à faire ça ! lança-t-elle. Je regrette presque que ce soit fini. À vrai dire, Roxanne commençait à avoir des soupçons.

— Qu'est-ce qui a pu t'amuser, Amy ? rétorqua Valérie. J'essaie de comprendre ce que c'est que cette mise en scène...

Elle jeta un coup d'œil à Sara, qui se tenait un peu à l'écart. Elle aurait tant aimé la rassurer... Mais il était préférable que la jeune fille se trouvât en dehors de la ligne de tir, au cas où Amy perdrait la tête.

Cette dernière s'installa confortablement dans un fauteuil, croisa les jambes, puis posa l'arme sur son genou, avec la même indifférence que s'il s'était agi d'une tasse de café.

— Tu n'as pas encore compris, Valérie ? Tu as mené une vie confortable, pendant toutes ces années, et cela grâce à moi. Tu as essayé de me tuer, afin de voler mon bébé. Et par ta faute, ma vie a été un ratage complet !

Sara émit une espèce de plainte. Elle avait plaqué une main contre sa bouche, ses yeux bleus étaient exorbités, elle avait l'air terrorisée. Elle adressa un regard éperdu à Valérie.

— Qu'est-ce qu'elle raconte, maman ?

— Ouais, *maman*, répéta Amy, sardonique. Nous attendons tous de voir ce que tu vas répondre...

Valérie aurait voulu se lever, prendre Sara dans ses bras, lui raconter dans quelles circonstances elle était née. Elle n'avait jamais eu le courage de lui avouer la vérité. Il était trop tard, à présent. Sauf miracle, sa fille, Charlie et elle-même risquaient de mourir d'ici peu. Cette cinglée allait sans doute les tuer.

— Pourquoi fais-tu cela, Amy ? Tu sais bien que je ne t'ai pas volé ton bébé ! Je t'ai aidée à accoucher, cette nuit-là. Ton bébé serait mort, si je n'avais pas été là.

— Tu m'as aidée ? Tu m'as *aidée* ? s'écria Amy d'une voix haineuse, mais les yeux brillants de larmes. Je suis allée dans un hôpital psychiatrique à Mandeville, Caroline. J'étais si déprimée, après que tu m'as *aidée*, que j'ai commencé à prendre de la drogue. J'ai vendu de l'héroïne, j'ai vendu mon corps, et quand Oscar a trouvé que je ne lui rapportais plus assez, il m'a fait interner par l'intermédiaire d'un médecin qu'il connaissait. Voilà ce que m'a valu ton aide, Caroline !

— Je suis désolée, Amy. Je n'ai jamais souhaité cela...

Mandeville était réputé pour sa discipline sévère. Amy avait dû connaître l'enfer sur terre.

— Personne n'a voulu m'aider ! geignit Amy, qui essuya ses larmes du revers de la main. J'ai même appelé mon père. Je lui ai promis de m'amender s'il m'envoyait un billet d'avion pour rentrer à la maison. Parce qu'il m'était redevable, Caroline. Tu sais pourquoi il m'était redevable. Mais, tout comme toi, il voulait que je sois morte et enterrée. Moi, sa propre fille !

Elle eut un rictus de dégoût.
— Mais je n'étais plus sa gentille petite fille…
— Si seulement j'avais su…
— Tu ne voulais pas savoir, Caroline ! explosa Amy. Il était plus facile de penser que j'étais morte, que je n'avais plus besoin de toi. Réfléchis. Qu'éprouverais-tu si tu accouchais dans des conditions difficiles, comme moi quand j'ai eu Sara, puis que tu te réveilles dans l'arrière-salle d'une clinique sordide ? Parce que c'est là qu'Oscar m'a emmenée, quand il a réalisé que je n'étais pas morte ! Il m'a déposée dans cette infâme clinique clandestine, dont il utilisait les services lorsqu'une de ses putes se retrouvait enceinte ou attrapait une saloperie. Il n'y avait même pas de médecin, là-bas. J'ai été reçue par une infirmière, qui était furieuse de devoir se lever au milieu de la nuit pour me donner des soins.
Amy semblait avoir oublié le revolver, tandis que ses souvenirs affluaient.
— Dès que j'en ai eu la force, j'ai réclamé mon bébé. Ils m'ont dit que j'allais le voir bientôt, pour me calmer. Mais ils mentaient, ils savaient très bien que je ne le reverrais jamais !
Elle s'interrompit, lança un regard de mépris à Valérie.
— Pendant des années, j'ai pensé que j'avais donné naissance à un garçon, Caroline. Quand j'ai découvert la vérité, Oscar s'est moqué de moi. Il m'a dit que le sexe de l'enfant importait peu, vu que je ne pourrais jamais le récupérer.
Amy saisit son revolver, caressa le canon presque tendrement.
— Oscar… ce chéri.
— C'était un être immonde, murmura Valérie.
Amy la dévisagea.
— Tu sais ce que cela fait à une femme de donner naissance à un enfant, puis de se voir spolier de sa progéniture, Caroline ? Cela la rend folle, et c'est ce qui m'est arrivé. Oscar m'a ramenée chez lui après quelques jours, et je me suis couchée dans un état de dépression

avancé. Je ne me souviens pas d'avoir dormi ni mangé. Il m'a forcée à prendre des médicaments et, après une semaine, il m'a renvoyée dans la rue pour travailler.

Les yeux d'Amy se remplirent à nouveau de larmes.

— Mais j'étais malade, Caroline. Malade de douleur, et folle de rage, aussi, siffla-t-elle d'une voix dure. Tu ne peux pas imaginer à quel point j'étais écœurée !

— Cela a dû être infernal, admit Valérie.

— Infernal... répéta Amy, qui sembla considérer la question. Oui, effectivement, c'est le mot. L'endroit où j'ai échoué ressemblait à l'enfer. La seule chose qui me tenait en vie, c'était l'espoir de retrouver mon enfant. Je voulais me venger de toute personne qui avait contribué à me séparer de lui. Mais, bien entendu, ce genre d'obsession ne mène à rien. Or j'étais chez les fous à cause d'Oscar.

Valérie soupira. Elle ne savait que dire.

— Ouais, c'était affreux, poursuivit Amy. Le fait de se retrouver enfermé peut démolir quelqu'un, tu sais. Mais j'ai survécu parce que je gardais l'image de mon enfant présente à l'esprit, et que je préparais ma vengeance. Tous ces gens allaient payer pour ce qu'ils m'avaient fait !

Elle avait reposé son arme sur sa cuisse, perdue dans ses affreuses réminiscences. Elle se secoua, redressa le buste.

— Je pense que je n'ai plus rien à perdre. Je peux tuer tout le monde dans cette pièce, sauf Sara.

— On t'a aidée par le passé, Amy. Tu ne crois pas que tu aurais besoin de...

Valérie entreprit de se lever, mais Amy braqua son arme sur elle.

— Non, Caroline, c'est toi qui vas avoir besoin d'aide ! déclara-t-elle avec un rire glaçant.

Elle avait achevé son récit ; sa démence reprenait le dessus.

— Tu crois avoir dupé tout le monde, mais je sais qui tu es, Caroline, et la terre entière ne va pas tarder à l'apprendre. Tu peux dire adieu à ta vie dorée. Tes précieux amis découvriront que tu as vécu dans le mensonge. Ils comprendront que le juge Martindale était ton beau-père, que tu l'as vu tuer un homme de sang-froid, mais que tu ne l'as pas dénoncé, pour lui éviter la prison. Oh, il a tout nié, ce matin, quand j'ai fait irruption dans sa suite, mais je connaissais la vérité. Tu m'avais tout raconté, Caroline...

— Je ne comprends pas pourquoi tu as éprouvé le besoin de le supprimer.

Valérie avait de la peine à masquer le sentiment d'horreur qu'elle éprouvait.

— Parce qu'il appartenait à un système judiciaire pourri, et parce qu'il avait un lien familial avec toi.

Amy haussa les épaules.

— C'était un salopard, conclut-elle.

— Et Janine ?

— Elle l'avait mérité, elle aussi.

— Mais pourquoi ? s'écria Valérie. Quelle raison avais-tu d'assassiner une vieille femme atteinte de la maladie d'Alzheimer ?

Elle dut maîtriser une pulsion terrible, qui l'incitait à bondir sur Amy, à la griffer, la frapper, la terroriser, à lui faire payer la mort affreuse qu'elle avait infligée à Janine...

— Elle nous a sauvé la vie, à Sara et à moi. Elle nous a hébergées à une époque où nous étions seules et démunies. C'était une sainte ! Comment as-tu osé...

— C'est *moi* qu'elle aurait dû secourir ! hurla Amy en se frappant la poitrine. C'est *moi* qui ai porté cette enfant pendant neuf mois, et qui me suis arrangée des exigences d'Oscar pour pouvoir manger à ma faim et avoir un endroit où dormir. Où était ta chère Janine quand j'avais besoin de nourriture et d'un toit ?

— Elle était dans le Vieux Carré, elle nous suppliait d'accepter son aide ! répondit Valérie, furieuse. Tu n'as pas le droit de le nier. Nous avons enduré cette existence infâme parce que nous étions trop bêtes, trop entêtées, trop rebelles pour accepter l'aide qui nous était offerte !

Amy releva la tête avec un air de défi.

— Eh bien, c'est trop tard, maintenant ! Elle a payé pour m'avoir oubliée, et si c'est vraiment une sainte, elle est au ciel, à l'heure qu'il est. Et puis, dis-toi que tu n'es plus obligée de faire le trajet entre New York et Rose Haven deux fois par semaine.

Valérie porta une main à son estomac. Elle avait la nausée.

— Tu as tué aussi Angela Leblanc ?

Amy grimaça.

— Elle n'aurait pas dû se mêler de cette histoire. Autrement, je n'avais rien contre elle. Quant à toi...

La démente se leva d'un bond.

— J'ai beaucoup de choses contre toi, Caroline. Tu as changé de nom, tu as vécu ce que j'aurais dû vivre. Et tu croyais que tu n'aurais jamais de comptes à rendre ? Tu voles l'enfant d'une autre, tu t'appropries l'existence d'une autre, et tu penses que tes méfaits resteront sans conséquences ? Il n'y a qu'à fuir à New York, à Boston ou à Tombouctou, pour que tout aille bien ?

— Oscar allait se débarrasser de toi et du bébé, Amy, lui rappela Valérie, qui tentait désespérément de la raisonner. J'ai cru que tu étais morte, aussi ai-je fui avec l'enfant. Oui, parfaitement, j'ai fui. Si je ne l'avais pas fait, Oscar aurait tué l'enfant. Il faut que tu me croies, Amy.

— Foutaises ! Je...

— Arrêtez ! Taisez-vous ! intervint Sara.

Les deux femmes se retournèrent. Sara se tenait contre le mur, les mains sur les oreilles. Elle les considérait d'un air horrifié.

— Dites-moi, toutes les deux... commença la jeune fille, qui maîtrisa son émotion et laissa retomber ses bras le long de son corps. Est-ce moi, le bébé dont vous parlez depuis tout à l'heure ?

— Sara...

Valérie voulut se lever, mais l'autre agita son arme et elle se rassit.

— Je veux, oui ! s'exclama Amy. Tu es mon enfant, Sara.

Elle poursuivit, sans quitter Valérie des yeux, s'exprimant avec un plaisir pervers :

— Je suis ta vraie mère, et il est temps que nous nous retrouvions. Tu ne crois pas, Caroline ?

Reste calme, s'ordonna Valérie. Essaie d'argumenter, de lui faire entendre raison.

Amy avait tué quatre personnes en trois semaines ; il faudrait peu de chose pour qu'elle perde complètement la tête.

— Comment...

Valérie s'éclaircit la voix et reprit :

— Comment pensais-tu te faire une place dans la vie de Sara ? Tu vois bien qu'elle est mariée, à présent. Tu veux qu'elle soit heureuse, n'est-ce pas, Amy ?

— Elle sera heureuse *avec moi* !

Elle braqua son arme sur Charlie, fléchit un genou et plissa les yeux, comme si elle s'apprêtait à tirer.

Valérie retint son souffle.

— Non, non ! Ne tire pas ! s'écria-t-elle d'un ton suppliant.

Charlie ne bougeait pas. Il soutenait le regard d'Amy, gardant un visage de marbre.

— Non. Je ne vais pas le tuer tout de suite, décréta-t-elle en désignant le jeune homme d'un mouvement de tête. Va lui tenir compagnie, Sara. Il l'a mérité.

Sara se précipita vers son mari, se laissa tomber à genoux et le serra dans ses bras. Elle enfouit son visage contre son flanc, mais se retint d'éclater en sanglots.

Valérie ressentit un élan d'amour pour eux. Ils étaient si courageux ! Ils ne méritaient pas de subir un tel destin.

Oh, Jordan... songea-t-elle. Pardonne-moi, Jordan !

— À propos d'Oscar, dit tout à coup Amy en contemplant les ongles de sa main gauche, tu sais qu'il est mort ?

Valérie tressaillit.

— Oui. Je... Jordan l'a lu dans le journal, le jour où il a quitté La Nouvelle-Orléans.

— Je me trouvais chez Oscar, le soir où Jordan est venu le voir. Ton amant m'a impressionnée, Caroline.

Elle lança un coup d'œil à Charlie.

— Tu as des gènes de première qualité, mon petit. Tu devrais en être fier.

Il se contenta de regarder Amy d'un air impassible. Valérie s'adressa à elle, afin de distraire son attention.

— Tu as quelque chose à voir avec sa mort ? s'enquit-elle.

— Bien sûr ! Tu l'as dit toi-même : il n'aurait pas hésité à se débarrasser de moi et de mon bébé. Hélas, il ne pouvait mourir qu'une fois – ce qui est injuste, vu le nombre de griefs que j'avais contre lui.

— Il nous a toutes maltraitées, Amy. Tu n'as pas été la seule à subir sa cruauté.

— Ah oui ? Je ne t'ai jamais vue racoler pour lui, ni voler à l'étalage. Tu n'as pas passé des années dans un hôpital psychiatrique, on ne t'a pas gavée de médicaments abrutissants.

— Comment a-t-il réussi à te faire interner, Amy ? Cela me paraît invraisemblable qu'un médecin ait pu l'accepter ! Il devait savoir que tu avais accouché, peu avant d'entrer dans cet hôpital. Il ne s'est pas inquiété du bébé ?

Amy haussa les épaules.

— Oscar a prétendu que l'enfant était mort.

Valérie était choquée.

— Mais quel médecin pourrait se satisfaire de tels faux-semblants ?

Amy secoua la tête, incrédule, tandis que le revolver reposait sur son genou de façon instable.

— Tu es restée naïve, Caroline...

Elle se pencha en avant et expliqua, comme avec un enfant :

— Le psy se droguait, OK ? Or c'était Oscar qui lui fournissait sa dope. Il a été trop content de rendre service à Oscar, qui l'a ensuite approvisionné gratuitement.

Le visage d'Amy se crispa.

— Mais nous n'avons plus à nous inquiéter d'Oscar, n'est-ce pas ? Il ne fera plus de mal à personne.

— Tu n'as jamais envisagé de reprendre contact avec ta mère ? demanda Valérie, afin de la faire parler et de retarder l'inéluctable.

— Et toi, tu as repris contact avec la tienne ?

— Elle est morte il y a quatre ans.

Une affreuse pensée lui traversa l'esprit.

— D'après les journaux, elle a été victime d'un chauffard...

Amy afficha une expression satisfaite.

— Je sais. C'était ma première revanche.

— Tu as tué ma mère ? s'exclama Valérie, incrédule.

Amy haussa les épaules.

— Pas la peine de me remercier.

Comme Valérie restait muette, en état de choc, Sara prit la parole :

— Qui est mon père ?

— Ce n'était pas Oscar, répondit Amy, qui se retourna pour la dévisager. Ton père n'était pas aussi beau que celui-ci, dit-elle en désignant Charlie du menton. Mais il avait de la personnalité...

Sara considéra Amy avec dégoût, mais ne dit rien. Valérie se ressaisit.

— Tu savais qui c'était ? demanda-t-elle.

Elle avait toujours pensé qu'on ne connaîtrait jamais l'identité du père de Sara, vu le nombre de clients qu'avait eus Amy.

— Tu te rappelles de Jack ?

Valérie acquiesça.

— L'homme qui faisait ces peintures impressionnistes, dans Union Square ? Je me souviens de lui, oui. Il avait un talent fou.

— Eh bien, c'est lui.

— Il l'a su ? s'enquit Sara. Le lui avez-vous dit ?

Amy secoua la tête.

— À quoi bon ? Il n'était pas en mesure d'assumer une femme et un enfant. Il passait l'été à La Nouvelle-Orléans. Il prévoyait de se rendre à Paris, dès qu'il aurait réuni l'argent nécessaire.

— Vous connaissez son nom de famille ? demanda Sara qui, malgré elle, commençait à s'intéresser à ce père qui ignorait son existence.

Elle avait toujours désiré connaître l'identité de son géniteur. Valérie se demanda quel tour allaient prendre ses relations avec sa fille – si toutefois elles survivaient. On venait de dévoiler le mystère qui entourait sa naissance de façon si soudaine, si traumatisante... Cela n'allait-il pas les éloigner à tout jamais ?

Amy esquissa un rictus méprisant.

— Non, je ne connais pas son nom de famille. Et puis tu n'as pas besoin de lui, Sara : tu m'auras, moi, quand tout sera fini.

— Que comptez-vous faire ? explosa la jeune fille. Vous ne pouvez pas tuer ma mère, ni Charlie. Je ne peux pas vous aimer. Je ne vous connais pas !

Charlie se redressa, tirant sur les liens qui l'entravaient.

— Essaie de rester calme, chérie. Je t'en prie. Pense au bébé...

— Le bébé ? répéta Amy.

Elle se leva brusquement, prit son arme à deux mains et la braqua sur Valérie.

— Personne ne m'a parlé d'un bébé. Je...

Elle se tut tandis qu'on frappait à la porte.

Valérie sentit son cœur battre très fort. Si c'était Jordan, il allait faire une victime de plus, songea-t-elle. Elle demeura figée alors qu'Amy se plaçait contre le mur, à l'entrée du vestibule. Elle tenait toujours son revolver à deux mains, tel un policier.

— Sara ? C'est Roxanne. Ouvre-moi !

— Merde ! souffla Amy.

Elle baissa son arme, parut indécise. Puis elle regarda Sara, qui se leva et marcha vers la porte, après avoir embrassé Charlie sur la joue.

— Vous voulez que j'ouvre ? demanda-t-elle à Amy.

Celle-ci hocha la tête, puis tordit la bouche en une parodie de sourire.

— Oui, je veux que tu ouvres...

Elle toisa Sara d'un air impitoyable, tout à coup.

— Et n'essaie pas de me doubler, OK ?

— OK.

Sara tira le verrou.

Roxanne se rua à l'intérieur.

— Sara ! Grâce à Dieu, tu es saine et sauve ! J'ai eu si peur que...

Elle s'interrompit, porta une main à son front, prit une profonde inspiration.

— Tu vas penser que je suis folle, mais j'ai eu le pressentiment que ça n'allait pas, je ne sais pas pourquoi...

La photographe remarqua que la jeune fille demeurait silencieuse, et jeta un coup d'œil dans le living. Elle vit Charlie attaché sur une chaise.

Puis Amy se dirigea vers elle, une arme à la main. Elle referma la porte d'un coup de pied, comme Roxanne la dévisageait, bouche bée.

— Voilà la petite troupe au grand complet, déclara Amy en ricanant. Tu vas te joindre à nous, Rox. Je te préfère d'humeur plus gaie, mais enfin, je vais me faire une raison...

— Qu'est-ce que tu fais, A.J. ? s'enquit Roxanne d'une voix haut perchée.

La photographe tremblait de peur.

— Est-ce un revolver ?

— Cela y ressemble, oui, se moqua Amy, qui porta l'objet à ses yeux et feignit de l'examiner. Cela en a le poids, et cela doit tirer aussi...

Elle visa Charlie, puis se détourna de lui, comme il la dévisageait d'un air imperturbable.

— Ô mon Dieu, que se passe-t-il ? s'écria Roxanne en interrogeant Valérie du regard.

Celle-ci lui fit signe de ne pas s'énerver.

— Pourquoi as-tu mis si longtemps, chérie ? s'enquit Amy, qui se haussa sur la pointe des pieds et embrassa la bouche inerte de son amie.

Elle paraissait juvénile, vu que Roxanne la dépassait d'une bonne tête. Cependant, son sourire n'avait rien d'enfantin.

— Je ne t'avais pas dit que je te réservais une surprise pour ce soir, Rox ?

L'inspecteur Sorensen monta dans l'ascenseur.

— Je comprends votre inquiétude, monsieur Case, déclara-t-il en maintenant les portes de la cabine ouvertes. Mais nous ne pouvons pas faire irruption dans l'appartement de votre fils. Je vous prie d'attendre dehors, pendant que je vais voir ce qui se passe.

Jordan Case risquait toutefois de se précipiter au quatrième étage par l'escalier, dès que les portes de l'ascenseur seraient refermées, songea le policier.

— Il y a une malade mentale dans l'appartement, insista Jordan. Elle a tué quatre personnes, dont trois ces deux derniers jours ! Je connais le nom des victimes. Je ne vais certainement pas rester là à attendre que l'administration nous autorise à pénétrer dans les lieux, et laisser cette cinglée assassiner mon fils, ma belle-fille qui est enceinte, et la femme que j'aime !

Sorensen émit un soupir.

— Vous n'avez pas pu prouver que cette cinglée, comme vous dites, est un assassin, monsieur Case. Et vous n'avez aucun moyen de savoir si elle est vraiment dans l'appartement.

Jordan enfonça les mains dans ses poches, afin de ne pas étrangler ce crétin sur-le-champ.

— Mon fils est sorti de l'hôpital hier, inspecteur. Il a un traumatisme crânien. Il n'est pas à son travail, sa voiture est garée dans la rue. Alors pourquoi ne répond-il pas au téléphone ?

— Il a peut-être mal à la tête, monsieur Case. Il est possible qu'il ne prenne aucune communication.

— Il ne répondrait sans doute pas à un inconnu, mais il devrait décrocher en entendant la voix de son père ! Il se passe quelque chose dans cet appartement, Sorensen !

Jordan se détourna, furieux et terrifié à la fois. Tandis que ce policier hésitait à agir, les trois personnes qu'il aimait le plus au monde risquaient de se faire tuer par une psychotique.

— Laissez-moi régler cette affaire comme je l'entends, monsieur Case.

— Très bien. Faites comme vous voulez, déclara Jordan d'un ton froid. Mais je vous tiens pour responsable de ce qui pourrait arriver.

Là-dessus il tourna les talons, sans attendre la réponse de l'inspecteur.

Deux voitures de police étaient rangées plus loin, dans la rue ; on ne pouvait les voir depuis les fenêtres de Charlie. Par chance, Sorensen avait été d'avis qu'un déploiement de forces ne serait pas approprié.

Jordan s'assura que personne ne le regardait, puis il s'engagea dans l'allée entre l'immeuble de Charlie et le bâtiment voisin. Il inspecta discrètement les lieux, découvrit un escalier de secours. Il leva les yeux vers le haut de l'immeuble, paniqué à l'idée de devoir grimper quatre étages au-dessus du vide. Car il avait le vertige. Toutefois, il allait lui falloir surmonter sa peur, s'il voulait sauver sa famille…

Il leva les bras, fléchit les genoux, et bondit. Il réussit à agripper la rambarde du premier coup. Heureusement, les hommes de Sorensen ne surveillaient pas ce côté de l'immeuble ; ils ne le virent donc pas entamer son ascension.

Quand il arriva au deuxième étage, Jordan transpirait à grosses gouttes. Il avait la nausée, et s'efforçait de ne pas regarder en bas. Les fenêtres qu'il avait dépassées avaient toutes été fermées. Cela risquait de lui poser un grave problème, une fois au quatrième.

Si jamais il y parvenait.

Il psalmodia des noms dans sa tête : Charlie, Sara, Valérie… Des êtres qu'il aimait, dont il avait besoin, qui donnaient un sens à sa vie.

Après avoir dépassé le troisième palier, il rata une marche, et se traita mentalement de tous les noms. Il avait tout intérêt à rejoindre l'étage de Charlie en silence. Il s'efforça au calme, tout en se demandant comment il allait pouvoir pénétrer dans les lieux si la fenêtre était verrouillée…

— Il faut que tu me donnes ce revolver, A.J., affirma Roxanne d'une voix mal assurée.

La photographe tendit une main tremblante.

— Je suis certaine que tu ne veux pas faire de mal à ces gens, reprit-elle. Ce sont mes amis.

Elle esquissa un faible sourire, malgré sa terreur.

— J'aime tellement Sara, A.J. ! Elle est la fille que je n'ai jamais eue. Je te l'ai expliqué, tu t'en souviens ?

Amy agita son index gauche sous le nez de Roxanne, et la toisa d'un air diabolique.

— Moi, par contre, je ne t'ai jamais parlé du lien très particulier qui m'unit à Sara. Elle est presque une fille pour toi, mais je l'ai mise au monde. Elle est donc totalement mienne, Rox.

— Comment ça ?

— Je suis sa mère, espèce d'idiote !

Roxanne secouait la tête, incrédule.

— Tu ne peux pas... C'est impossible ! Je...

Elle regarda Valérie, qui lui confirma cette affirmation d'un bref hochement de tête.

— Ô mon Dieu ! s'exclama Roxanne.

La sonnette retentit, et tout le monde se tut. Amy se tenait dos au mur. Ses yeux allaient de l'un à l'autre de ses otages.

— Nous n'allons pas répondre, cracha-t-elle.

— Je ne me sens pas très bien, dit tout à coup Sara, agenouillée au pied de la chaise sur laquelle Charlie était attaché.

Elle pressa les deux mains sur son estomac.

On sonna à nouveau.

— Police, monsieur Case ! lança une voix autoritaire. Ouvrez !

— Vous voulez que je réponde ? demanda Charlie à voix basse.

— Et comment tu ferais, connard ? rétorqua Amy d'un air méprisant. Tu crois que je vais couper tes liens et te laisser ouvrir la porte ?

— Faites au moins quelque chose pour ma femme ! souffla-t-il.

— Que voudrais-tu que je fasse ? Que je l'autorise à répondre aux flics ?

— Laissez-la aller à la fenêtre. Ses nausées passent, quand elle respire de l'air frais.

— Police ! Ouvrez, monsieur Case !

— Je... je vais vomir, geignit Sara, qui se plaqua une main sur la bouche.

— Va à la fenêtre, bon Dieu ! lança Amy avec dégoût.

Elle reporta aussitôt son attention sur la porte. Sara se leva et se précipita vers la croisée, qui était d'un seul tenant. De l'air froid pénétra dans la pièce lorsque la jeune fille la bascula vers l'extérieur.

— C'est votre dernière chance, monsieur Case ! Nous allons enfoncer la porte...

Amy braqua son revolver un peu au hasard, indécise. Elle se passa une main dans les cheveux, puis fit signe à Valérie de se lever du canapé.

— Dis-leur que j'ai quatre otages à l'intérieur, et que je tue tout le monde s'ils ne se calment pas !

Valérie acquiesça. Amy paraissait de plus en plus agitée, et la façon maladroite dont la police tentait de s'interposer ne les aidait en rien.

— Tu ne vas plus faire de mal à personne, Amy, déclara-t-elle d'une voix qu'elle espérait convaincante. Tu es quelqu'un de bien. Tu as seulement besoin d'un médecin...

— Va à la porte, je te dis !

Valérie passa devant Amy sans un mot de plus. Mais avant qu'elle n'atteigne la porte, Charlie bondit de son siège ; deux bandes de scotch sanguinolentes pendaient au bout de ses bras. Le jeune homme poussa un cri féroce, souleva sa chaise et la balança sur Amy. Le siège atteignit celle-ci aux genoux. Elle s'écroula sur les fesses, sans toutefois lâcher son arme.

Là-dessus, Jordan fit irruption dans les lieux, par la fenêtre ouverte. Il tenait un pistolet dans la main droite.

Il braqua son arme.

— Rends-toi, Amy ! Et personne ne sera blessé.

Elle parcourut la pièce des yeux, arrêtant son regard sur chaque personne présente.

— C'est à moi de décider si c'est fini ou pas...

— Pense à Sara, plaida Valérie d'un ton désespéré. Tu ne l'as pas connue petite, ni adolescente. Si tu fais ça, tu ne connaîtras jamais ton petit-fils ou ta petite-fille !

— Ce ne sera pas mon petit-fils, remarqua Amy d'une voix amère, mais le tien. De même que Sara est tienne. Tout est à toi, et moi je n'ai rien... Rien !

Elle jeta son arme, puis posa le front sur ses genoux, tout en émettant une plainte lamentable. Elle recouvrit sa tête avec ses bras et sanglota sur sa propre misère...

Valérie fit un pas vers elle, mais Roxanne l'arrêta et rejoignit Amy. Elle se laissa tomber à genoux à son côté, la prit dans ses bras. Elle se mit à la bercer, tout en murmurant des paroles apaisantes.

Sara les contempla, bouche bée, puis elle alla ouvrir à la police. Après quoi elle se retourna, courut se jeter dans les bras de Charlie, et pleura tout son soûl.

29

On emmena Amy Trent dans un hôpital psychiatrique en ambulance. Roxanne exprima le désir de l'accompagner, et on l'autorisa à monter. L'inspecteur Sorensen interrogea Sara, Charlie et Valérie, mais accepta, sur les instances de Jordan, d'attendre le lendemain pour prendre leurs dépositions.

Vu que Martindale n'était plus de ce monde et qu'Amy passerait le reste de sa vie dans un hôpital psychiatrique, les secrets de Valérie n'allaient sans doute pas apparaître au grand jour. Ses proches seraient les seuls à en avoir connaissance.

Après que les ambulanciers et les policiers furent partis, la jeune femme ne réussit pas à s'asseoir. Elle demeurait très nerveuse.

Elle se dirigea vers la cuisine pour faire du café. Sara la suivit.

— Je peux le faire, maman.

— J'aime autant que tu te reposes, Sara. À cause du bébé.

La jeune fille sourit, tout en posant instinctivement sa main sur son ventre encore plat.

— Le bébé va très bien, maman. Ne t'inquiète pas!

Les yeux de Valérie se remplirent de larmes. Elle reposa la cafetière, ferma le robinet.

— Tu dois avoir des milliers de questions à me poser, Sara...

— Oui, effectivement.

Valérie la regarda sans mot dire. Sara avait les yeux bleu pâle, comme Amy. Elle avait également hérité des pommettes, des cheveux blonds et du front bombé de sa mère. Cette ressemblance avait maintes fois ému Valérie, qui s'était alors souvenue de la dette qu'elle avait envers Amy, et avait regretté que celle-ci n'ait pu connaître sa fille... Pendant combien d'années, désormais, le beau visage de Sara allait-il lui rappeler ces heures traumatisantes passées en compagnie d'une folle sanguinaire ?

— Sa blessure était trop profonde pour se cautériser, déclara Valérie, songeant au passé d'Amy. Elle était comme un chaton qu'on a arraché trop tôt à sa mère. Elle avait besoin d'amour, elle était fragile...

Elle secoua la tête, consternée.

— Je n'avais jamais imaginé à quel point, ajouta-t-elle.

— Je m'en suis aperçue, maman, répliqua Sara en posant une main sur son bras. Mais je n'ai pas envie d'en savoir davantage sur elle. Je ne la connais pas, et même si tu te souviens de ce que vous avez vécu ensemble, dans la rue, cela n'a plus grande importance, à présent. Tu as accompli tant de choses, depuis. Ne crois-tu pas, maman ?

— Si, tu as raison.

Sara prit la cafetière, la remplit d'eau et s'employa à préparer le café. Elle se mouvait avec assurance, dans sa petite cuisine. La jeune fille prit un torchon en batik dans un tiroir pour essuyer quelques gouttes d'eau sur le comptoir. Elle s'immobilisa soudain, contempla le décor peint sur le tissu et eut un petit rire.

— Au moins savons-nous maintenant d'où me vient ma nature artiste...

— Tu veux essayer de retrouver Jack ? s'enquit Valérie. Je pense que ce serait possible. Il avait beaucoup de talent. Je suis certaine qu'il aura percé dans le monde des arts.

— Je le rechercherai peut-être. Mais pas dans l'immédiat. De même que j'attendrai pour te poser des questions, maman.

Sara se pencha vers sa mère, l'embrassa sur la joue.

— Pour l'heure, je tiens juste à te dire que je t'aime, et à te remercier pour ce que tu as fait, le jour de ma naissance. Contrairement à nombre d'enfants nés en de telles circonstances, j'ai eu de la chance, parce que c'est toi qui m'as recueillie.

— Tu n'es pas choquée, après tout ce que tu as entendu ce soir ?

— Si, bien sûr, on le serait à moins... Mais je suis également impressionnée. Nous passerons un moment ensemble très bientôt, et nous parlerons de tout cela. Mais pas ce soir.

Valérie caressa la joue de sa fille, puis l'étreignit avec chaleur.

— Je t'ai aimée dès le premier instant, Sara ! assura-t-elle d'un ton farouche. Et si c'était à refaire, je recommencerais sans hésiter. C'est moi qui ai eu de la chance, dans mon malheur, puisque j'ai pu fuir avec toi, ma fille !

— Moi aussi, je peux m'estimer heureuse, maman.

Valérie se sentait plus sereine que jamais, malgré le cauchemar qu'elle avait vécu. Si d'aventure sa véritable identité venait à être connue, cela lui compliquerait la vie et ne serait pas sans conséquences. Toutefois, elle ne s'en souciait plus.

Quant à Sara, c'était une autre histoire. La jeune fille avait souffert, dans son enfance, d'avoir une famille aussi restreinte. Il se pouvait fort bien qu'elle désirât entretenir des relations avec Jack, son père, et avec Emily Trent. Mais l'important, pour Valérie, était qu'elle fût – et demeurât – sa fille.

— Eh, qu'est-ce qui se passe, ici ?

— Charlie ! s'exclama Sara, dont le regard s'illumina.

La jeune fille ravala ses larmes, s'arracha à l'étreinte de sa mère, et prit Charlie par la taille.

— Nous faisons du café. Tu en veux ?

— Après toutes ces émotions, je crois que je préférerais du whisky !

Le jeune homme embrassa le dessus de sa tête.

— Je tiens également à porter un toast à ma femme, reprit-il, qui a eu la présence d'esprit de couper le scotch qui me retenait prisonnier.

— Comment as-tu réussi ce miracle ? s'enquit Jordan, derrière son fils.

— Je me coupais les ongles, quand Amy est arrivée, expliqua Sara. J'avais posé les ciseaux sur la table basse. Et ensuite, je les ai glissés dans ma poche. Le seul problème était de m'approcher suffisamment de Charlie pour pouvoir m'en servir.

— Tu as feint d'avoir mal au cœur, n'est-ce pas ? dit son mari.

Sara lui sourit.

— Comment tu le sais ?

— Habituellement, quand tu as la nausée, tu as tout juste le temps de te précipiter aux toilettes !

Sara lui donna un coup d'épaule.

— Tu exagères, Charlie ! Ce n'est tout de même pas aussi rapide !

— Oh que si ! Tu n'aurais pas pu nous faire ce petit numéro, si tu avais vraiment eu mal au cœur !

— Il fallait que je trouve un prétexte pour ouvrir la fenêtre, déclara la jeune fille en adressant un clin d'œil à Jordan.

— Eh bien, je t'en serai éternellement reconnaissant, avoua ce dernier. Une minute de plus à cette altitude, et je cassais le carreau !

— Je ne savais pas que tu avais le vertige, papa.

— Ce n'est pas le genre de choses que l'on avoue à ses enfants, Charlie. Vas-tu dire au tien que tu as une peur bleue des araignées ?

Le jeune homme sourit.

— Bien vu, papa !

Valérie regarda Sara disposer des tasses sur un plateau, ainsi que la cafetière, puis la suivit dans le living.

— Je voulais te demander... dit-elle à Jordan, en remplissant une tasse et en la lui tendant. Quand t'es-tu procuré le pistolet ?

Il attendit que Charlie eût arrosé son café de whisky avant de répondre.

— C'est ton fidèle assistant qui me l'a prêté.

— Éric ? s'exclama Valérie, médusée.

Jordan but le breuvage d'une traite.

— Il a demandé un permis de port d'armes le lendemain de l'incident avec Ted Carpenter.

— C'est incroyable.

— Tu lui diras de ma part qu'il peut compter sur une augmentation de salaire substantielle... Tu es prête ? On peut rentrer à la maison ?

— À la maison, répéta Charlie en lançant un regard malicieux à son père et à sa belle-mère. Et où cela va-t-il être ? Au cas où nous aurions envie de passer, Sara et moi...

— Chez Valérie... pour le moment, précisa Jordan en entraînant la jeune femme vers la porte. Et puis, souhaitez-moi bonne chance.

— Pourquoi ? clamèrent Charlie et Sara d'une seule voix.

— Eh bien, je vais essayer de persuader Valérie de m'épouser.

— Cela leur apprendra, remarqua Jordan qui entra dans l'ascenseur derrière Valérie, et appuya sur le bouton du rez-de-chaussée. Se marier en cachette, puis faire un bébé... Comme s'ils avaient le monopole des coups de théâtre !

Me marier, songeait Valérie, étourdie. Et avec Jordan !

— Tu étais sérieux ?

Il la considéra d'un air grave.

— Je n'ai jamais été aussi sérieux, Valérie.

Il poursuivit au bout de quelques instants, facétieux à présent :

— Ce n'était pas très romantique comme proposition, n'est-ce pas ?

Il caressa sa joue.

— De toute façon, tu sais que je suis amoureux de toi. Et puis je connais tous tes secrets, maintenant.

Jordan fléchit légèrement les genoux pour être à la hauteur de la jeune femme, et lui lança un regard complice.

— Rassure-moi : je les connais bien *tous* ?

— Oui.

— Parfait. Alors me feras-tu l'honneur de devenir ma femme ?

— Jordan...

— Charlie n'est pas le seul homme qui ait droit à une seconde chance, si ?

Valérie ne quittait plus son amant des yeux, transportée, émue, ravie.

— Tu es sûr ? s'enquit-elle.

Jordan la dévisagea d'un air solennel.

— Ces dernières heures, j'ai craint de perdre les trois êtres que j'aime le plus au monde. Et crois-moi, j'étais prêt à tout pour vous sauver. Après une épreuve comme celle-là, on a tendance à voir clairement en soi... Alors oui, je suis sûr de vouloir t'épouser, Valérie. Je n'ai jamais été aussi sûr de quoi que ce soit !

— Pour ce qui est des relations amoureuses, nous n'avons guère été brillants, jusqu'à présent, remarqua la jeune femme. Ni l'un ni l'autre.

— Nous n'avions pas encore rencontré le partenaire idéal. C'est pour ça.

Il se tut et couva sa compagne des yeux, comme s'il attendait qu'elle précisât sa pensée.

Elle lui sourit.

— Je ne sais pas ce qu'il en est pour toi, Jordan, mais pour ma part, mes goûts se sont considérablement améliorés, ces derniers temps.

Elle passa les bras autour du cou de son futur mari, se hissa sur la pointe des pieds, puis approcha sa bouche de la sienne.

— Je t'aime, Jordan.

Il poussa un grand soupir de soulagement, et prit Valérie dans ses bras.

Totalement absorbés par leur baiser, ils ne remarquèrent ni l'un ni l'autre que les portes de l'ascenseur venaient de s'ouvrir...

Ce mois-ci, retrouvez également
les titres de la collection

Aventures et Passions

Le 4 juillet

Le pionnier et la citadine de Susan Kay Law (n° 6658)

1899. Emily en a assez d'être à la charge de sa sœur : elle quitte le foyer pour voler de ses propres ailes. Direction le Montana, où des terres sont cédées pour une somme minime aux pionniers désireux de s'y installer. Satisfaite, Emily s'est vu attribuer une parcelle comprenant une cabane déjà construite. Mais, peu de temps après son installation, débarque un homme aux manières peu civilisées qui prétend être le propriétaire de cette parcelle. Emily refuse de se retirer aussi facilement. Entre eux, le climat est électrique !

Le 11 juillet

Les sortilèges de la passion de Lisa Cach (n° 6657)

Angleterre, 1737. Orpheline, Valérie est recueillie par sa tante, Theresa, une guérisseuse qui passe presque pour une sorcière. Elle a hérité de ses talents et, au village, on les respecte tout en les craignant. Lorsque le baron Nathaniel Warrington, qui a hérité du manoir de son oncle et qui est contraint à l'exil par sa famille, arrive sur ces terres, il est tout de suite intrigué par cette ravissante jeune femme au sourire étrange et par le « corbeau qui parle » perché sur son épaule…

Soudain, un inconnu… de Lael St. James (n° 6659)

Meg Redcliffe, orpheline recueillie avec sa sœur Elizabeth dans une abbaye, découvre un chevalier blessé devant la grille de la bâtisse, inconscient et amnésique. Grâce aux soins prodigués sans relâche par la jeune femme, l'homme retrouve peu à peu la mémoire : son nom est Gresham Sedgewick. Meg, impressionnée par la mâle prestance de l'inconnu et désireuse de ne pas le laisser partir, lui demande de l'aider à retrouver sa troisième sœur, disparue en Cornouailles…

ainsi que les titres de la collection

Escale Romance

De nouveaux horizons pour plus d'émotion

Le 4 juillet

Double jeu sous les Tropiques de Maxine Barry (n° 6240)

Patricia part pour les Bermudes afin d'élucider la mort de son frère Robbie, un plongeur qui travaillait pour Morgan Dax, un riche entrepreneur de l'île. Malheureusement, son avion s'écrase en mer et elle est la seule survivante. Au moment de l'accident, elle portait le bracelet de Isadora Hart. Patricia profite de ce changement d'identité pour échapper à deux personnes qui cherchent à la tuer et commence alors son enquête. Hélas, Morgan Dax s'avère être un homme séduisant dont elle tombe peu à peu amoureuse…

Les amants rebelles de Veronica Baldi (n° 6241)

En Amérique du Sud, Antonia est la fille d'un riche député. Un soir, en pleine réception, un jeune homme fait irruption : Diego Corbès, lui-même prospère propriétaire terrien, exige que le député rende aux Indiens les terres qu'on leur a prises. La jeune femme est subjuguée par la fougue du jeune homme. Son père serait-il un goujat ? Pour en avoir le cœur net, elle se rend chez Diego et découvre la belle propriété, avant que des Indiens ne viennent se plaindre vivement de leur situation auprès de leur porte-parole…

6656

Composition Interligne B-Liège
Achevé d'imprimer en France (Manchecourt)
par Maury-Eurolivres
le 11 juin 2003.
Dépôt légal juin 2003. ISBN 2-290-33044-2

Éditions J'ai lu
84, rue de Grenelle, 75007 Paris
Diffusion France et étranger : Flammarion